前行的痕迹

八闽风采纪实文学丛书

戎章榕 著

海峡出版发行集团｜海峡文艺出版社

图书在版编目(CIP)数据

前行的痕迹/戎章榕著. —福州:海峡文艺出版社,2015.5
("八闽风采"纪实文学丛书)
ISBN 978-7-5550-0539-1

Ⅰ.①前… Ⅱ.①戎… Ⅲ.①纪实文学—中国—当代 Ⅳ.①I25

中国版本图书馆 CIP 数据核字(2015)第 081046 号

"八闽风采"纪实文学丛书

前行的痕迹

戎章榕 著

责任编辑 李永远
出版发行 海峡出版发行集团
海峡文艺出版社
经　　销 福建新华发行(集团)有限责任公司
社　　址 福州市东水路 76 号 14 层　**邮编** 350001
发 行 部 0591—87536797
印　　刷 福州华彩印务有限公司　**邮编** 350014
地　　址 福州市福兴投资区后屿路 6 号
开　　本 787 毫米×1092 毫米 1/16
字　　数 270 千字
印　　张 17.5
版　　次 2015 年 5 月第 1 版
印　　次 2015 年 5 月第 1 次印刷
书　　号 ISBN 978-7-5550-0539-1
定　　价 39.00 元

序

何少川

这套《“八闽风采”纪实文学丛书》，反映的都是有关福建的题材，大部分篇章是作者从《走进海西纪实文学丛书》中选取编辑而成的。

《走进海西纪实文学丛书》是一套反映八闽大地县域（市、区）经济社会发展、地方文化特色和自然景观的纪实文学集。自2007年春安溪有关方面邀请采风创作起，至今已应邀走进近50个县（市、区），出版了50多册集子（其中包括应省有关部门邀请采风创作的专集）。这套丛书作品都是作者深入基层创作的，体例统一，布局合理，内容全面，特色突出，文化味浓，可读性强，得到普遍欢迎。丛书由福建省炎黄文化研究会和福建省作家协会联合组织编写。写作和编撰过程中，得到各地党政部门的帮助和支持。

八年多来，在采风和编纂丛书过程中，共有1400多人次的作家和新闻工作者投入，是福建省史上参加人数最多、持续时间最长、成果丰硕的采风创作活动。作者老中青结合，有名老作家，也有初涉文坛的文学爱好者，有来自省里的，也有市、县的。到目前为止共创作了1100多万字作品，为福建留下了一批宝贵的文化财富，为建设先进文化和培养文学新人做出了积极贡献。

为繁荣社会主义文化，进一步展示福建风貌，经省炎黄文化研究会研究决定，拟选取撰写丛书作品数量较多的作者，分期分批出版个人专辑，汇编《“八闽风采”纪实文学丛书》。专辑每册字数在20万字左右。收入专辑的文章主要选自“走进丛书”，不足的可补上撰写福建内容的纪实文学作品。第一批出12册，以后视情况将继续出版。

目　录

访谈录

长乐：福州离海最近的城市
——访中共长乐市委书记吴贤德 …… 3
发展县域经济的“比”与“看”
——访中共柘荣县委书记薛理朝、县长冯静 …… 10
县委书记的“三字经”
——访中共浦城县委书记陈国发 …… 16
谋长远，业以翔致高　打基础，民以安为本
——访中共厦门市翔安区委书记陈永裕 …… 22
平潭，在创新中走向未来
——访中共平潭综合实验区党工委书记、管委会主任龚清概 …… 28
在推进海港新城建设中展示新形象
——中共福清市委书记陈春光、市长林贤访谈录 …… 37

人物传

圆的人生轨迹 …… 45
林型彪的二改其名 …… 53
解读“金日” …… 60
一个女人命运中的五顿饭 …… 67
一个人与一个工业园区 …… 77

清华梦在“清华园”绽放 …… 85
“二次创业”的三部曲 …… 93
在造梦热土上实现抱负 …… 100

风物志

“坦洋工夫”的文化之旅 …… 107
蓝色的木兰溪 …… 113
从“篁城科技”感知竹产业 …… 119
兰花：价值连城新探寻 …… 128
灵秀山水的温泉之乡 …… 137
探访廊桥营造技艺之乡 …… 145
食用菌博物馆见思录 …… 153
江东古桥与江东鲈鱼 …… 158
客家族谱，在两岸对接中延伸 …… 163
凝望客家母亲的雕像 …… 170
春舞枝：舞出春天的美丽 …… 178

特色篇

蓝色经济东山行 …… 187
为了先行的纪念
——走进厦门经济特区纪念馆 …… 194
绿色之都 …… 202
柚都工业潮声急
——平和工业园的观察与思考 …… 210
城市建筑的“泰宁示范” …… 217
从“微波城”到“网商创业城” …… 224
现代山水茶都的嬗变 …… 234

以生态优先促发展领先
——集美灌口镇走笔 …… 242
建筑之乡的溯源与出路 …… 249
骑行海沧的故事 …… 255
重塑“朱子文化城” …… 263

后记 …… 271

访谈录

长乐：福州离海最近的城市

——访中共长乐市委书记吴贤德

“长乐，福州离海最近的城市。”这是中共长乐市委书记吴贤德在介绍市情时，留给我印象深刻的一句话。这句话把长乐的地域特点和发展目标高度概括，有两个关键词：一是海洋，二是城市。21世纪是海洋的世纪，谁拥有了海洋，谁就赢得了未来。福州市提出打造滨海新城新定位，长乐当仁不让；“城市让生活更美好”，城市化同样是21世纪发展的潮流。不论作为福州城市的外延拓展，还是作为卫星城市，长乐都应当在福州的布局之中。福州滨江面海，在周边几个濒海县（市）中，长乐离海最近。为此，我们的访谈就从海洋开始。

海洋：长乐的优势

长乐位于闽江口南岸，一面靠山，一面临江，两面向海，是福州的门户，海风经长乐进入福州城内。海洋是长乐的优势，全市陆域面积仅658平方公里，海域面积则有3313平方公里，江海岸线长120公里。历史上，长乐因海而闻名，因海而兴盛。长乐别称“吴航”，简称“航”，由此可见与江海的渊源。长乐闻名天下，还与明代著名航海家郑和有关。由于郑和船队七下西洋都是从长乐太平港扬帆起航，长乐作为开洋之地为世界所认知。郑和奋力推开了一扇窗，使得长乐的先民更早地接触了外面的世界，具备了开放的精神。长乐人为了生存，几百年来陆续踏浪而行，远涉重洋。目前海外乡亲有四十余万，其中旅美乡亲二十多万，是全国首批沿海开放城市和著名侨乡。

福州离海最近的是长乐，如今，长乐与福州的距离又拉近了。从福州的东绕城高速前往长乐，不到半个小时车程。吴贤德说，目前有沈海、福厦、机场、京福、福州东绕城等五条高速公路穿境而过。同时，随着2010年福州至平潭、福州至长乐国际机场铁路的开工，及规划中沿海客专、沿海货专的建设，届时长乐境内将有四条高速铁路经过，共设有七个站点，长乐由此进入高铁时代，未来区域交通的优势将更加凸显。

谈到长乐的交通，具有海陆空的“铁公鸡”的优势，不要说福州市，就是福建省也是屈指可数的。空中，长乐国际机场作为区域性枢纽中心机场和首批对台空中直航点，现已开通七十多条国内外航线，年旅客吞吐量突破650万人次；海上，作为国家一类对外开放口岸和首批对台海上直航口岸的松下深水港区与闽江口洋屿港区，已建成泊位23个，其中万吨以上泊位12个，年货物吞吐量超千万吨；再加上前面提到的陆路，共同构成了长乐现代化的立体交通网络。

便捷的交通、优越的区位促成了长乐的经济发达。作为著名经济学家费孝通先生笔下“草根工业”的发源地，经过改革开放三十多年的发展，长乐经济综合实力连续十几年位居“全国百强县（市）”、“全省十强县（市）”行列。同时，作为“回归经济”的发起地，长乐民营经济发达，民间资本充裕，2010年全市流量资金高达8500亿元，侨汇收入达到60亿元人民币。这些都为长乐下一步的跨越发展打下了坚实的基础。

那么，长乐未来跨越发展的支点又是什么呢？吴贤德在谋划“十二五”规划时，首先想到的就是海，既要与福州市确立的滨海新城定位对接，又要发挥长乐的资源禀赋，他认为长乐的优势在于海，长乐的潜力也在于海。加大“海上长乐”的开发力度应当成为长乐未来发展的新引擎。“欲国家富强，不可置海洋于不顾。”——郑和当年掷地有声的感叹，在六百多年后的吴贤德的心中愈加得到了深切的回应——“海兴则国兴，海禁则国衰”。

如果我们把视野放宽，把福州市的城市空间布局和长乐市发展战略放在全国的大背景下审视，则会感到这是富有远见卓识之举。不光是建一个滨海新城，而是启动了一个经济发展的新取向。纵观中国经济发展历程，不难发现一波经济大潮的迭起，总是以一个区域的腾飞作为支点。20世纪80年代的深圳、20世纪90年代的浦东，见证了中国新经济时代的发展历程。珠三角、长三角也迅速跃升为中国经济最活跃的“两极”。21世纪是向海洋开发的世纪。中国经济将开启新的发展阶段，国家已把目光投向天津，滨海新区作为中国未来的经济版图上的第三极，举世瞩目。如果说开发深圳、浦东的初衷更多体现的是国内战略的话，天津滨海新区开发的战略设计则将坐标定位在整个国家战略的高度，定位在经济全球化的国际平台，完全凸显出全球战略层面上的划时代意义。21世纪的中国，注定要进入滨海时代。

走向滨海时代，如果说天津是国家层面的；那么，长乐能成为福州市乃至福建省引领潮流、跨越发展的新支点吗？

城市：长乐的未来

什么是引领滨海时代的载体？城市。吴贤德认为，推动长乐科学发展、跨越发展，必须靠城市化来实现。根据福州市实施“东扩南移，沿江面海”的城市发展战略，从长乐区域条件和未来趋势出发，着眼于“建设宜居宜业宜商、滨江滨海的海西省会窗口生态城市”的总体目标，努力把长乐打造成海峡西岸一座极具吸引力、生命力和竞争力的城市。为此，在广泛深入的调研基础上，长乐市提出了“打造新型临港工业城市、现代物流商贸城市、滨海休闲旅游城市”的城市发展定位。

任何的发展都是建立在前人的基础上，怎样在已有的成就上，根据形势的变化进一步升华、进一步完善，而不是推倒重来，另起炉灶。为此，吴贤德到任后，按照《福州市城市总体规划（2009—2020）（草案）》提出的长乐作为福州中心城区“城市东扩发展轴”重要组成部分的规划定位，在提升完善原有“三大组团”规划布局的基础上，形成了“三城三群、生态链接、城乡一体、以港兴市、科学发展”的城市空间布局和发展战略。所谓“三城”就是河港城、空港城、海港城。所谓“三群”是指西部城镇群、闽江口南岸城镇群、东北部城镇群。

目前，围绕“三城三群”的规划编制工作已经全面展开。对于规划，吴贤德有句非常形象的话：“规划是龙头，是生产力，是指南针，花规划的钱就是买指南针的钱，规划做好了就不会出现重复建设，高水平规划还会使社会财富不断垒大。”为此，吴贤德要求长乐各部门要切实按照中共福建省委书记孙春兰提出的“使每一寸土地都在规划中”的要求，结合“十二五”规划，切实做好全市658平方公里土地的规划编制工作，主动对接和融入海西城市群发展规划与福州建设滨海新城的规划。

长乐市在谋划“十二五”规划蓝图时，有三点留给我深刻印象。一是适度超前。能够一步到位的不分两步走，特别是在城市规划和项目建设上，围绕打造“百年城市”、“百年工业”的目标，坚持“规划一步到位、建设分步实施”的原则，使每一个规划都留有余地、富有弹性。

二是城乡一体。城乡经济社会发展一体化，是推动城乡生产要素优化组合、促进城乡协调发展的根本举措，是缩小城乡差别、实现城乡共同繁荣的根本途径，也是破解“三农”问题的根本出路。长乐市具体的做法是：在规划上一体，在交通上一体，在服务上一体。详尽的“一体化”措施，已经超越了“规划规划，纸上画画，墙上挂挂”的窠臼。

三是生态优先。在推动“三城三群”规划建设中，以生态环境的保护和建设为纽带，使城与城之间、群与群之间、城与群之间的规划建设既相对独立、又有机统一，成为一个完整的生态体系。同时，牢固树立“绿化是第一招商环境、第一基础设施、第一生态资源、第一景观要素”的理念，以“四绿”工程建设为载体，努力打造路连林隔、林水一体、山林一色的城乡绿化新格局，确保资源增长、景观增色、生态增效。如此的生态理念，为的是在高速发展中实现绿色增长，建设绿色长乐。

长乐城镇化率目前是39.8%，离滨海新城尚有很大的差距，但战略的抉择无疑是明智的、未来的前景也是值得期许的。有专家预测，21世纪的地球，确切地说应当是一个“海球时代”。这不光是全球海洋产业总产值迄今已达一万亿美元，海洋经济将成为全球经济新的增长极，而且海洋为地球制造75%的氧气，吸收50%的二氧化碳，海洋是地球最大的资源宝库，几乎可以提供人类所需的全部物质。这将吸引全球40%的人居住在离海岸线60公里以内的沿海地区，并有增长的趋势。

长乐抉择的不光是城市定位，更重要的是观念的改变。长乐将会成为福州离海最近、魅力十足的城市！

科学发展：长乐的金钥匙

“对长乐来说，坚持科学发展，就是要推动跨越发展；推动跨越发展，就是落实科学发展。”市委书记吴贤德为此提出了“三个认识”，为长乐“十二五”的发展找到了一把金钥匙。

认识科学发展、跨越发展，是长乐发展的必然选择。进入“十二五”，新一轮区域竞争将更加激烈，就全省而言，晋江、福清等先进地区将继续领跑，闽侯、龙海等后发地区也在不断赶超，一批新兴区域加速崛起。当吴贤德在说这番话时，使我想到的是省委书记孙春兰在全省经济工作会议上分析区域竞争日益激烈，用了一句“我省发展面临着‘标兵离我更远，追兵离我更近’的严峻形势”。吴贤德在介绍长乐市情时，特别分析了处于福建省县域经济发展首位的晋江市，说到晋江的区位特点、产业布局、发展战略等简直是如数家珍，尤其在分析长乐与晋江的差距时更是头头是道。不难看出，在他心中早已把晋江作为追赶目标。他说，强者更强，快者更快。这是大势，逆水行舟，不进则退，慢进也是退。因此，我们没有退路，也无路可退，要赢得这场竞争的胜利，要实现“十二五”的跨越，就必须下定决心、一往无前。2011 年元旦假期，长乐市召开了市“两会”，号召全市干部群众从新年第一天开始，就满怀热情、凝心聚力地投入到继续打好“五大战役”、大干“十二五”开局之年中。2 月 8 日（正月初六），长乐市又举办了有域内外企业家、海外侨领以及台资企业家参加的“爱乡创业”新春座谈会，共有 15 个项目现场签约，总投资额达 118.6 亿元，这些都充分展示了长乐先行先试、跨越发展的信心和气魄。

认识科学发展、跨越发展，是长乐优势的集中体现。作为省会窗口，随着综合实力的不断增强，交通等基础设施的更加完善，区位优势、民营优势、对台优势、生态优势等进一步显现，长乐已具备了推进大发展、大跨越的潜能。为此，提出坚持以科学发展观为引领，更加注重以人为本，按照“增效一产、做强二产、提升三产”的思路，进一步优化产业结构，加快发展方式转变，努力实现三次产业在更高层次上协调发展。增效一产就是坚持用发展工业的理念谋划农业发展，重点扶持一批带动能力强、发展潜力大的农业龙头企业，加快发展设施农业、品牌农业、休闲农业，大力发展远洋捕捞业和水产品精深加工业，着力培育现代林业，推动第一产业向第二、第三产业转移。做强二产就是突出抓好各类工业园区资源整合、设施配套、功能提升和空间拓展，加速项目到园区落地、企业向园区集中、产业在园区发展。按照“引进一批、培育一批、提升一批、壮大一批”的方针，加快工业结构调整步伐，推动产业转型升级。提升三产就是把第三产业发展摆在更加突出的位置，重点推进商贸物流、金融服务、文化旅游等产业发展。

认识科学发展、跨越发展，是长乐面临的重大机遇。中央“十二五”规划《建议》明确提出“要充分发挥海峡西岸经济区在推进两岸交流合作中的先行先试作用”，在区域发展、项目建设、资金安排等方面给福建大力支持。中共福建省委省政府和福州市委市政府也将借势在“十二五”期间出台一系列推进海西建设的强力措施，这些都有利于长乐全面融入海西、借力发展。作为一海之隔的长乐，应当充分把握当前两岸关系和平发展的形势，充分把握台湾产业第四次调整的有利契机，针对航台两地产业关联性与互补性强的特点，主动承接台湾地区先进的纺织、电子信息、装备制造等产业，实现现有产业转型升级；主动调整对台经济合作的方式与方法，使长乐成为台湾产业转移的重要基地之一。

在看到机遇的同时，吴贤德也清醒地认识了挑战。从全局上看，全球经济的结构性矛盾和复苏过程中的不确定性，将对长乐进一步拓展国际市场，提升外向型经济发展水平带来挑战；从本土上看，支撑长乐发展的大企业大项目偏少，创新能力不强，自身经济结构还不尽合理，三次产业比例不太协调，第三产业发展尚未实现结构性突破，土地、资金、人才、环境等要素资源瓶颈制约依然比较突出，交通等基础设施有待进一步完善；经济发展水平、城乡建设面貌、社会民生保障、公共服务体系还不能顺应人民群众的新期待。只要长乐干群抓住机遇、乘势而上，就一定能够在未来竞争中赢得主动，就一定能够在科学发展、跨越发展的新征程中大有作为。

开局之年，识局为先，实干为重。投资拉动、项目带动是保证规划目标从蓝图变成现实的重要途径，也是抢抓机遇体现“时不我待，干事创业”的具体体现。为了大干“十二五”开局之年，吴贤德表示要继续坚持“抓项目要尽心尽力、引项目要热忱高效、建项目要有干劲冲劲”，坚定不移地落实投资引领，坚定不移地实施项目带动，坚定不移地做好项目服务。今年，长乐市安排了270项重点项目，总投资1055.63亿元，年度计划投资147.65亿元。在长乐期间，我们一行参观考察了滨海工业集中区和航空港工业集中区，到处是一派火热施工的场面。在滨海工业集中区，正在建设中的有总投资60亿元的恒申合纤和年产60万吨差别化涤纶化纤的金纶石化等50多个项目，届时滨海工业集中区年工业产值将达到500个亿。在航空港工业集中区，仅2010年下半年，新登记项目就达132个，总投资300多亿元，未来区内将形成两大重要支撑点：一是规划4600亩成立的“长乐人创业基地”，产业定位以轻工纺织、电子信息、装备制造、生物医药和现代物流等无污染项目为主，预计建成后年产值可达200亿元；二是规划面积10000多亩的“海西动漫创意之都”，涵盖动漫总部、动漫产业发展园区、主题公园及旅游、动漫创意之家、五星级酒店、动漫教育中心等，形成具有海西特色的动漫产业集群。陪同的同志告诉我们，长乐临港工业到2015年将形成一个千亿产业集群（纺织），四个百亿产业集群（钢铁、电力、粮油、机械），五家以上百亿企业和五十家十亿企业。一个现代化的临港工业雏形已经为滨海新城奠定了坚实的经济基础。

在与吴贤德的交谈中，我被他大浪拍岸的冲劲和大气如海的魄力深深感染。推进宜居宜业宜商、滨江滨海的海西省会窗口生态城市建设，这不仅是吴贤德的梦想，也是我们的祝福，还是七十万长乐人民的期待，更是全省上下的共同愿望。

世界自郑和认识长乐，长乐要从滨海新城走向世界。

（写于2011年7月）

发展县域经济的“比”与“看”

——访中共柘荣县委书记薛理朝、县长冯静

郡县治则天下安，县域强则全省强。

2011 年，柘荣县实现地区生产总值 34 亿元，增长 14%，在宁德市县域排名晋升一位；财政总收入增幅跃居全市第一，财政收入总量在全省县域排名晋升一位，成为县域经济发展中的一个亮点。

根据福建省政协一份全省县域经济的调研报告，2010 年 GDP 不到 30 亿元的县有四个，柘荣是其一；福建省地方财政收入不到 1 亿元的县有两个，柘荣与明溪。笔者认为，如果像柘荣这样的小县在发展县域经济中都有较大的提升，那么，壮大全省县域经济整体实力就指日可待。其经验和做法可圈可点。

柘荣县虽然是个小县，但在全省加快发展县域经济中，弘扬“小县大志气”精神，推动“小县大作为”，在全县上下开展了以“三比三看”即“县域发展比特色、比增幅、比持续；执政为民看干部、看落实、看成果”为主要内容的创先争优活动。为此，笔者采访了县委书记薛理朝、县长冯静。

比特色与看干部

薛理朝书记认为省委书记孙春兰提出的“要做大做强县域经济，根据自然资源禀赋，发挥比较优势，培育县域特色经济”很有针对性和指导性。抓住特色，正是柘荣越位赶超、跨越发展的命脉所在。为此，柘荣县在发展县域经济时，提出要立足更高起点，扬长避短，有所为有所不为，与兄弟县市比特色、比增幅、比持续。

那么，柘荣的产业特色是什么？在前往柘荣的高速公路上，我们不时见到一面面宣传柘荣内容的广告牌——“海西药城，生态养生城”。发展首先

需要立足资源禀赋确立目标。薛理朝说，这是根据柘荣的资源优势、产业基础，提出的发展定位。柘荣财政很困难，当年还是咬咬牙，支付了 36 万元的广告费。之所以这样做，为的是树立柘荣新形象。柘荣人长期以来因为县小有一种自卑的心理。外人对柘荣认知更是非常有限，甚至误读。前些年，请来演艺界举办文艺晚会，有明星一口喊出了“拓荣”，让人贻笑大方的“口误”。

薛理朝认为，发展县域经济首先是认识县情。县域县情千差万别，没有一个固定的发展模式可以效仿。必须从当地的实际出发，寻找特色，做强特色，产业特色放大了就是县域特色，只有抓住了特色才能抓住了县域经济的根本。谈到柘荣的特色，他如数家珍地一一道来，国家级生态示范区、省级园林县城和中国太子参之乡。柘荣历届县委、县政府坚持走资源转化型路子，着力构筑“海西药城”和生态养生城，奠定了县域特色发展的基础。

县域经济从本质上说是特色经济。那么，所谓特色？

首先，特色是人无我有。2010 年以来，县委县政府立足高起点、高标准做好县城总体规划、生态养生城规划和旅游总体规划，突出了生态养生、旅游避暑等核心要素。沈海高速复线建设在即，柘荣根据“环三区域和浙南地区后花园、福建省北承西拓的桥头堡”的区位优势，将转变为开放优势。柘荣重点是通过打造以生态避暑养生为主题的宜居宜业东部新城，依托争创国家级生态县和中国长寿之乡，大幅提升商气人气，带动生态养生产业发展。

其次，特色是人有我优。柘荣县内具有开发利用价值的中药材多达 296 种，全县中药种植面积达 5.5 万亩。药业工业展现实力，药业及关联企业达到 15 家，产值 12.6 亿元，年均增长 30.8%，跃居全省县域前列。柘荣县虽小，却拥有两枚中国驰名商标——中国太子参和力捷迅药业。找到了特色，主要是通过项目带动、品牌带动来把特色做特、强项做强，以项目大开发拉动投资大增长，以品牌大建设推动发展大提升。目前，全县集聚药业及其关联企业 15 家、药品生产线达 32 条，产品覆盖化学药、现代中药、保健食品、医疗器械、兽药、药包材等六大领域。

第三，特色是人优我特。本着特色为先，整合县域资源，优化服务环境，优惠条件向特色产业倾斜。突出生态养生和医药产业，抢占招商选资先机，主动对接浙南地区，大招商、招大商、选好商。在招商中关键是处理好“让利当前”和“赢利长远”的关系，善于算大账、算未来账，最大限度让利企业，吸引大企业大项目在柘荣落地生根，进一步激发发展活力、增强发展后劲。

事业成败，关键在党，关键在人。发展特色县域产业，要优、要特，关键是激发党员干部干事创业的激情。县域经济发展最终的竞争，说到底是干部队伍的竞争，项目投资只是表象，根本在于比作风、比干劲、比队伍。县域经济是抓手，一切工作的出发点和落脚点是贯彻落实执政为民的理念。为此，县委县政府在 2011 年 10 月出台了《关于开展“三比三看”深化创先争优活动的意见》。

为了在当地干部中把“三比三看”活动引向深入，县委县政府组织了“如何破解项目要求”、“如何破解工业园区建设”、“如何激发乡镇活力”、“如何破解落实难”、“如何加快东部新城建设”、“如何加大招商引资力度”等 6 个专题的大讨论。每个课题由一个县委常委、一个副县长牵头负责。不仅要找到问题，而且要寻求对策。不说做不到、只求怎么做，以思想解放带动活力释放，以观念更新带动工作创新。

通过 6 个专题的研讨，依照冯静县长的话来总结，至少达到了两个预期目的：对于柘荣“海西药城”、“生态养生城”的“两城”建设的共识更加统一、克难攻坚的干劲更加充足、统筹兼顾的能力更加提升；对于解放思想、抢抓机遇，谋求跨越发展先机有了更深地把握。今年列入五大战役重点攻坚的 59 个项目已经全面启动，小县大城关、小县大产业不断展现新姿态。

比增幅与看落实

兄弟县市发展县域经济千帆竞发，区域竞争、产业竞争也空前激烈，比较在所难免。有比较，才能比学赶超。关键比什么？才能比出干劲比出志气。薛理朝认为，一方面，要自己跟自己比，互相看一看，各行各业、各个系统和各个领域内部及相互之间，形成比学赶超、积极向上的氛围；另一方面，要把眼光放远点，跟别人比，向外面看，包括周边县市、先进地区、发达地区。

在柘荣县，“比增幅”表现为发展快。在“海西药城”建设上，2011年初以来，就引进今古通、美福业等药企，成功对接了生物医药循环经济产业园、国际度假山庄、避暑养生旅游、医疗器械产品开发等三十多个项目。确立了“生态养生城”后，仅2011年“十一”黄金周期间全县就接待游客3.1万人次，旅游总收入达465万元，比2010年同期增加了238%。2011年柘荣县前三季度总收入和地方收入增幅均位居全市第一，都创下了历史最好水平。“比增幅”比出了气魄，比出了激情。有气魄才能干大事，有激情才能实现大作为、创造大影响。

增幅来自落实。发展忧无策，更忧有策不落实。薛理朝强调，抓不抓落实，如何抓落实，能否抓好落实，反映出来的是党性和觉悟，体现出来的是作风和意志，检验出来的是能力和水平。抓落实要从基层抓起，从基础抓起，一个单位一个单位推进，一项工作一项工作落实，一个领域一个领域深化。要从具体问题抓起，从一件一件实事抓起，做出明确的、具体的、可操作的、可检验的规定，形成有效和长效机制。如果我们的决策定一项是一项，项项算数；我们的工作干一件是一件，件件落实，我们就能形成凝聚力，就能开创新局面。他列举一个事例。为了“海西药城”储备药学人才，主动出击，将柘荣县职业技术学校与省生物工程学院联合办学，福建生物工程职业技术学院柘荣分院挂牌成立，开启了柘荣“小县办大学”的历史。2011年招生工作遇到很大困难，但是别人做不到的柘荣县做到了，招生任务圆满完成，得到省里的高度评价。

县委县政府在深化创先争优的活动中，不只是满足一般性号召，薛理朝发挥担任过组织部长的从业背景，将考评进行了量化，分别制定出《县直单位绩效考评活动方案》《乡镇经济实力考评活动方案》《两城建设优秀个人评选活动方案》。形成了部门评乡镇、乡镇评部门、个人看贡献的积极氛围，推动全县上下提振精神、比学赶超。为了开展“改进工作作风，提高行政效能”活动，同时印发了《关于进一步加强和改进乡镇干部日常管理的通知》《柘荣县重点工作选派干部管理办法（试行）》等文件。在用制度管理、约束、激励干部的同时，也在政治、生活上关心、爱护乡镇干部。在薛理朝交谈中，笔者注意到了两个细节：比如2011年县委换届之后，乡镇党委书记全部进入县委委员；并明确乡镇党委今后推荐的干部优先使用；在县财政很困难的情况下，每年拨付2万元给乡镇食堂，改善伙食，提高乡镇干部的福利。

2011年11月3日，柘荣县举行了全县创先争优先进事迹报告会。会上有5位来自不同平凡岗位的普通党员干部，用朴实的话语、真挚的情感和鲜活的事例，给广大党员干部作了一场感人至深、催人奋进的报告。薛理朝介绍说，创先争优只有融于推动发展、融于执政为民，才能体现其强大的生命力，才能赢得群众好的口碑。自创先争优活动开展以来，既严格按照中央和省委、市委的要求部署做好“规定动作”，又紧密结合实际创新拓展一系列“自选动作”，全县353个基层党组织、5300多名党员以及工青妇组织紧紧围绕“创先争优我做起、构筑两城争跨越”的活动载体，创先争优活动扎实开展，并取得了良好成效。为了进一步动员全县各级党组织和广大党员，扎实推进“三比三看”深化创先争优活动，使创先争优活动真正成为推动柘荣越位赶超、跨越发展的重要载体。

作为地方党委的工作，最终的落实是在用人的导向上。县委在全县创先争优先进事迹报告会后，提拔了3位报告团的成员。要使“三比三看”真正成为公平竞争、奖惩并重的长效机制，以长效机制来确保干部作风，确保工作落实，关键是作为选人用人的重要依据，凡是在服务“两城”建设、开发东部新城、打好“五大战役”、推进重点项目等核心工作中有突出贡献的，都应当受到表彰、树为典型、得到重用、进行宣传。

比持续与看成果

柘荣县发展县域经济的特色明确了，地方财政总收入增幅的强劲势头也被激发出来了，怎样把这种特色做强，特色放大？怎样把发展的态势、增幅的势头保持下去？柘荣“十二五”末要达到的发展目标是“地区生产总值60亿、财政总收入6亿”，并进入全省一般发展水平县前十位。这是摆在薛理朝书记、冯静县长面前的又一道难题。

压力即动力。山区干部最缺的是眼光、是观念。为了进一步解放思想，更新观念，县委决定跳出柘荣谋划柘荣，采取异地办班形式，2011年10月、11月分别委托山东临沂党校和江苏江阴党校举办“城乡建设与经济发展”两期专题培训班。培训对象主要是乡镇书记和镇长、县直局长等。培训的两个地点选择得很有代表性：江阴是在全国县域经济科学发展基本竞争力评价中名列第一；临沂是从全国18个连片贫困地区之一跃进先进行列，被誉为“临沂模式”。这两次外出学习培训引发柘荣干部内心的震撼，笔者从两份汇报材料就能够充分感受到。

“不是县里的发展规划超前了，而是我们发展太慢了。”面对干部培训的认识转变，薛理朝、冯静都深感欣慰。观念决定思路，思路带来出路，制度产生活力，落实就有成果。

2011年2月9日，柘荣县第十一届党代会二次会议开幕。今年的党代会在内容、形式上与往年有所不同。在主题报告后，会议通报了上一年度党代表意见建议落实情况，表彰了“十佳工作者”、“十佳企业经营者”、“十佳村干”，新增了对乡镇经济实力考评、县直机关绩效考评和重点项目考评先进单位的表彰，2011年度乡镇经济实力考评前三名的乡镇和最后三名的乡镇分别被请到主席台，分别作典型发言和表态发言。在对党代会报告的分组讨论中，也一改以往讨论“要做什么”为“要怎么做”。对此，薛理朝的解释是：“今年要干的事，报告里都很清楚了，不要讨论干不干、有什么困难，而是要讨论怎么干、怎么落实。”

对于今后的工作，薛理朝、冯静成竹在胸，思路明确：理念更新谋先机。抢抓沈海复线高速动工机遇，放大县域资源优势，提速“两城”战略步伐；项目运作求突破。突出招商引资，勇于让利当前，借助强力破解发展瓶颈，大上项目推进新城建设，做活做旺县域经济；产业配套建集群。扶优龙头企业、延伸产业链条，完善工业园区，全力构筑农工贸、产学研一体化的百亿海西药城；文化开发添活力。着力挖掘、整合、提升民间特色文化艺术，培育实体、做大品牌，推动文化大发展大繁荣；素质提升促实效。优化干部考评办法，用效率检验作风、用落实检验能力、用成果检验素质，引领全县干部实干实效促发展。

（写于2012年2月）

县委书记的“三字经”

——访中共浦城县委书记陈国发

在浦城县第十二次党代会上，陈国发书记提出“十二五”期间新浦城新定位新目标。新定位：构建闽浙赣边界南接北连的产业“洼地”、现代农业的示范基地、山清水秀的宜居福地、底蕴深厚的文化高地；新目标是“一进位”（综合实力争先进位，步入全市发展第一梯队）、“两增长”（财政总收入、固定资产投资均增长两倍以上）、“三翻番”（地区生产总值、规模以上工业产值、社会消费品零售总额均翻一番以上）、“四提高”（提高二产比重、提高城镇化率、提高百姓幸福指数、提高生态环境质量）。

人说地方官员都有一本数字账本，数字最为枯燥，却最能说明问题，这“四地”和“一二三四”，把浦城发展的明天描绘得既准确清晰又令人向往。县党代会后的一年半即2012年末，事实证明，浦城县的各项工作正朝着既定的目标稳健推进。在与陈国发访谈中，虽然数字听得我云遮雾罩，但他的“三字经”却让我眼睛一亮。

农业“新三宝”

浦城是我省产粮第一县，农业是富民的传统产业。为此，县委提出“构建现代农业的示范基地”，着力在品牌化、产业化、组织化上下功夫，全面开展与高等院校、科研机构的合作，加快传统农业向现代农业转变。在抓好粮食、畜禽、烤烟、油料等主导产业的同时，重点抓“浦城三宝”：丹桂、薏米、灵芝草，目前三个特色农产品已初露产业化的端倪。

为了培植丹桂产业，县里提出了“政府引导、市场主导、农民主体、企业参与、协会互动、县校合作”的发展模式，全力推动该传统特色产品形成产业，带动农民增收。丹桂种植面积每年以万亩速度递增，由“十五”末期的1万亩到2013年突破7万亩，年产丹桂鲜花100万公斤以上，年均繁育丹桂苗木2亿多株，居全国第一。在此基础上，引导开展丹桂的深加工，桂花糕、桂花酒、桂花茶等食品加工企业不断扩张，目前正在引进丹桂萃取精油、天然香精提取项目。丹桂还是现代城市园林和山地绿化的珍贵树种，在加速城镇化进程中，浦城县抓住地缘优势，开拓“长三角”市场，丹桂苗木畅销全国23个省市，深植北京奥运场馆、上海世博园等地。

2012年1月，浦城精选15克薏米种子搭乘神舟八号遨游太空名声大噪。浦城薏米栽培历史有三千多年，但始终未形成产业。在突破该产业发展“瓶颈”上，县里注重政策引导和品牌创造，成立了薏米产业发展协调小组，组建产业协会，制定相关政策，扶持薏米产业的发展。2008年12月浦城薏米获国家地理标志保护产品，2011年，“木樨园”牌的浦城薏米荣获“福建省名牌产品”称号。小薏米，大产业，逐渐涵盖了食品、医药等多个领域，全县薏米种植面积由“十五”末期的500亩，到2013年突破万亩，成为农民增收的一个新亮点。

灵芝产业主要抓龙头企业带动。福建仙芝楼生物科技有限公司是我省高新技术企业，与中国医学科学院药物研究所合作成立了“仙芝楼院士工作站”，承担国家星火计划项目及《灵芝孢子粉采收及破壁加工规范》《灵芝提取物》国家标准制定。浦城县已将灵芝产业作为重点“回归工程”，从政策、资金、技术、市场等方面给予支持，在全县推广灵芝优质高产栽培技术，并在品牌上做文章。公司投资1.8亿元的仙芝产业园，一期完成的灵芝、薏苡仁等中药材口服饮片GMP（优良制造标准）车间，已投入生产。

工业“三产业”

工业是强县之本，浦城经济总量偏小，产业结构不尽合理，二产“短腿”是浦城经济的软肋。为此，县委县政府提出强化工业支撑，根据产业基础扬长避短，推进工业平台建设、培育领军企业，重点抓生物制药、食品加工、轻工轻纺等三大主导产业。

一是政策引导。县里出台了《进一步促进工业经济发展的若干意见》、《推进经济建设工作落实的若干意见》和《产业发展专项资金管理暂行办法》，形成招商引资促进发展的良好氛围。二是建设平台。2007 年，南平市委、市政府决定在浦城建立市县共享的荣华山产业组团，辐射“长三角”，以构建闽浙赣边界南接北连的产业“洼地”。随着浦南高速、龙浦高速、宁武高速等相继建成通车，浦城的区位优势进一步凸显。陈国发说，县里自始至终、全力以赴促进组团发展，“出工”——每年选派四十多名项目官员负责征地拆迁，“出地”——规划用地 60 平方公里。同时加速省级浦城工业园区扩区升级，推动组团与园区融合。三是突破重点。组织实施以圣农肉鸡全产业链项目为龙头的食品加工、以新型轻纺专业园为龙头的轻纺轻工、以正大、绿康产能扩张为龙头的生物制药等三大产业十个项目建设。

福建圣农发展（浦城）有限公司，总投资 59 亿、年产 2.5 亿羽肉鸡的全产业链项目，2011 年 12 月签约。2012 年 3 月成立以县委书记为组长、县长为常务副组长、成员分布 15 个乡镇（街道）共 171 人的服务队伍，同时组织 10 人综合服务组与圣农公司合署办公无缝对接，九个月就完成了万亩征、租地，64 个孵化、饲料、宰杀、生物质发电厂（场）全面开工建设。

新型轻纺专业园到目前已签约入驻项目 43 个，开工建设 31 个，竣工投产 16 个。2012 年实现规模工业产值 32 亿元，2014 年有望突破百亿。此外，闽城光学是集金属框和塑胶框老花镜、太阳镜产品研发、生产、销售为一体的非公企业，现拥有年产 5000 万副镜框的能力，产量世界第一。浙江杜山集团落地的特种纸项目总投资 5 亿元，采用进口纸浆，年产金属印花纸、食品包装纸、无纺纸、无碳原纸等特种纸 10 万吨。

正大生化是浦城与泰国正大集团的合资企业。地处城区中心没有拓展空间，县委县政府审时度势，为了企业发展和市民安全，实施退城进园产能扩张计划，2012 年 8 月全面完成整体搬迁，当年产值突破 5 亿元，税收 5000 万，出口创汇 7000 万美元。绿康股份有限公司是按照中国兽药 GMP 规范设计、生产、经营、管理的生物制药企业，为中国兽药原料药类 10 强。2012 年公司已完成股改，近年可望上市，届时将是我省唯一一家没有地域标示限制、全省第三家中外合资上市企业。

文化“三工程”

浦城是闽越文化的摇篮，有4000年的人类文明史、为我省第一批置县的五县之一（公元196年）。福建文物界有句行话：地上文物看泉州，地下文物看浦城。其实，浦城地上文物已经开始让人刮目相看。在陈国发任县长5年间，抢救性新增县级以上文物保护单位32处，并列入财政预算；成功申报浦城剪纸、闽派古琴、傀子木偶、丹桂茶制作技艺等4个省级非物质文化遗产，获文化部授予的“中国文化艺术（剪纸）之乡”称号；确定了12个县级非物质文化遗产，对拥有千年历史的仙霞古道及沿线文物进行抢救性保护。挖掘2个“中国十大考古新发现”猫耳山商代龙窑群遗址和西周土墩墓群文化遗存，同时举办“天下章氏祖根行”、“中国·浦城民间剪纸展”等活动，把浦城的传统文化挖掘传承并推向世界。

“十二五”期间，县委提出了构建“底蕴深厚的文化高地”的定位，建立健全了“党委统一领导、政府组织实施、宣传部门协调指导、文化部门具体落实、相关部门密切配合”的领导机制，采取一系列有效的政策措施推进文化大繁荣大发展。制定实施了《浦城县文化产业发展规划》，将民间剪纸、闽派古琴、赣剧艺术传承、文化旅游等十个重点项目逐项实施。陈国发重点介绍了实施保护传承、惠民利民、产业开发“三大工程”建设齐头并进的情况。

浦城县2012年6月建成的“方志敏群雕”、“匡山四贤群雕”、“真德秀雕像”等三个城市雕塑，均由著名雕塑家、中央美院雕塑系博士生导师曹春生教授主持设计的作品，与此同时，方志敏广场、真德秀广场等城市文化项目同步完工，使群众在健身、休闲、娱乐的同时，潜移默化地接受历史文化的教育和传承，变无形为有形，成为文化惠民工程的有效载体，受到百姓的交口称赞。2012年，全县实施文化建设和民生事业十大项目，医疗卫生、保障性住房、县行政服务中心等项目建设完成时序进度，民生水利工程、创业园、城市广场综合体等项目加快前期。浦者临水也，城者大邑也。要让浦城水土胜境名副其实，也就是建设山清水秀的宜居福地。

浦城在文化产业是从三个项目上推进：一是城市广场综合体建设，在城区建立集数字影院、图书城、市民广场为一体的综合体，目前已完成规划设计，正在进行拆迁；二是梦笔山历史文化主题公园建设，梦笔山是南朝诗魁江淹“梦笔生花”的地方，具有很高的历史文化价值。公园规划面积307亩，形成一个人文景观和现代建筑相辉映，集观光、品味、休闲、娱乐为一体的城市公园；三是国家级森林公园匡山生态旅游项目建设，重点打造刘伯温等“四贤”隐居匡山寄情山水却指点江山的情怀，以及省级历史文化名村观前、省级风景名胜区浮盖山为主的生态文化旅游。

制度“三保障”

工作成败与否，关键在谋，贵在落实，重在实效。为了提高行政效能，县委注重强组织、建机制、用干部、重激励。陈国发重点介绍了制度建设的“三个保障”。

一是组织保障。全面推行一线工作法，使问题解决在一线、干部培养在一线，以发展论英雄，凭实绩用干部。他率先垂范走遍了全县286个建制村，挂钩帮扶三个最偏远的村，与百姓拉家常、出点子。2012年全县选派了121名项目官员服务30个项目。同时大力整治慵懒散，制定出台了《关于深入推进治理慵懒散工作的意见》《慵懒散行为问责暂行办法》《关于调整不适宜担任现职及不胜任不称职干部的意见（试行）》等文件，实行奖优罚劣，对不作为、乱作为和维稳不力造成不良后果的34名干部给予了党政纪处分、效能告诫和通报批评，其中科级干部15名。

二是机制保障。对重点项目实行“五个一”工作机制（一名责任领导、一个牵头单位、一个服务团队、一套推进方案、一笔工作经费），采取倒排时间、工期、任务，确保如期完成。项目建设工作经费纳入财政预算，运用因素分配法，实行县乡共同考评、奖优罚劣，形成上下齐抓、推动发展的创业氛围。

三是基础保障。以农村基层民主建设为切入口，不断完善“村里的事党组织要引领，村民要知道、要参与、要做主、要监督、要满意”为主要内容的“六要”群众工作法，提高了基层干部做群众工作的水平，减少了社会矛盾，促进了基层民主建设和党风廉政建设，农民群众的满意度不断提高。2012年以来，在全县和共产党员中深入开展创先争优活动。陈国发认为，实现“十二五”新浦城新定位新目标，关键在党，关键在人。

采访陈国发书记结束了，关于他的“三字经”其实还有很多。限于文章的篇幅，我不能一一写全。陈国发的“三字经”或许纯粹是数字上的巧合，或许他本人并未意识到，却引发了我对于“三”的哲学思考。

不论是自然界还是人世间，有更多的东西是成“三”存在的。天体三组合，日、月、星；宇宙三概括，天、地、人；空间三维度，长、宽、高；审美三境界，真、善、美；生命三要素，阳光、空气和水；时间三划分，过去、现在和未来。故此，老子才说“一生二，二生三，三生万物”。

其实，“三”个层面是我们认识世间万物的一种思维视角。就以浦城“四地”定位为例，“洼地”——基地（福地）——高地，实际上就是高中低三个层面，这是相互关联、相互作用的三种关系。推而广之，一个区域的发展，需要正确处理的也是三者之间的关系，例如改革、发展与稳定，经济、政治与文化，生产、生活与生态等等，这些三者之间的关系如果能够做到有机统一，就一定能够推动那个区域更好更快发展，福建“北大门”浦城的新形象值得我们期待。

（写于2012年11月）

谋长远，业以翔致高
打基础，民以安为本

——访中共厦门市翔安区委书记陈永裕

2012 年 12 月 26 日走进翔安，陈永裕书记与我们匆匆见上一面，就在当天下午赶往福州，参加第二天召开的省委九届六次全体（扩大）会议。会议结束的当晚就赶了回来，出席次日举行的厦门市委十一届五次全体（扩大）会议。为了在第一时间传达贯彻省委和市委全会精神，陈永裕在市委全会结束的当日下午，主持召开了区委常委会研究贯彻意见，并决定下周一举行区委三届四次（全体）扩大会议。

区委常委会一结束，陈永裕留出了一小时接受我们的采访。粗线条勾勒陈永裕的工作状态说明基层工作的节奏，访谈时间虽短，但却为我们提供了最鲜活的内容。我们的访谈就是从他参加省委和市委全会后的感想开始的。

一

翔安是 2003 年 10 月建区，陈永裕是 2011 年 7 月接任区委书记。他到任后没有再提什么新的口号，而是延续前任提出的坚持产业发展、新城建设“双轮驱动”，工业化、城市化“两化并进”的发展思路，实现产业发展、新城建设和人民生活“三个新跨越”的目标，在干中深化、在干中完善，紧紧抓住海峡两岸新兴产业和现代服务业合作示范区、厦门翔安国际新机场航空城这两大“新引擎”，进一步加大开发建设力度，同时强化“三维招商”力度，着力提升投资发展环境，建立健全了责任考核、奖惩激励、督查督办机制等一系列举措，激发了全区上下抢抓机遇、乘势而上、全力推进翔安科学发展、跨越发展的热情和干劲。

一般人只知道，陈永裕曾经在省委组织部担任过地市干部处（干部二处）处长；2005年3月起任厦门市委组织部副部长、部务会成员，市委国资监管工委书记。其实，他大学一毕业就到乡镇工作，从基层做起。有过基层工作经历的人，最大感受的是，希望保持政策的连续性，一张蓝图绘到底。朝令夕改，换一个领导就换一个思路，一任一个号令，不仅让基层工作同志难以适从，也是一种折腾！

翔安区坚持把项目带动作为开发建设的第一抓手，全力推动项目建设提速增效，以项目推动产业发展、带动新城建设，促进发展方式转变。2011年、2012年，全区地区生产总值增幅均超15%，规模以上工业产值增幅均超20%，财政总收入年均增长34.5%，农民人均纯收入年均增长15%，固定资产投资总额320亿元，各项经济指标完成情况位居全市各区前列。

陈永裕强调说，区委区政府是根据翔安的北部和中部有近50平方公里可用于工业集中区的开发，海翔大道以南区域可承接上百万人口的聚居这两个有利条件，一手抓工业项目落地，一手抓翔安新城建设，以产业发展支撑新城建设，以新城建设聚集产业发展。

一手坚持用产业集群理念谋划先进制造业。产业是城市发展的重要支撑。没有强大的产业支撑，翔安发展就会缺乏坚实的基础和后劲。为此，把工业园区作为推进翔安科学发展跨越发展的重要平台来抓。全力配合火炬（翔安）产业区发展，大力拓展翔安工业园区，启动内厝工业片区、企业总部会馆片区的规划建设，在原有基础上新拓展开发东寮、市头三期等片区9.2平方公里，不断完善园区配套。出台了关于加快推进企业上市、进一步支持中小企业经营发展等扶持政策，实行区级领导挂钩联系重点企业制度，促进已签约项目尽快落地动建，及时帮助企业解决发展中的困难。

一手坚持以规划指导理念引领新城建设。都说翔安是“有区无城”，这是制约经济社会发展和人民生活质量提高的关键因素。因此，一年多来，区委区政府紧紧围绕厦门两岸新兴产业和现代服务业合作示范区和厦门翔安国际机场航空城的开发，全面推进翔安新城建设。力促全省最大的保障性安居工程——洋唐居住区、占地约930亩，建设限价房、人才房、保障安居房等各类住宅约11000套，总投资约38亿元。此外，新城CBD办公群、15条新城规划道路等项目的落地建设，启动翔安市民服务中心片区开发和新店、马巷旧街片区改造整治，全力配合厦门大学翔安校区完成一期建设。推动新圩小城镇建设提速，去年在全省小城镇综合改革试点考核中位列第一，升格为国家级试点。

二

不论是产业支撑，还是新城建设，最终要落到当地群众受实惠上，一定要让当地群众尝到实实在在的甜头。为此，区委坚持把人民群众的根本利益作为一切工作的出发点和落脚点，成立了区保障和改善民生工作领导小组，设立了4亿元的民生保障基金，努力解决群众最关心、最迫切的利益问题，加快提升公共服务水平，集中力量办好惠民实事。

在与陈永裕交谈中，对区委谋长远，业以翔致高；打基础，民以安为本很有感触。在干部教育和使用、转变农民意识和优先发展教育等几个方面印象突出。

陈永裕到任四个多月后，觉得翔安有许多好的机遇、许多好的干部，但也存在一些差强人意的地方，主要是不少干部的素质跟不上发展的步伐。2011年以来，全区共有37名干部受到效能责任追究，占了全市效能处理人数的近一半。效能告诫固然需要，关键还是要提高干部队伍的素质。

为此，2011年11月，经区委研究决定，利用一周的时间，对全区干部进行集中培训。先是组织区领导机关干部到晋江参观学习，借鉴他们和谐拆迁的经验做法，接着由专家讲授十七届六中全会精神辅导报告，再由陈永裕书记进行专题讲课，而后各单位结合实际组织讨论，进一步统一思想，营造干事创业、争先创优的氛围。

我们调看了陈永裕讲课的讲稿，很受教育。其中谈到转变观念、改进作风时，提出了强化十种意识，在十种意识中有一项强化实干意识。非常符合习近平总书记在党的十八大之后倡导的“空谈误国，实干兴邦”。

陈永裕认为，实干是成事之道、发展之基。一切问题只有在实干当中才能解决，一切机遇只有在实干当中才能抓住，一切升迁只有在实干当中来落实。如果只会说不会干、只挥手不动手，那只能是山也还是那座山，“难”也还是那个“难”。因此，我们各级干部都要增强实干意识，发扬脚踏实地、求真务实的作风，察实情、讲实话、办实事、求实效，真正沉下身、沉下心、沉下力，把嘴上说的、纸上写的、会上定的，变为具体的行动，一抓到底，抓出成效，真正做到事业发展、干部成长。

陈永裕不仅这样说的，也是这样做的。2011 年，区委重组完善区重大项目领导小组，成立了六个指挥部（管委会）和四个办事机构，并赋予相应的职责和权限。2012 年初，区委又进一步对领导小组的架构、配备和工作职能进行调整优化，确保各指挥部（管委会）能够独当一面、积极有效开展工作，促进各级领导真正沉到基层、压到一线，推动工作落实。同时出台了重点项目、征地拆迁、招商引资等考核激励办法，完善了征地拆迁工作运行机制，并从区机关抽调 202 名工作人员到各指挥部（管委会）、征地拆迁办和重点项目，加大一线工作力度，通过项目和基层一线考察和选拔、任用干部 75 人，充分调动广大党员干部干事创业的激情活力。

强化十种意识，创新机制、提速增效的结果是，一年多来，全区共完成征地 1.4 万亩、拆迁 19.9 万平方米、海域退养 1.6 万亩，拆迁量完成率全市最高，项目审批时限压缩到法定时间 27.55%以内。同时为厦门两岸新兴产业和现代服务业合作示范区基础工程开工建设，完成造地收储 6.5 平方公里。

拆迁征地提速了，新的问题又来了。失地、失海的农民、渔民怎么办？据初步统计，翔安涉及退耕退养的农民已有 20 万，转产就业的压力大。随着翔安大开发、大建设的推进，征地拆迁、渔民退养和农民转产转业等问题会越来越突出。

发展中的问题必须用发展来解决。翔安区的可贵在于用保障和改善民生的思路来解决城镇化的质量问题。修订出台了《进一步做好就业服务的实施意见》，积极对接用工企业和职业院校，大力开展烹饪、缝纫机、电瓶车、游艇驾驶等针对性、实用性强的劳动技能培训和创业辅导，并通过定期举办招聘会、校企对接、扶持珠绣等家庭手加工业、开发公益岗位等，努力拓宽转移渠道，共转移农村劳动力 9400 多人。同时发展壮大农村集体经济，厦大翔安校区配套服务项目已于 9 月份投入运营，增加农民财产性、工资性收入。区委区政府还组织对民生问题调研，初步形成了 15 条比现有措施力度更大、针对性更强的保障和改善民生的政策措施，将于 2013 春季正式出台。今后还将借助厦门翔安国际机场航空城建设项目的契机，利用新机场航空城建设所带来的人流、物流、信息流，大力发展第三产业，进一步做好退耕退养农渔民转产就业工作。

在保障和改善民生上，优先发展教育是翔安一个亮点。

在交谈中，发现陈永裕想得更深、谋划得更远。他说翔安要办最好的教育，只要有好的学校，就会有人气。

这些年，区委区政府先后投入 3 亿多元完善办学条件，新建、扩建 8 所中小学及公办幼儿园，重建 8 幢教学楼，加固 47 幢中小学校舍。成立全省首个县区级公募教育基金，由区政府拨出 600 万元作为启动资金，得到社会各界积极响应，热心企业慷慨解囊，目前已募集到资金 6000 多万元。有了基金会，无助的孩子将不再无助，失学的孩子将不再失学。由此同时，出台《高层次教育人才引进和培育实施细则》，全区 20 多所学校分别与厦门一中、双十中学等 5 所岛内优质校开展合作办学，积极创建省级达标校。经过区委区政府多方积极努力，2012 年 9 月高分通过省“义务教育发展基本均衡区”评估验收。

百年大计，教育为本。翔安是新区，教育基础较薄弱；翔安要发展，优秀人才又相对缺乏。通过公募教育基金、高位嫁接、引进名师等多项“组合拳”，打造一个全新的翔安教育。更令人感慨的是，美丽典雅、大气磅礴的厦门大学翔安新校区业已矗立、开始招生。业以翔致高，翔安未来的起飞寄望于翔安航空城的落成，也寄望于翔安最优质的教育资源培育的人才。

三

翔安区是我省最年轻的区，陈永裕书记到任时间也不长，他追求的是“功成不必在我任”的执政理念和境界，既要干好在任见效之事，又要干好后任才能见效之事。即便在任期内不能完成的事情，也要为下一任开个好头，打好基础。在他的任期之内，看得到的“显绩”固然让人乐道，但对于打基础、利长远的“潜绩”他会感到更欣慰。

是的，不论是抓干部队伍建设，抓农民意识转化，还是优先发展教育，都是做人的工作。人是世间最宝贵的资源，是翔安未来发展的根本。做好人的工作，就是为翔安未来强基固本。

访谈即将结束，陈永裕表示，2013 年是全面贯彻落实党的十八大精神的开局之年，是为全面完成“十二五”奋斗目标奠定坚实基础的重要一年，也是翔安区建区十周年，做好翔安各项工作意义十分重大。

陈永裕感到了今后任务很重，压力很大，但又信心很足。他表示，进一步凝聚抓发展的强大合力。全面提升基层党组织的建设水平，更好地发挥其战斗堡垒作用；进一步增强抓发展的能力水平。坚持以思路创新推动工作创新，以机制创新提升运作水平，以举措创新破解发展难题，不断开创工作新局面；进一步提高自身的素质能力。不断增强工作的主动性、创造性和预见性；进一步提升抓发展的实干作风。切实强化为民宗旨意识，树牢清正廉洁形象。要严格执行中央关于改进工作作风和密切联系群众的八项规定，真抓实干推进工作落实，真心实意为民排忧解难。敢啃硬骨头、善打攻坚战，确保各项工作取得实实在在的成效，以优异的成绩向翔安建区十周年献礼。

（写于 2013 年 1 月）

平潭，在创新中走向未来

——访中共平潭综合实验区党工委书记、管委会主任龚清概

如果盘点我国当下热点的区域，平潭一定榜上有名。自成立综合实验区以来，平潭就备受关注。有期待、有争议，也有质疑。尤其平潭速度、平潭质量、平潭效益，缔造了一个平潭神话，愈加增强了平潭的吸引力和神秘感。当人们怀着好奇的眼光，以各种理由络绎来到平潭、考察平潭、探究平潭时，偌大的平潭就像一个火热的大工地，大家还看到了什么？

作为平潭实验区的掌门人，龚清概参与了平潭三年多的开发开放全过程，见证了它的嬗变和跃升，哪他又是怎样来回应社会的关切呢？

龚清概那天在区情介绍会上，有两句话给我印象深刻："三年多来，有些事情解决得很好，有些事情有很好的解决方案。"这样的回答是睿智的，也是清醒的。

以近致远，从大局上宏观把握

在平潭设立对台综合实验区，初始考量的重要因素之一是近。三年多来，一个地理概念已为人们耳熟能详，平潭是大陆距台湾本岛最近的地方，与新竹直线距离仅 68 海里。

在平潭建立综合实验区只因它的区位优势吗？是，又不尽然。

进入 21 世纪，党中央审时度势，提出了推进现代化、完成祖国统一、维护世界和平与促进共同发展的三大历史任务。其中完成祖国统一是实现中国梦的必然要求。

这就需要一块因台而设的特殊区域，先行先试，探路试水，积累经验。于是，国务院 2009 年 5 月颁布的《国务院关于支持福建省加快建设海峡西

岸经济区的若干意见》中提出“在现有海关特殊监管区域政策的基础上，进一步探索在福建沿海有条件的岛屿设立两岸合作的海关特殊监管区域，实施更加优惠的政策”，“探索进行两岸区域合作试点”。

2009 年 7 月，在省委八届六次全会上，做出了一项重大的决定：设立平潭综合实验区。历史选择了福建，福建选择了平潭，从此一个知名度不高的离岛成为海峡两岸关注的新热点。

2010 年 2 月，时任中共中央总书记胡锦涛在闽与闽西革命老区群众共迎新春佳节。他对平潭开放开发做出重要指示，要求积极探索建立一个比较有利于开发、开放的机制，强调要搞好规划，在开发初期搞好基础设施建设，创造好的发展条件。

2010 年 2 月，福建省委、省政府设立平潭综合实验区党工委、管委会，龚清概从南平市长调任党工委书记、管委会主任。

斯时，平潭岛尚未与大陆连通，人货往来全靠渡轮。岛上居民多以水产捕捞、海上运输和外出打隧道为生，人均生产总值仅为全省平均水平的一半。龚清概连用了“五个最、三个无”来概括当时的情景：基础最差、自然条件最恶劣、社情最复杂、人才最匮乏、观念最闭塞，无城市依托、无平台支撑、无足够资金投入。想要在这样一个长期封闭的离岛，建设国际化、现代化的综合实验区和两岸民众的共同家园困难非常大，挑战特别大。

尽管条件基础都不尽如人意，但平潭自成立综合实验区以来，就得到了党中央、国务院的高度重视，先后有二十二位党和国家领导人以及两百多位部级领导上岛考察，对平潭开发建设给予了亲切指导。三十多个国家部委陆续派员到平潭调研，研究赋予实验区的具体政策。

2011 年 11 月 18 日，国务院批复的《平潭综合实验区总体发展规划》，明确定位建设两岸共同家园。

龚清概强调，平潭是中华民族共同家园的实验区。但综合实验区不是特区，不是一般设区市，也不是经济开发区或台商投资区。因此，我们到位后首先理清思路和定位，该做什么、不该做什么，能做什么、不能做什么。建设两岸共同家园，就是要让台湾同胞安居乐业，实质是乐业才能安居。共同产业是建设共同家园的基础和前提。在 ECFA 背景下，平潭要在两岸交流、对外开放中发挥不可替代的作用，成为两岸现代物流对接的中转枢纽和两岸产业合作参与国际竞争的新平台，成为两岸关系和平发展的新载体。围绕这一思路，在充分调研、科学论证的基础上，我们提出了构建两岸快捷通道、建设自由贸易港区和打造台湾民众“第二生活圈”的目标。

平潭不光是福建、海西的平潭，还是两岸、国家的平潭。在平潭设立综合实验区，进而把福建省对台交流的“五缘”优势发挥出来，把福建省在国家发展大局中的战略地位凸显出来。《平潭综合实验区总体发展规划》要求把平潭建设成为两岸合作的先行区、体制机制的示范区、共同生活的宜居区、科学发展的先导区，同意平潭实施全岛开放，在通关模式、财税支持、投资准入、金融保险、对台合作、土地配套等方面，赋予平潭比经济特区更加特殊、更加优惠的政策。这是福建省开放开发史上的一个重要里程碑，也是国家对外开放格局的进一步完善。因此，在福建省第九次党代会上进一步发出“举全省之力加快平潭开放开发”的号召。

以快见好，在质量上谋求长远

走进平潭，听到最多的一句话是“平潭速度”：

提前 9 个月建成平潭海峡大桥，提前 15 个月同步建成渔平高速公路，打通了平潭岛与大陆之间的交通主动脉；

用 12 个月在金井湾和幸福洋两个组团吹沙造地 30 平方公里，实现了“沧海变桑田”的人间壮举；

用 9 个月完成了平潭海峡高速客运码头和对台一类临时口岸的建设任务，为两岸海上直航赢得了时间；

投资 150 亿元新台币的宸鸿科技（平潭）项目，一期项目 22 万平方米的厂房主体完工只用半年的时间，投产在即；

此外，“一环两纵两横”城市主干道、金井作业区吉钓码头、城市综合管隧、城区立面改造、造林绿化、城市公园、星级酒店……一个个项目都以超常规的速度在推进。

有关部门的同志解释说，速度关乎平潭开放开发的整体形象，唯有在短时间内取得实效，才能得到社会的认可。基于这种认识，实验区坚持把改善基础设施作为最紧迫的任务，超常规推进，创造了令人瞩目的“平潭速度”。

“快”不仅体现在建设速度上，而且融入工作理念中。既然距离近是平潭对台的最大优势，那就做实优势、放大优势。平潭距离台中 88 海里，距离台北 92 海里，最短的距离启用最快的船，于是，“海峡”号客滚轮 2011 年 11 月 30 日启航，开辟了平潭和台湾之间一条高速海路。不到两年，“海峡”号运送两岸旅客 20 万人次，台中港一跃成为台湾第一客运大港。2013 年 10 月 9 日，“海峡”号从平潭直抵台北，开创了平潭两岸直航新篇章，这是大陆客轮首次开通台北港，使两岸间核心的黄金通道正式连通。海上高速快船的开通，实现了“海运成本、航空效率”的最佳组合，形成了平潭与台湾本岛“两小时生活圈”，更重要的是，此举有望促成海峡两岸的主通道。

平潭追求的不光是速度，笔者两次亲历见证了夯实基础、谋求长远之举。

一次是 2010 年 6 月，笔者作为工作人员跟随全国政协副主席张榕明前往平潭考察。第一次在平潭见到上任不久的龚清概。在听取汇报中被他一句话触动：“我现在一项主要工作是组织大家种树绿化。”回来后有感而发写了一篇《种的是树，树立的是理念》。文章写道：“管委会刚刚组建，工作千头万绪，却把植树作为一项硬指标，这似乎不合常规，但细细一琢磨却在情理之中。”“种的是树，树立的则是理念。平潭不仅作为对台交流合作先行先试的实验区，而且作为低碳经济示范区，这是时代的进步！保护环境就是保护生产力，改善生态就是发展生产力。把岛上生态环境建得更好，有助于吸引更多的台胞过来定居生活、置产置业，打造台湾民众‘第二生活圈’。”

难能可贵的是，不仅把植树作为一种建设理念坚持了下来，大胆尝试，科学培育，改变原先木麻黄和相思树单一树种，三年多来植树造林 5000 万株，森林覆盖率从 29%提高到 39%。再接再厉，经过深入调研分析，科学谋划，提出了建设国际森林花园岛的宏伟目标。生态建设的成功，不仅改善了人居环境，而且提升了平潭形象，提升了城市品位和城市价值，不断增强了外界对平潭开放开发的信心。

谈到绿化，龚清概特别兴奋。他说，种树首先要有感情，其次是讲究科学，就是要科学选择种苗，科学种植栽培，科学管理养护。在采访现场，龚清概饶有兴趣地向我们介绍科学种树的《三字经》：按导则、选种苗、带土球、改土壤、配营养、治虫害、根动力、抱团式、微地形、防蒸发、洗盐雾、挡风口。专家曾评价说，平潭总结的这一套方法，对海岛与海岸线绿化具有重要的指导意义。

另一次是2011年6月，去平潭调研。了解到正在建设中的环岛公路，并没有沿着海岸线开拓，而是绕开防护林、海岸景观等，尽可能地避免破坏岸线。这种“保护也是一种发展”的举动深得笔者赞赏。福建省海岸线长达3700多公里，涉及三十多个县（区市），用平潭的做法旨在给大家提个醒，在发展中注意保护好岸线资源。平潭生态建设的做法对福建省其他地方开放开发亦有借鉴意义。

龚清概表示，在三年多的开发开放中，之所以给大家看到了一些希望，主要是我们从一开始就秉持生态、低碳、智慧、开放的原则，在探索两岸合作过程中要摸着石头过河，但是在城市建设、发展经济中却不能再摸着石头过河，必须坚持科学发展、可持续发展的理念。我们的团队在开发建设过程中，既注重速度，又立足长远，更体现效益，做到平潭速度、平潭质量、平潭效益的有机统一。三年多来，有两项工程获得省“闽江杯”优质工程奖，十一项工程被评为省建筑施工安全文明标准化示范工地，十七项工程被评为省工程建设优秀QC小组成果奖。

以小博大，在经营中筹措资金

搞建设需要资金。很多城市开发模式都是通过土地资源来进行融资从而破解资金难题。平潭却跳出了这个窠臼，大胆创新，长袖善舞，闯出融资的一片新天地。

过去的三年，平潭共投资了1000亿元，这么大的投资，钱从哪里来？难免有人质疑投入产出的问题。

过去三年1000亿元54％是企业投资，46％是政府投资，但是政府投资也要靠筹措。中央从2010年起，连续六年每年给予实验区财力补助8亿元，省上每年配套6亿元，一年就是14亿元。实际运作的结果是，以14亿元撬动了500亿元至600亿元，以小博大。

平潭综合实验区探索创新融资理念。通过组建国投、交投和土地储备公司等9个平台，解决了融资主体问题；通过吹沙造地、土地收储方式，统筹公共资源，使资源变成资产，以土地预期保证了抵押资产的充足率，解决了融资资产抵押问题；通过争取补助、设立专项基金、地方国债、企业发债、股权融资、信托融资、出让土地收益以及BT等方式，解决了贷款资本金问题；通过加强与国开行、农发行、工行、中行等金融机构的战略合作，争取授信822亿元，已批贷近300亿元，基本破解融资难题。更为难得的是，目前全区总体负债处于风险可控范围之内。

龚清概重点介绍综合管隧的经营运作。实验区计划投入50亿元建设120公里城市地下综合管隧。所谓综合管隧有3个系统组成：地下综合管沟系统、燃气系统和排涝排洪系统。综合管隧建设一公里需要几千万元的资金。如果当成市政工程肯定是做不起来的，为此，我们做法，一是当作城市国有资产来经营，有偿投入，建成之后将由公司运作；二是将综合管沟中的电力等系统放在地下，节约出来的土地资源在城市开发后出售将会产生更大的收益，解决建设综合管沟的资金。综合管隧系统目前已开工54公里。仅电力通道一项预计将节约土地近5000至6000亩，价值超过数百亿元。从全区范围看，各级财政3年累计投入120亿元，拉动社会总投入1000亿元，形成了1∶9的放大效应，同时还带来了良好的社会效应，让各界看到实验区的无限潜力。

以新制新，在创新中开辟未来

福建省第九次党代会明确提出：“平潭的开放开发是一项全新实验，要有新的理念和思维，超越以往搞开发区的一般模式和做法，探索走出一条新路。要在综合实验上下功夫，在体制机制创新上下功夫，在公共服务、投融资体制、土地管理等重点领域大胆探索、取得突破，为全省改革创新提供经验和示范。”

那么，三年多来，平潭在开发开放中做哪些探索，进行了哪方面的创新呢？龚清概着重总结了五个创新：

建设理念创新。我们广泛吸收国内外先进的规划理念、建设经验和失败教训，坚持“三个统筹”，统筹城乡布局，统筹城市空间资源，统筹城市功能；坚持“三个先后”，先确定城市功能和产业布局后开发建设，先完善配套设施后商业开发，先地下后地上。统一规划建设“智慧岛”，实现“云科技”对城市各系统的全覆盖。统一规划建设安置区，避免出现“城中村”现象。城市配套设施均按照现代化大型城市的标准统一规划、一步到位，把平潭真正建成为幸福宜居、科技之城。

行政体制创新。区党工委、管委会工作机构仅设立“一办（办公室）、二部（党群和台湾工作部）、六局（经济发展、环境与国土资源、交通与建设、公安、财政金融、社会事业等职能局）”，撤并精减了11个县级机构，最大限度地减少行政管理层级。成立“四个中心”（即行政服务中心、招投标交易中心、国库支付中心、社会保障服务中心），实行“一站式”办公，“一条龙”服务，服务审批时限平均缩短40%，实现机构重组、流程再造、手段更新、职能转变，推动行政运行高效化、服务规范化、管理科学化。

融资模式创新。解决融资问题需要破解四大难题：首先要有融资平台和投资主体。为此，平潭组建了2个融资平台和9个投资主体来承担整个城市的建设。二是要有优质资产。三年来通过围海造地，将海域使用证直接置换成为土地证，解决了资产问题。三是要有资本金。研究企业发债、地方债券、信托融资、股权融资等模式，在这个基础上再辅助出售一些土地；同时我们还为平潭未来的发展预留了空间，预留了10万亩土地，等待平潭开发建设成效更加显著，等待平潭土地的价值更高。四是融资计划。每年科学制定融资计划和偿债方案，有效防范和控制债务风险。融资模式的创新，保障了大量建设资金的需要，也回答了“钱从哪里来”的问题，消除了社会各界的误解和疑惑。

两岸合作模式创新。围绕打造共同家园，创造有利于两岸共同发展的、对两岸民众都有利益的事业。我们的做法是：通过多层次、多主体、多形式对接，不仅注重对接大企业、大财团，更注重对接台湾中小企业、中下阶层、中南部地区。通过走出去、请进来的方式，广泛接触台湾地区各界人士和中下层民众，畅通两岸沟通机制和通道。通过探索实施“放地、放权、放利”政策，加强与新竹等县（市）以及台湾农渔会、行业协会等机构的“点对点”对接。三年来，台湾各界对平潭开放开发从不予回应到乐观其成，再到高度关注。三年多来，台湾组团来平潭对接考察的达五百多批6000多人次。平潭的台企数量从建区前的4家增至目前的136家。其中仅2012年就新增58家。

通关模式创新。中央赋予平潭实施“分线管理”海关特殊监管政策，这是对国内特殊监管区域的创新。平潭目前正在加快建设澳前一类口岸、海峡一桥二线通道、环岛监控和信息中心等四大基础设施，规划在南北卡口各设立一个集中申报查验中心和办证中心，帮助两岸企业节省更多的通关程序、时间和成本。同时，预留未来发展自由港的空间和通道，为今后建设两岸自由港创造对接条件。

观念是行动的先导。平潭是以观念创新带动管理体制的创新。平潭的先行先试、综合实验成功取决于观念创新。解放思想，观念引领，在经济、政治、文化、社会管理等各领域大胆探索，创造符合共同家园建设定位、适应大开放大开发的崭新模式，营造充满活力、开放包容、富有效率的体制机制，为平潭开放开发提供强有力的体制机制保障。

并非结尾

采风团走进平潭，正值国务院正式公布《中国（上海）自由贸易试验区总体方案》。平潭一直在致力于往自由贸易港区方向发展，将在2013年底满足封关运作的条件。省委、省政府也高度重视，日前已正式上报国务院，争取把平潭纳入自由港区建设试点。

上海自贸区占地面积虽然不及平潭十分之一，却集聚着各类投资企业1.2万家，其中世界500强企业投资了230个项目，2012年进出口贸易额为1130亿美元。相比之下，平潭应当说还有很长的路要走。

平潭综合实验区因台而设，能不能因台而兴，这不能取决单边，需要海峡两岸的互动。龚清概亦坦承，平潭开放开发还面临政治、法律、政策和人才等障碍和问题。可贵的是，平潭发展战略的第三句话是“面向世界”，对台是平潭的特色，对外开放则是其内核。如今有了上海自贸区先行一步，平潭追有目标，只要坚持开放的、包容的态度，面向世界创造更好的环境，全面推进与国际经济的对接和融合，积极参与全球经济分工合作，就一定会为海峡对岸所接纳，真正推进两岸在经济、产业、社会、文化上的高度融合，真正将平潭建成两岸同胞共同生活、共创未来的美好家园。

（写于2013年10月）

在推进海港新城建设中展示新形象

——中共福清市委书记陈春光、市长林贤访谈录

2013年岁末走进福清市，有一个数字让人印象深刻：古时的融城以“七街三十六巷”形容其大，如今的新城相当于改革开放前老城的40倍，足以说明城市的变化。福清城变大了，也变美了、变强了。县域经济综合实力和科学发展指标分别名列全省第三位、第四位。

中共福清市委书记陈春光是2011年6月履新到任，林贤市长到福清工作时间虽长，但担任市长也是在福清撤县建市20年后。

在新一轮改革全面启动之际，在新型城镇化全面推进之际，福清如何在撤县建市20年已有成就的基础上增强进取意识、机遇意识和责任意识，寻求新的动力、新的转折和新的突破？这是广大读者想要了解的。为此，笔者采访了市委书记陈春光、市长林贤。

一个定位融入大局

不谋全局者，不足以谋一域。

福州市委、市政府站在海西全局的高度，深刻把握发展态势，做出了一项重大战略部署，全力推进福州新区开放开发，在更高起点上加快建设闽江口金三角经济圈。

福清作为福州的“南大门”，已融入福州市的“一个小时城市圈”，又与平潭、莆田地域相邻、联系紧密，是加速福州与平潭融合发展、推进福莆宁同城化的前沿平台和重要枢纽。作为福清市党政主官，陈春光、林贤认为，福清应当而且必须进一步融入福州新区建设，形成连片繁荣发展效应，进而促进福清与福州中心城区及平潭、莆田等周边区域的产业互动、基础共建、

服务共享。

但以怎样一种战略定位来凝聚共识，拓展福清发展空间，更好地服务于全省、全市发展大局？

经过审时度势，认为福清的未来发展空间在于城市，后发优势在于海港。决定以“海港新城”的定位，在环福清湾和江阴湾区域再造一座现代化的海港新城，以此作为福清经济发展的主动力、临港开发的主阵地、城市建设的主平台。对于“三个主”，陈春光补充说道，也就是努力在“主战场”上当好“主力军”、打好“主动仗”。

确立海港新城的战略定位，不光是基于资源禀赋，更有全局上的把握、深层次的考虑。

在促进产业转型中推动发展方式的转变。福清与全省其他地区一样都面临“加快发展”和“加快转变”的双重任务。福清已有良好的产业基础，培育发展了电子、塑胶、食品、玻璃、医药、能源等六大产业集群，形成了项目集中、配套集约、产业集聚的园区经济发展特色。但与先进县市相比，还存在着产业结构不够合理、城乡发展不够协调、企业自主创新能力不够强等问题，也面临着发展压力、转型压力和赶超压力等多种挑战。在福州新区中规划建设福清海港新城，可以更好地把福清市的基础资源与福州中心城区的高端制造、服务引领、科技创新等功能对接起来，有利于提升福清在区域竞争中的比较优势，增强福清对项目、人才和资金等要素的吸引力，支撑并带动福清先进制造业、高端服务业、现代农业加快发展，着力打造福清经济发展的“升级版”。

在促进新型城镇化中推动城乡统筹发展。推进新型城镇化，是中央着眼新的发展形势，从解决“三农”问题、统筹城乡发展的高度做出的重大战略决策。目前福清市按户籍人口计算的城镇化率不足40%，这与该市经济社会发展水平很不相称。城镇化率低是福清的短板，也是未来发展的空间。推进海港新城的开放开发，有利于将其中的港口、产业、园区、城市等资源要素统筹起来，促进港城联动、产城互动，加快推动福清市沿江、向海、环湾发展，着力打造特色鲜明、具有现代气息的海港新城。

为此，在2013年9月召开的市委十二届八次全体（扩大）会议上，审议通过了《关于全力推进福清海港新城开放开发在福州新区建设中走前头当先锋的实施意见》。主要目标是，到2020年，海港新城发展框架、高端产业、基础设施及生态体系初步形成。到2030年，海港新城开放开发实现重大突破，综合实力和区域影响力明显提升，基本建成经济发达、社会和谐、百姓富裕、生态优美的综合经济区、海港新城市，成为支撑福州新区发展的重要增长极。

一言概之，如果说福清市撤县建市20年，建设了一个今非昔比的福清新城，那么再用将近20年的时间，再造一个体量更大、实力更强、环境更美的海港新城。

“两个追赶”立志争先

访谈前，笔者在市委办的支持下，查看了有关材料，得知2013年初，在福清市委工作会议上，陈春光书记有个讲话。这次讲话的主要内容，是在调查研究、权衡比较的基础上，明确提出福清市2013年“两个追赶”的目标。即2013年地区生产总值要追赶南安、地方财政一般预算收入要追赶晋江。显然，这是把相关指标排名在前的晋江、南安作为标兵、作为追赶的目标。不管结果是否如愿，福清市党政领导班子在面对前有标兵、后有追兵的发展态势时，能够保持一种“不进则退，慢进也是退”的精神状态，是值得赞赏的。

为加快实现这一目标，福清市党政领导班子带领全市广大干部群众，振奋精神，激情创业，以“背水一战”的决心和“人一我十”的付出，能快则快、能超则超，努力完成年初设定的各项指标任务。根据最新公布结果，福清市综合经济实力已提升至全国中小城市百强县第三十一位，名列福布斯最佳县级城市排行榜第二十九位。由此看来，2013年福清市在有效应对国内外极为错综复杂的经济形势下，又交出了一份令人满意的答卷。

“唯有敢为人先，才能一马当先”。陈春光书记的这句话，让笔者联想到福清市的城雕——矗立在龙江之滨的“八骏雄风”，八匹骏马奔腾驰骋，进取跨越。这正是福清人民敢为人先、敢闯敢拼的精神体现。正是凭着这种精神，福清成为全国百强县市。还是凭着这种精神，福清又扬鞭策马，不断奋进，未来可期。

“三城”同创凝聚共识

全力推进福清海港新城开放开发，努力在省、市发展大局中继续走前头、当先锋。对此，福清市委、市政府采取诸多强有力的措施，其中的一项是“三城”同创。

福清市委明确提出开展国家环保模范城市、国家生态城市和全国文明城市“三城”同创，以“三城”同创为载体，来推进海港新城的建设。

在采访中，笔者还了解到福清市这些年获得的荣誉并不少。先后荣获全国双拥模范城、全国科技进步示范县市、全国科普工作示范县市、全国质量立市先进县市、全国老龄工作先进单位、全国绿化模范县、全国农民体育健身工程先进县和全省文明城市、全省教育工作先进县市、全省计划生育优质服务先进县市、省级卫生城市、省级园林城市、省级生态城市等荣誉称号。

福清缺的不是牌子，而是为了科学发展、跨越提升；少的不是荣誉，而是为了与时俱进、不断完善。但是“三城”同创，并非易事。据了解，目前我省仅有南安一个县级市通过国家生态城市验收，全国文明城市创建难度更大，全国至今只有四个县级市获此殊荣，我省尚无一地获评。任务艰巨可想而知，但福清市委、市政府认为抓创建工作就是抓机遇、抓发展。只有紧紧围绕“三城”同创目标，自我施压、抬高标准、攻坚克难、砥砺前行，才能使福清更好地找到自身的薄弱环节，尽快地补齐短板，推动福清由县城真正向城市转变提升，尽快在海港新城建设中取得新突破、展示新形象。

更重要的是，通过“三城”同创凝聚共识，进一步增强市民的文明意识、生态意识、环保意识，营造健康向上的城市文化，提升城市品位，打造城市品牌，提高城市知名度。林贤认为，一个城市的生态环境和文明程度，是城市核心竞争力的一项重要内容，它集中体现当地党委、政府建设、管理、经营城市的能力和水平，但更主要是反映了当地居民的文明素质。政府固然需要在环境卫生、交通出行、空气质量、城市设施、公共服务、精神文化生活等方面给予人民群众更多的实惠，但只有把人民群众的积极性充分地调动起来，共同参与建设，把环境保护、生态建设和文明素质提高上升为一种文化自觉，才是真正优化发展环境、增强城市竞争力的必由之路。

“四大工程”合力推进

福州新区建设突出的是规划引领、基础先行、产业支持、县域发展、体制创新和绿色发展；而福清海港新城开发开放，则是结合自身实际，组织实施活力港城、宜居城市、美丽侨乡、幸福福清“四大工程”。

应当说，陈春光书记、林贤市长的思路是清晰的，把海港新城转化为“四大工程”同步推进；措施是得力的，通过产业提升、城建提速、环境提质和民生提效，把海港新城建设得让老百姓看得见、摸得着、感受得到。

建设海港新城重在激发活力。坚持内力和外力并重，把港城的活力激发出来。按照做优一产、做强二产、做大三产的思路，不断激发县域经济发展的生机和活力。陈春光表示，这需要进一步解放思想、解放和发展社会生产力、解放和增强社会活力。在借助外力方面，福清的改革开放，起步于侨台，得益于侨台。今后福清还要坚持“以侨引台、以侨促台”的发展模式。在激发内力方面，主要是发挥园区、港口、产业、民资四大优势。林贤特别强调了民资的潜力。福清人是国内最活跃的创业群体之一，现有近 30 万人在全国各地经商办厂，积累了雄厚的民间资金。目前，福清居民拥有巨额的本外币储蓄。如何把这个看似在市外、实际上积聚在市内的发展潜力挖掘好、运用好，是福清市委、市政府一直在着力抓的重点问题之一。

建设海港新城难在城乡统筹。坚持城市和农村统筹，把城市的宜居性表现出来。为此，成立了福清市城市规划委员会，按照全域规划理念，先后编制或修编了《福清市城乡空间发展战略规划》、重点片区和小城镇控制性详规，实现行政村建设规划全覆盖，目前还在推进城乡产业发展、基础设施建设、公共服务配套、生态环境保护等专项规划编制工作，着力构建科学、高效、集约的城乡规划设计体系，实现城乡建设“一套图”。林贤市长表示，要坚持“产城融合”，即城市的发展要以产业为支撑，产业的发展要以城市为载体。以龙田、高山、渔溪等省、福州市试点小城镇为龙头，着力推进小城镇基础设施、公共配套、产业发展、镇容镇貌整治等工作，提升小城镇建设整体形象，增强小城镇承载力。

建设海港新城贵在可持续。坚持“百姓富”和“生态美”有机结合，把侨乡的富美彰显出来。以深入开展“三城”同创工作为重要抓手，按照更高的标准和要求，把城乡环境综合整治、“四绿”工程、新农村“百十一”工程、文明城市创建和水流域整治、饮用水源保护、节能减排等工作结合起来。

建设海港新城最终落点是以人为本。坚持政府“想做”和群众“想要”对接，把福清人的幸福指数体现出来。陈春光书记认为要让群众明白我们做的每一项工作不是“你的”、“我的”，而是“我们大家共同的”，从而激发群众参与经济发展、共建幸福福清的热情，切实构建起党委、政府与群众共同研究、共同谋划、共同推进发展和共享发展成果的良好格局。

（写于2014年1月）

人物传

圆的人生轨迹

世上万物皆呈圆

——题记

圆点：圆点是最小的圆

2008年终岁尾，邱双炯更加忙碌。他应邀承接的大型18罗汉和夜光（非放射性环保蓄能型高温发光瓷）500罗汉将于2009年3月28日前运抵无锡市灵山。世界佛教论坛大会届时将在那里隆重举行。制作白瓷的特点是做大不易，一个个净高1米的大型罗汉和夜光罗汉群雕像，对于邱双炯来说，都是技艺上的新高度、新挑战。这次大会不仅是向世界宣扬中国的佛教文化，而且也是向世人展示德化的瓷艺文化。邱双炯深知自己肩负的使命，他要向世界展示久负盛名的“中国瓷都·德化”的品牌，他要让“世界陶瓷看中国，中国陶瓷看德化”得以生动形象地诠释。

如果说人生是一个圆，任何人都有自己的圆点，而圆点则是最小的圆。邱双炯大器晚成，声名远播，千里之外的无锡灵山慕名诚邀，绝非偶然。那么，邱双炯瓷艺人生的圆点在哪里呢？

在无锡灵山举行的世界佛教论坛大会，其主旨是“众缘和合”。佛教讲“缘”，邱双炯能够涉足灵山，也是一种机缘。

大约是在2008年的七八月间的一天，上海一家礼品公司的张先生为了筹措上海世博会的礼品，来到德化。众所周知，德化县是中国三大古瓷都之一，也是现代中国瓷都，陶瓷艺术历史悠久。德化县建有一座陶瓷博物馆，陈列着5000余件陶瓷艺术精品，真可谓“巧剜明珠染春水，轻旋薄冰盛绿云"，外地客人来德化没有不看陶瓷博物馆的。张先生在邱双炯的陪同下，参观了陶瓷博物馆。因为馆内辟有邱双炯个人作品的两个专馆，即500罗汉和水浒的108将。如果说一尊佛像，可能得益于神来之笔，令其活灵活现，而500罗汉500态，或盘腿而坐，或合掌念经；或瞑目思过，或降龙伏虎；或笑逐颜开，或怒目相视……要做到神态逼真，栩栩如生，则非所谓"灵感"而能为也。同样，水浒中的108将，要做到动静结合，形神兼备，邱双炯翻遍了《水浒传》的相关资料，详细了解108将的身世、职业、性格、素养等情况，直到108位好汉在他的脑海中呼之欲出，才开始绘制每个人物的图稿，从人物整体造型的确定，到人物表情、性格、姿态的刻画以及盔甲、战马、兵器等饰物的安排，都要根据人物形象的细微区别，精心雕琢，孜孜以求。诚如业内人士的评价：中国白瓷塑500罗汉和108将，是陶瓷艺术界浓墨重彩的大手笔，为德化传统陶瓷技艺再立两座艺术的高峰。

张先生是位陶瓷艺术的鉴赏家。当他仔细观赏之后，在临别的车上，只用了两个字概括了内心的观感——"震撼"。当他问起邱双炯现在艺术上的荣誉职称时，老邱却说：我并不在乎……

1932年，邱双炯出生于贫苦家庭，5岁丧父，与母亲相依为命。靠着曾缠小足的母亲于城郊租种少量土地及小手艺加工挣得微薄收入，孤儿寡母过着清贫的日子。1945年小学毕业，考上中学。谁知，注册入学所需的45斤大米挡住他的求学路。因母亲患病卧床，家庭缺乏固定经济来源，他失学了。为了挣碗饭吃，13岁那年他来到蕴玉瓷庄当学徒，拜瓷庄主人、著名雕塑艺术家苏勤明为师。这成为他后来攀登瓷坛艺术之峰的最初圆点。

在蕴玉瓷庄，邱双炯聪明好学、悟性高，深得师傅的器重。新中国成立前夕，因为战事销路不畅，师傅家的瓷器生意走下坡路，身边的师兄弟纷纷转行，在他入瓷庄6年之后，师傅无奈只好让他先回家，再寻生路。虽然学艺的路被迫中断，但他已学得陶瓷雕塑工艺的初步知识与基本技法，从此与瓷塑艺术结下了难分难舍的终生情缘。新中国成立后，他参加了工作，40年的从政经历，对于陶瓷艺术的热爱只是保持着业余的爱好。1991年春，邱双炯退休。1993年创办德化凤凰陶瓷雕塑研究所，续了瓷塑艺术的情缘，圆了自己的人生轨迹……

听了邱双炯的一番陈述，张先生不只是敬佩，还有感动。他索要了邱双炯的个人从艺资料，回沪后郑重向中国工艺美术学会举荐。斯时，协会的一位副秘书长应邀担任无锡灵山的世界佛教论坛大会的艺术顾问。为了慎重起见，这位副秘书长与灵山一位领导专程来到德化，考察了邱双炯的瓷雕作品，深感不虚之行。出于敬重，他们邀请邱双炯择日访问灵山，继续探讨合作事宜。2008 年 11 月 9 日邱双炯来到无锡灵山，受到了热情的接待。邱双炯承应创作大型 18 罗汉和夜光 500 罗汉的使命。灵山方面也极为重视，将在新建的金碧辉煌、气势恢宏的梵宫中专辟一个馆展出。

我们可以把邱双炯在世界佛教论坛上大显身手视为因缘际会，但是，当我们了解了邱双炯是怎样历时两年一个月创作 500 罗汉的故事，就会觉得邱双炯今天的成就则是水到渠成，实至名归。

2005 年 1 月，邱双炯着手为晋江博物馆创作 500 罗汉。消息一经传出，有人认为他不自量力。邱双炯已过古稀之年，还领衔担当如此浩大的工程，他想挑战前人吗？在德化瓷雕艺术历史上，只有近代瓷塑名家许友义在 1930 年曾做过一套小规格的 500 罗汉组雕。邱双炯坦然地说：“我的人生格言是，生命不止，奋斗不息。要让年轻人尽快地成长，就应搭建一个更大的平台。”正是他深知自己年岁已高，更表现出一种责任感和紧迫感。出乎人们的意料，神态万千、惟妙惟肖的 500 罗汉在 2007 年 2 月大功告成。人们掐指一算，才两年一个月。其实，早在 2003 年“非典”时期，邱双炯和他的学徒就已厉兵秣马了。

一般人往往只关注成功人士头上的光环，而忽略他脚下的圆点。邱双炯的圆点在德化的土地上，因而他的圆点是坚实的。他说他是德化人民的子孙，对生于斯长于斯的这片土地有着深厚的感情。只有凭借这份沉甸甸的感情，我们才能理解作为德化陶瓷业界当下年岁最大的长者，迄今仍在艺术道路上不懈追求的情怀。

圆半径：半径越长圆越大

邱双炯圆的人生轨迹，不光有坚实的圆点，而且有 40 年从政经历的半径。新中国成立后，邱双炯参加了工作。26 岁就当上了德化县水电局局长，45 岁任中共德化县委常委。也就是说他不得不放下心爱的陶瓷雕塑艺术。当问起他，如果不从政，他的陶瓷艺术的成就是否会更大，比如早已评上了国家级大师。他的回答很干脆："正是从政的经历使我能经风雨见世面，并学习和积累了许多文化知识，这才有了我这晚年的艺术收获，40 年的从政阅历是一般从艺人员所不能取代的！"

陶瓷是德化的支柱产业，而烧瓷的传统燃料是木柴。20 世纪 80 年代随着德化陶瓷业迅速发展，树木大量被砍伐用来烧瓷，许多乡镇最后发展到无木可砍，德化出现了剧烈的"林瓷之争"状况，严重制约了德化陶瓷业的发展。时任德化县委副书记的邱双炯看在眼里，忧在心上，他感叹道："1982 年德化全县仅有 100 多家陶瓷厂，一年就要烧毁 10 万立方米的木材，按照这个进度，全县的所有林木蓄积只能使用 9 年。10 年之后，德化还剩下什么呢？"

"不能再烧下去了，我们必须知道什么最重要！"邱双炯当年的一句话，今天听来仍然振聋发聩。要改变当时烧柴的现状，就要推进陶瓷窑炉技术改造，淘汰落后的燃薪窑炉，发展用电或其他能源的窑炉。德化作为闽江、晋江的源头，境内水流丰富，降雨量多，德化县决定利用这一资源优势，发展小水电，以电代柴烧制陶瓷。1981 年 3 月，德化县成立节能办公室。曾担任过水电局长的邱双炯就成为这一项目的负责人。

"当时中央正好提出'以电代柴'，改变过去煮饭烧柴火的状况，以保护植被、保护水土和森林资源。德化研制用电烧陶瓷的项目，正好符合中央的要求，也得到了省政府的肯定，因此得到省里的一笔经费补助。"邱双炯眼前再度浮现出当年的情景。

1982 年，时任省长的胡平来到德化。鉴于当时的德化财政是吃饭财政，邱双炯大胆向省长提出 30 万元以电代柴烧制陶瓷的科研经费的申请，得到省长的批准。

德化县委、县政府组织了数十名科技人员进行电烧瓷技术攻关，终于第一条"电隧道窑烧瓷"试验成功。电隧道窑烧瓷的研制成功之后又相继研究成功了几种其他形式的电窑，不仅改变了烧瓷的传统燃料，也大大提高了陶瓷的烧成效率，提高了产品质量，还减少了能源的消耗，减少了因烧油、烧木材而产生的二氧化硫等有害气体的排放量，净化了环境和空气。

到1988年，德化县229家瓷厂已建起283个电热窑炉，一年下来就节省木材6.6万立方米。到2003年，全县一千多家陶瓷厂再也看不到烟囱，整个德化减少水土流失面积4.7万亩，减少二氧化碳排放量1.028亿千克。如今，德化陶瓷企业已经实现了节能减排和电气化生产，走进了可持续发展的阳光大道。

今日德化，生态环境名列全省首位。森林覆盖率77.3%，高于全国、全省的平均水平，是全国、全省绿化模范县。在全国生态环境质量评价中，位居全国第二十九位、全省第一位，是福建省最佳人居地。同时，改革开放30年间，德化陶瓷产业经济总量增长500多倍，如此增幅，居全国重点陶瓷产区之首，被业界称为“德化速度”。其产量、规模、外向度、可持续发展等11个指标都名列前茅，以无可争议的优势获得中国瓷都称号。在陶瓷业的带动下，自1996年以来，瓷都德化连续多年被评为福建省经济发展十佳县，经济综合实力由1995年全省各县（市）第三十八位跃居现在的第十四位，走在山区县前列。

面对今日德化的变化，邱双炯欣慰地微笑着。

邱双炯40年的从政生涯，在这期间，他经历了电厂厂长、水电局局长，县委副书记等大大小小的职务，在常人的眼里，他不能专职从事陶瓷雕塑的创作，离心爱的陶瓷艺术远了。但他矢志不移，每日忙完了公务之后，潜下心来，在他家的猪圈旁搭一个所谓陶艺工作间，或琢磨优质瓷土，或研究人物造型，或练习传统雕塑技艺……直至子夜时分。比如邱双炯早年研制的薄胎瓷雕技法，他从配方、制坯、上釉、成型到烧制等十几道工艺都进行了艰难的试验，这既是对德化古陶瓷技艺的发扬光大，又是赋予了古瓷新意。邱双炯这一半径跨得有点大，一举三得。把德化的林、瓷、电三大潜在优势，发挥得淋漓尽致。既促进小水电业的蓬勃兴起，又促进陶瓷业的健康发展，还保护当地的生态环境，做了一件德化人民迄今尚在感念的、功德无量的好事。这个成就感，远比他雕塑一尊出神入化、呼之欲出的塑像更能让他回味无穷！

圆的感悟：圆满是一种境界

如果说邱双炯的瓷艺人生，是从学做瓷艺开始，那么，他的晚年又回归到瓷艺作品的创作创新上，其轨迹是一个圆。圆完整地暗示了生命的规律，同时也揭示了人生轨迹的上升性、周期性、回归性等特征。而他对自己六十余年的瓷艺人生的感悟更为独到，甚至可以说是语出惊人，他认为，德化民间传统瓷塑技艺的最高境界是圆！（瓷塑就是在塑圆、捏圆、划圆、雕圆……）

何朝宗是明代德化的瓷雕艺术大师。何朝宗擅长全手工塑造方法，也就是说没有模具，没有原型，直接将瓷泥堆在一起，凭借一把篾刀一笔一画就能勾勒出栩栩如生的人物形态，这可不是一般艺人所能做到的。这种直接塑造成型的做法，除了创作者心中要有众多“人物”外，形象性格全都是信手拈来，因此必须具备过硬的基本功。后人总结何朝宗和历代大师们的全手工塑造手法，归纳出“捏、塑、雕、刻、刮、接、贴、挂”8个字。

业界人士都知道，陶瓷的制作方法分为两种：一种是常规作品，将瓷泥塑造成型后，浇注石膏模型，然后注浆成型再经手工修饰。这种常规作品可以无限复制。一种是堆塑孤品，它是用瓷泥堆雕，然后挖成空心瓷坯，制作过程中必须小心翼翼，否则就前功尽弃，作品雕一个是一个，因此叫孤品。如今，堆塑孤品的创作方式几乎是德化瓷雕老艺人的绝活。但由于此手法创作时间长、不易烧制而逐渐被新生代艺人所忽视，这一传统手法也面临生存的危机。

邱双炯在德化被誉为“何氏技法”最有代表性的继承者之一。这是因为邱双炯在2007年末历时3个月全手工精心制作的《坐岩观音》白瓷雕成功出炉。这标志着以何朝宗为代表的历代宗师创立的德化民间传统陶瓷雕塑艺术，在保护世界性的文化遗产的呼声中被传承了下来。这是德化瓷都的命脉，需要有人把它延续下去。

当人们赞赏邱双炯的《坐岩观音》时，邱双炯认为继承不能只是简单地模仿，继承“何氏技法”必须诠释其艺术语言并抓住其带规律性的技艺招法，且灵活地运用到作品上，使作品既保留优秀的传统风韵又具时代的个性，这才是继承的目的。艺术品贵在神韵，贵在它的雕塑语言。

那么，何朝宗或者说德化传统瓷雕艺术的神韵在哪里呢？邱双炯认为全在于作品的形神兼备。德化传统瓷雕另一特点就是线条美，精品的线条流畅、圆滑、协调、简洁，看似无多变化，实则很有讲究，它刚柔相济、疏密得当，“宽能行舟，密难插针”。

一经邱双炯的点拨，我们再去欣赏何朝宗的代表作，如北京故宫博物院收藏的《渡江达摩》、泉州海交馆收藏的《渡海观音》等精品，就不难发现，大师在线条处理上确有独到之处。其圆润简洁犹如中国画的工笔白描，流畅自如好像天上的云彩，轻盈婉转就似飘飞的游丝……

邱双炯不满足知其然，还要知其所以然。于是，他开始钻研，阅读大量与瓷雕工艺以及窑炉知识有关的书籍，如《艺用人体解剖学》《陶瓷工艺学》等等。为了能够更深入地塑造人物神韵，他博览群书，内容涉及绘画、美学、哲学、中国历史文化以及各类名人传记。他如痴如醉、废寝忘食地汲取着一切与陶瓷雕塑有关的知识，不断提高自己的学识修为。今天他已经能够把线条美的原理，从数学和物理角度去阐释。比如看似简单的衣褶线条，他在讲解中会站起身来，就近撩起身边的窗帘布，现场演示，告诉你窗帘布之所以会呈现不同线条，是因为受到重力、拉力和压力的作用，同时又作用于自身弹性的张力；每个单位长度不同，所受的作用力就不同，窗帘布呈现的线条也就不一样……当你听着邱双炯由浅入深、直观形象的讲解，你还会觉得他只有小学文化程度？你还会觉得他只是个瓷雕的工匠？

难能可贵的是，邱双炯还不满足用现代的科学知识去破解德化陶瓷文化的底蕴，汲取传统民间瓷雕艺术的精华，想的是怎样进一步地去完美、完善它。通过学习人体解剖学，他突然发现：人体的任何部位都呈圆形。而瓷雕艺术的最高境界也在圆。圆润、圆顺、圆通、圆熟……瓷器上品的任何线条，若是从横切面上看一定呈圆弧线。创作者自觉不自觉在制作圆，观赏者顺眼不顺眼也在欣赏圆……

了不起，邱双炯！德化者，品德的教化，艺德的训化是也。在德化城关有一条陶瓷街，陈列着林林总总的陶瓷商品，其中，为数不少的是各式各样竞相仿制的“天圆地方”。可是，当下的德化陶瓷界，有几个人能像邱双炯这样感悟“圆”!

圆是一种思维方式，中国哲学思想的集中体现在《周易》上。有学者评论何朝宗大师的“达摩”和“观音”都是“S”形构图的经典之作。这种哲学的思维方式，决定了艺术的外部形式和内在的审美原则。瓷雕艺术是如此，其他艺术也是如此……综观中华民族的审美观念，无不表现出“圆”的思维，那是一种象征，指向天地宇宙的圆整，自然造化的圆融，人情世态的圆满；那还是一种自足的圆，自足于天人合一，自足于自然之道的周流永恒，自足于人性矛盾在圆通中消弭……

邱双炯说，他是2008年才感悟到“圆”。是年他76岁。其实，在他瓷雕艺术创作道路上，情有独钟的是弥勒造像，从拳头般大小的小品到两三米高的巨塑，相继创作了为数甚众的弥勒造型，因此在业界赢得了中国瓷塑“弥勒王”的美名。2000年11月，邱双炯精品力作《十态弥勒》，荣获第二届中国工艺美术大师精品展暨第二届中国工艺美术优秀作品展金奖。2004年3月，他的作品《高兴弥勒》，获上海市民间艺术博览会特别荣誉金奖。2008年大年初一，宝刀不老的邱双炯，把高达2.68米、重约2.5吨的大型铜雕作品《高兴弥勒》，亮相于德化陶瓷博物馆前，令来访的中国陶瓷界的名家驻足欣赏，赞叹不已。

邱双炯把弥勒塑像的成功归结于抓住“笑”的特征，赋予灵性。他创作的弥勒佛神态不是只笑在嘴巴上或脸皮上，而是笑自内心、笑得真实、笑得自在、笑得坦然。其实，传统的圆文化早已有意无意地渗透到了邱双炯的艺术创作中，他业已把赏心悦目的圆形融入弥勒佛的塑像中，因而受到大家的喜欢。邱双炯只是到了2008年才对圆有了顿悟。圆在人们的心中无时不有，无处不在。圆与人们的生活紧密相连，与人的生命息息相关，圆在人们的精神生活领域中不可或缺。

圆满是一种追求，圆满是一种境界。邱双炯之所以古稀之年依然精神矍铄，老骥伏枥，志在千里，永不满足，不断超越，大概也是得益于这个圆文化吧。

（写于2008年12月）

林型彪的二改其名

林型彪，现任福建省广林福茶业有限公司董事长，宁德市政协委员，宁德市广州商会副会长，福鼎市广州商会副会长，香港世界茶叶交流协会副会长。曾获“福鼎市十佳青年企业带头人”荣誉称号。

在林型彪的创业历程里，有个二改其名的故事，颇耐人寻味。

“广福”与“广林福”

人的一生有许多的机缘巧合，大都离不开生于斯、长于斯的那方土地。“一方水土养一方人”，林型彪能有今天的成功，是福鼎白茶成就了他。

林型彪出生在福鼎市的穷乡僻壤磻溪镇湖林村。初中毕业后，几经创业的困顿，感到了前途的迷茫。他忘不了初涉商海时举债经营、血本无归的窘境。有一年大年三十，由于欠账，致使他临近家门而不敢进入。当年的家乡是什么？是伤心地。是贫穷让他有家不敢回，怅望暮色四合下炊烟袅袅升起的老屋，七尺男儿禁不住潸然泪下……

1990年的春天，林型彪只身在福鼎城里打工。在一次偶尔的闲聊中，他听到当地几毛钱卖不出去的茶叶，在广州却很走俏。林型彪突然眼睛一亮，祖祖辈辈赖以生存的茶叶，自己怎么视而不见呢？福鼎是中国白茶的故乡，自古就有“山高雾重出好茶”之说。当地穷困，尚不能温饱，有谁会把茶当宝呢？广州得改革开放之先，先富起来的人们开始引领饮茶之风尚，况且广东人有吃早茶的习惯。一不做，二不休，林型彪从老家贩些茶叶到广州城里摆地摊卖，从此与福鼎白茶结下了不解之缘。

初到广州，人生地不熟，开拓市场谈何容易？白天作为流窜的小贩，遭人白眼、受人训斥是家常便饭；夜晚借宿在高架桥下，备感漂泊他乡的凄凉。好在有山里人吃苦耐劳的品格，林型彪没有退缩，咬咬牙坚持了下来。是广州的市场大，也是福鼎的茶叶好，林型彪在闯荡广州之后，把握住了商机。若干年后，有人问他为什么这几年茶叶销售市场做得比较好，林型彪回答说：我记住我爷爷在世的时候说过的一句话，叫“人寻水土而居”。我想是啊，水和土正是人类赖以生存的根本，凡是水丰土厚的地方，必定人类生衍繁多。这茶叶也和人一样，不能不去寻找实现其自身价值的市场。商品找错了市场，犹如人之水土不服。比如说福鼎白茶性凉，适销燥热的广东等南方地区以及东南亚。为了寻觅相服的“水土”，林型彪把落脚点锁定在广州。为了感念，他把自己经销的茶叶品牌取名为“广福”。

1996年，林型彪从经销茶叶中赚得了第一桶金后，毅然决定回老家磻溪湖林创办自己的茶叶企业。他投资150多万元收购了建于湖林的已经停产近10年的福鼎第二茶厂。福鼎第二茶厂是创办于1957年的国有企业，由于经营不善，濒临倒闭。林型彪研制的白茶正好填补了国有茶厂倒闭停产后形成的市场空缺。这样一来二去，不仅盘活了国有企业，而且开拓了茶业市场，林型彪随后就火了！他创办的福鼎市广福茶业有限公司2005年被评为福鼎市营销大户；2006－2007年被评为宁德地区龙头企业；2007年被评为福建省质量管理先进单位；2007年被评为重质量、守诚信优秀示范单位；2008年企业进入中国茶叶行业百强，被评为福建省省级重点龙头企业、福建省名牌产品。到2008年底，他已在上海、北京等五十多个大中城市开设了8家分公司和70多家连锁经营店；在福建、广西、浙江等3省10县30多个乡镇建设8个茶叶加工企业，帮扶2万多户茶农建设3.6万多亩优质茶叶生产基地，形成了产供销一条龙、科工贸一体化的现代企业经营格局。

回望林型彪的成长历程，走到今天，与他的人生追求达到某种契合有很大的关系。有人说，做生意是眼光决定魄力。那么，林型彪的眼光来自哪里？作为一个文化程度不高的农民，能有今天的成功，当然靠的是商场的历练和个人的禀赋，很大程度还与家乡的厚爱与扶持分不开。林型彪的个人努力与当地政府的积极引导达到了一种契合，才使得他的企业在短时间内迅速做强做大。

茶业是福鼎市涉及面最广的农村传统支柱产业。作为世界六大茶类之一、中国特有茶类——白茶的原产地，福鼎白茶具有地域唯一、工艺天然、功效独特三大特征而久负盛名，素有“世界白茶在中国，中国白茶在福鼎”之美誉。随着茶为国饮消费风潮的兴起，福鼎市委、市政府抓住机遇，立足特色求发展，近几年制定并实施《关于进一步推动茶产业发展的若干意见》《关于扶持农业产业化龙头企业发展的意见》等相关政策措施，坚持每年召开全市茶业工作会议，专门研究部署推动茶产业发展的目标任务和具体办法，不断加大扶持和推进力度，促进茶产业持续健康发展。林型彪正是抓住了这一契机，乘势而为，大展宏图。

林型彪列举了让他感念的一件事。福鼎市为了拓展营销市场，组织去欧盟商务考察，邀请他同行，这无疑有助于他扩大视野。就在我们采风团抵达福鼎之际，一直未有机会与林型彪照面，他正忙着今年5月10日在美国办茶叶展销会的签证事宜。如今，林型彪已经不满足广州这个平台了，他想要开拓国际市场。中国是个产茶大国，却不是一个出口大国，茶叶出口数量还不如肯尼亚和斯里兰卡。林型彪早在2002年10月担任香港世界茶叶交流协会副会长时就曾表示过：“希望有一天，我们的白毫银针也能换它个美元、欧元、英镑或卢布什么的。”

然而，开拓市场绝非一马平川。就在林型彪茶业生意越做越得意之际，有兄弟朋友就曾提醒林型彪，随着“广福”茶叶的产品不断被消费者认同，要及时注册商标，要有商标保护意识。不知是林型彪太忙了，还是根本就没有意识到，不知是林型彪太年轻了，还是过于自信，对于大家的善意提醒，并不以为然。结果“广福”商标被人抢注了。从商战中摸爬滚打出来的民营企业家，都存在着一个不断练好内功、提高素质的问题。看来，林型彪也不例外。

随后，林型彪在福鼎市工商局注册了“广林福”牌福鼎白茶的商标。明眼人一眼就可看出，林型彪把自己的姓氏嵌在曾给他带来财富、带来荣耀的“广福”商标中间，但愿他能把这次商战的塞翁失马永远铭记心中。

“林型标”与“林型彪”

林型标何许人也？林型彪的原名是林型标，当地的父老乡亲都亲切地叫他“阿标”。而广州的商界朋友却热情地唤他“彪哥”。

作为父辈，为什么给林型彪取名为“标”？我们不得而知。也许老人家的心愿，希望儿子中规中矩，要有做人的标准。而在湖林村的乡亲们的眼中，林型彪是致富的能人，是全村人学习的标杆。

林型彪早年只身来到广州闯荡，当他瞄准了茶业的生意，就暗下决心，一定要为家乡的茶叶寻找一条销路，一定要为父老乡亲开辟一条致富的门路。为了这条门路，林型彪在广州、广西和云南、贵州等地整整闯荡了5年。他最终选择在广州和福鼎之间构建了自己的营销网络，几年来已为家乡茶农销售了近万吨茶叶，成了一方百姓脱贫致富的引路人。

多年的商场历练，使林型彪变得爱动脑、肯琢磨。福鼎是我国十大产茶大县之一，茶叶产量不成问题，但林型彪看重的不光是家乡茶叶的产量，还有家乡茶叶的品质。作为土生土长的磻溪人，这里山清水秀，植被茂盛，气候宜人，是福鼎白茶的主产区，也是建设有机茶园的理想基地。在那个还没有施用化肥、农药的年代，家乡的茶叶产量就有了一定的规模，光一个村年产毛茶就有800多担，那茶叶就是今天人们呼唤的“有机茶”，简直可以与风行日本的“自然茶”相媲美。当时与广州毗邻的香港，正引领着茶消费的新潮流。人们品饮白茶，讲求的就是优异的生态环境，从中体验回归大自然的感觉，在清鲜的白茶滋味中神游云蒸雾笼的高山茶园，与大自然作亲密的接触。这时候品的就不光是茶，还有健康、环保。与其说是林型彪看到福鼎白茶适应当代的消费时尚，不如说是林型彪追求茶叶的品质与当地政府致力于茶产业质量安全的有效保障又一次达到了一种契合。

如果说福鼎白茶是最原始、最自然、最健康的茶类珍品，那么，福鼎市委、市政府这几年在加快推动茶产业发展的同时，从质量安全体系、农残抑控网络、种植加工销售各环节，都大力推行清洁化、规范化、标准化生产。自2003年以来，福鼎市先后被农业部列为“全国无公害茶叶生产示范县

（市）”和“全国茶叶质量安全可追溯制度试点县（市）”，福鼎市通过召开茶叶质量安全工作会议，发布《加强茶叶质量安全管理的通告》，与相关乡镇、部门签订茶叶质量安全管理责任状等形式，不断提升福鼎白茶“生态茶、健康茶、放心茶”的良好形象。目前全市经过认证的有机茶园基地就有12个，面积1万亩；无公害茶园基地5个，面积3.9万亩。主抓福鼎茶产业工作的市委副书记陈兴华自豪地介绍说，2007年以来，在全市范围内开展春茶定期检查工作，共抽检415批次毛茶，全部达到无公害茶叶标准要求；省农业厅连续两年春、秋季随机抽检福鼎市144批次茶叶，也全部达到国家无公害茶叶生产要求。在质量兴茶、茶业兴市浓郁的氛围中，林型彪能不深受浸润熏陶？这大概也是他的产品之所以能在首届“太姥杯”白茶王大奖赛中获得第一名的秘笈吧！

林型彪心里明白，生产有机茶对于磻溪的茶农来说不算难事，但是，种植有机茶产量相对低，成本也相对高，必须要有相应的销售市场予以保障。那么市场在哪里呢？随着人们生活水平的提高，茶叶市场日趋看好，几百元甚至上千元一斤的茶叶如今也有人买。如安溪铁观音、西湖龙井、无锡猴茶、信阳毛尖等都卖到一个好价位。林型彪看准了这一点，认定只要从农户到市场建立一条产业链，就不愁没有销路。打造优良品牌，不但质量要过关，还要有标识认证、产品包装、营销企划等。为此，林型彪决定从基础做起，首先在家乡建高标准的茶园。当年因为贫困，离家出走，外出打工，如今为了家乡的脱贫，一年多次往返故里。正是家乡往日这块穷乡僻壤，为林型彪的茶叶赢得了得天独厚的生态环境。从1996年开始，不仅对原先国有茶厂已经荒芜多年的600多亩茶园重新垦复改造，他还采取收购和扶持相结合的办法，在家乡湖林及附近乡村建设3000多亩的优质茶叶直控基地，辐射带动周边3.6万多亩茶园，每年扶持茶农发展生产的资金投入达400多万元，他成了周边茶农眼中的“信用社”。通过几年的扶持带动，广林福茶厂所在的湖林村成了周围七村八社的“首富村”，2008年，全村农民人均纯收入达5124元，超过全市农民人均纯收入131元。

林型彪不仅引导乡亲致富，还热心为家乡建设慷慨解囊。几年来，他先后捐资200多万元，回馈故乡。从2002年开始，他每年资助6名贫困大学生，帮他们圆了大学梦；兼任母校福鼎十中名誉校长，每年捐资5万元，设立奖学金，奖励成绩优异的学生；为湖林村的新农村示范村捐建通村公路、村委办公楼、九年制学校、农民公园等公益性建设项目。

当林型彪进入广州商界后，当他把茶业生意做得风生水起时，有人建议他将“标”改为“彪”。那么，“彪”又代表了什么深意？彪悍、彪壮、彪形……林型彪的身材并不魁梧，但他骨子里却透着一股侠骨豪情，乐善好施，为人仗义，为朋友两肋插刀，为家乡在所不辞。“彪哥”一旦叫上，倒也名副其实。

也许大家正是看到了林型彪的这一点，所以他会被公推为宁德市广州商会副会长、福鼎市广州商会副会长。据不完全统计，福鼎籍驻穗非公有制经济人士从事工商活动者眼下有2万人以上。林型彪于是学习温州人，把在穗经商的福鼎人组织起来，通过商议，2006年4月福鼎市广州商会正式成立。目前会员企业已发展到136家。

2006年8月，商会成立不久，就经受了考验。超强台风“桑美”张牙舞爪袭击了闽浙沿海，福鼎饱受重创。商会的几位负责人闻讯后，在不到半个小时里就率先捐款20万元，为会员开了一个好头。据不完全统计，两年多来福鼎广州商会会员为家乡献爱心捐款金额达900多万元，充分展示了商会广大会员致富不忘回报家乡的良好风尚。目前，由商会发起，注册1亿元的福建省汇业担保有限公司已成立，主要面向“三农”服务，为福鼎中小企业提供资金担保。十余年的商场打拼，林型彪和他的同伴们追求的已不光是财富，还有社会责任的担当。

从“标”改为“彪”，只是符号上的改变。但我们希冀的是，在林型彪的心目中能一直留有茶叶的标准。做茶的人都知道，茶叶的标准是茶叶质量安全的关键，是茶业发展的瓶颈。福鼎白茶的国家标准业已申报下来，目前正在积极参与白茶国际标准起草工作。国家标准化委员会也批准在福鼎市设立全国茶叶标准化技术委员会白茶分技术委员会。林型彪的做茶标准能否与当地政府倡导的技术标准再一次达到一种契合呢？或者说，林型彪是否为福鼎市茶叶标准化的问题做出了自己应有的努力和贡献呢？

“彪哥”称谓也许只是入乡随俗，说明林型彪已经融入了当地的文化之中。他把老婆孩子安置在广州，即便在福鼎城关购有一套住房，他一家也很少回来光顾，从他的言谈举止中多少也流露出粤商的痕迹。但是，他与故乡仍保持着千丝万缕的维系，他的根还留在生他养他的故土里。有个事例很能说明问题。当他重新注册“广林福”茶业有限公司时，公司所在地依然选择在福鼎市。他往广州以及其他分店每发的一笔货，都希望把税费留在福鼎。2008 年，他的企业茶叶产量达到 1900 吨，出口 1100 吨，实现销售收入 8500 万元，上缴国家税收 130 多万元。

如果溯源的话，是依靠太姥山上的那株绿雪芽老茶树作为母本扦插，是得益于本地得天独厚的气候和土壤条件，福鼎白茶才得以推广繁衍，遍种太姥山脉，福鼎才能成为“中国白茶之乡”；同样，适逢改革开放的大好机遇，林型彪能从世代务农中一跃成为一代新型的茶商，仰仗的也是这片家园热土。为此，每年春节，林型彪都会带着他的两个儿子，回到偏远的湖林村。遥想当年为了躲债，不敢回家；如今乡亲们是放着鞭炮，欢迎这位“财神爷”的到来。回来不光是为了还愿、做些善事，更多的是为了他的下一代，让他们别忘了这块连着自身脐带血的土地……

（写于 2009 年 3 月）

解读“金日”

站在装修一新的接待室窗前四下眺望，精心修葺的花园式的厂区，笼罩在金灿灿的阳光下，给人以赏心悦目、生机勃勃的感受。1992年，李仲树在同安首期投资5000万元兴建的厦门金日制药有限公司（原美华制药厂）投产。如今在同安城东工业区投资2亿元的新厂区，新旧两个厂区对比，足见“金日”的变迁：新厂区占地105亩，建筑面积10万平方米，而原厂区占地23亩，只有3.6万平方米建筑面积。在这巨大的变化背后一定会有故事，引发我探究的浓厚兴趣。李仲树的创业人生轨迹和“金日”的品牌创立之路，犹如一本大书，需要我们细细解读……

“金日”寓意

“万物生长靠太阳”——歌词

当我见到李仲树先生，绝不是我想象中的叱咤风云的商界豪杰，而是充满着亲和、淡定，说起话来，轻声细语，不紧不慢；举手投足中透着温文尔雅，低调内敛。有人说，李仲树无论容貌还是眉宇间的神态，都像当下已走红的台湾电影导演李安。我未见过李安不敢妄下评论，但我认为李仲树具有令人尊敬的长者之风、儒商之范。李仲树坦陈：“金日”这个品牌是他起的，商标的设计他参与了，“金日在手中，万事好成功”这句耳熟能详的广告语也是出自他的灵感。我的解读就从“金日”的命名开始。

“金日”就是“金色的太阳”。“万物生长靠太阳”，作为经历了特殊年代的一代人，都会对那首曾经红得发紫的歌曲记忆犹新。那首歌曲背景、内容姑且不论，单凭这句歌词倒是揭示了一个自然规律。是太阳给了世间万物包括人类的生命。人类最早的原始图腾多为太阳，这表明了先民对自然力量的赞美和生命本源的思索。李仲树认为，保健品行业是朝阳产业，随着社会的进步和生活水平的提高，人们会越来越重视健康，重视生命。

有人说一个人的成功冥冥之中多为命运的安排，在我看来，其实都有足迹可寻，至少李仲树选择医药这一行是如此。李仲树1949年出生于南安市的一个华侨世家，20世纪70年代因建水库随父母迁到厦门同安。十几岁的时候，他对医药产生了浓厚的兴趣，熟读了大量的医书，诸如《汤头歌》等经典医书都会背诵。19岁时，李仲树便可以帮助乡亲们看病了。此后，他在乡村诊所当了3年的“赤脚医生”。在这期间，父亲因为积劳成疾、缺医少药而去世，更坚定了他矢志于医药事业。希望有朝一日能上大学选读医科，将来做一名救死扶伤的医生。

为了生存，李仲树23岁时只身赴港，人地生疏，再加上不会讲粤语，他只能放下身段，干起了又脏又累的纱厂活，一天9元港币的收入，晚上打地铺睡觉，却从未泯灭内心从医的梦想。“人需要经受一些艰苦磨炼，尤其是年轻的时候，这段日子彻底锻炼了我的意志。”回忆起初到香港在纱厂3年的打拼生活，李仲树反倒觉得庆幸。

1977年，在港打拼了5年的李仲树拿出全部积蓄，与朋友合资办起了一家小诊所。他不仅要做中药零售和批发生意，还得坐诊给病人看病。凭着对市场的苦心研习与敏锐观察，他很快就发现了蕴藏着的商机。20世纪70年代后期的香港经济繁荣，市民生活富足，越来越多的人开始关注健康和保健问题，市场上对保健品的需求一下子多了起来，原来少人问津的营养品、保健品成为畅销货。在这样的背景下，1979年，李仲树成立了一家专门从事人参、鹿茸等高级保健品贸易的公司——香港华益贸易有限公司，专门在内地、香港、台湾、东南亚地区之间开展保健品贸易。尽管只是“一人公司”，但充分利用内地与香港在药材10倍的差价，凭借着勤勉和灵敏使他做得游刃有余、风生水起。1982年，也就是李仲树到香港之后的第10个年头，赚到了人生的第一桶金——第一个100万港元。

1986年，李仲树创建香港金日公司。是一轮旭日伴随着维多利亚湾那潮润的海风冉冉升起，浸染海湾天际的情景触动了李仲树，使他以“金日”命名？具体的细节已经淡忘，但“金日”透着新鲜旺盛的希冀和冲动至今依然感染了我，足以表明李仲树当时对于未来、对于自己的信心和力量！

李仲树没有过多地沉浸在初战告捷上，而是冷静地把握了市场的瞬息万变。随着竞争者的不断进入和出口渠道的减少，20 世纪 80 年代香港的保健品生意开始有所减退。李仲树认为生意，生意，关键是“生”。市场每时每刻都在发生变化，用敏锐的目光洞察一切细微的变化，并用灵活的头脑及时应对，这是一个成功商人不可或缺的本领。适逢内地改革开放的号角吹响，有远见的他瞄准了前景广阔的内地市场，先后在深圳、顺德投资创办了两家公司，将保健品贸易转战内地。1992 年，他又回到厦门同安兴建了厦门金日制药有限公司，并作为“金日”品牌产品的生产基地。由于对消费群体的准确把握和对市场的良好认知，使得李仲树的事业很快进入了一个如日中天的境界。

当海峡两岸关系出现缓和，作为中国和平统一促进会理事李仲树，敏锐地把握胡锦涛主席在会见国民党荣誉主席连战时达成的“两岸和平发展”的主轴，随着海峡西岸经济区战略上升为国家战略以及 ECFA 的实施，金日集团顺势而为，积极行动，2010 年 12 月、2011 年 3 月，公司两次组团赴台湾考察访问，促进两岸医药保健产业的合作交流。在台期间，李仲树分别受到了中国国民党荣誉主席吴伯雄、副主席詹春柏、王金平、林丰正的接见，还拜会了台湾亲民党主席宋楚瑜，并与台湾禾野公司达成合作协议，共同组建禾野（厦门）食品有限公司，开发酵素类保健食品。

阳光心态

“太阳每天都是新鲜的”——格言

“金日”品牌在内地打响，“金日在手中，万事好成功”的广告词也家喻户晓。解读这句广告词，多多少少会给人有夸大之嫌。但转而一想，适度的夸大却蕴含着一定的道理。人们不是常说，人生是 1 后面加上若干个零。“1”代表着人的健康，而“若干个零”代表着事业、爱情、财富、社会地位，人只有健康，才会有后面的若干个追求；如果人的健康都没有了，后面的再多也只是个零。

如果说一句朗朗上口的广告词，只是在促销上的润滑剂；那么，“金日”的市场如今遍布国内29个省市自治区，设有100多个办事处，2万多个终端买点，靠的是什么？李仲树不假思索地回答：质量和品质。企业的生命在于产品，产品的生命在于质量。解读“金日”的经营管理理念，有许多可圈可点之处。

诸如“品质是生产出来的，不是检测出来的”；“没有二等品和三等品，要做就做一等品”；“旱季造舟，雨季造车”；“纸扎的花吸引不了蜜蜂”。

与其说上述这些是金日集团的成长商规，不如说是李仲树商海历练的人生感悟；与其说这些是金日集团的企业文化，不如说是李仲树阳光心态的折射。为什么说“太阳每天都是新鲜的”？这取决于观日者的心态。最能概括李仲树的阳光心态，也是他常挂在嘴边的8个字：“诚实做人，认真做事。”他不仅以此自律，而且与同事共勉。有人说，一个人的事业的成功，首先是做人的成功。从早年初到香港时做过药店的售货员，到后来又经营过中药材店、诊治过患者，对于中药材及行业特质和消费者心理都十分了解，深谙“诚实”二字在这个行业的特殊意义。2009年“三聚氰胺”事件爆发，引发新一轮食品信任危机，使食品行业提前进入“严冬”。同年10月，质检机关对金日高营养蛋白质粉、金日全乳清蛋白质粉等展开全面抽查，结果“金日”不负众望，再次给出了一份全部合格的满意答卷！

回顾改革开放三十多年来的保健品市场，即便不是业内人士，普通的消费者对于“走马灯”式的保健品现象都不陌生，甚至质疑传统滋补品的功效和适用性，从而引发保健品的信任危机。保健品市场大有“你方唱罢我登场”之势，故此，保健品行业有一种“富不过六载”的说法不胫而走。而金日集团近20年的蓬勃发展，不仅业内标杆不到，而且“金日牌”洋参已成为洋参行业唯一的中国驰名商标，大有引领保健品市场之王者气概。

也许正是认真与诚实，李仲树赢得了许多的至交，从商界到政界，从员工到消费者。在采访中，有一个故事让我感动。

一个是金日心源素的品牌故事。李仲树作为中国和平促进会理事，与曾担任过全国政协副主席、中国和平促进会执行会长的钱伟长有着很深的缘分。1998 年，钱伟长第三次到金日集团考察指导，郑重向李仲树推荐他一直在服用的一个流传秘方。钱老寄予厚望地说：你是做医药保健产品的，我把秘方给你，好好地研究一下，把它做成产品，造福人民。钱老的话让李仲树久久不能平静，决心不负期望。金日集团邀请 68 位专家成立专项研究中老年健康保健的课题组，针对钱老提供的配方，在保健机理上争取新突破，在心脑血管领域，独创“先清后补，清补结合”的保健新理念。历经 3 年研制出了由西洋参、三七、五味子、维生素 E 等名贵中西药组成的心脑保健品，并送往北京海军总医院进行临床试验，经过 3 个多月的 1000 多例临床验证，报告表明：该产品具有益气养阴、活血祛瘀之功，能耐缺氧，延缓衰老；对高血压、高血糖、高血脂有显著改善作用；能提高高密度脂蛋白、明显降低血黏度和血糖浓度，对动脉粥样硬化的发生发展及由此引发的心脑血管疾病有预防及辅助治疗作用。报告结果出来后，李仲树深受鼓舞，实现了钱老的宏愿。如今专利产品“金日心源素”已成为中国心脑保健第一品牌。这是李仲树第一次对外公布“金日心源素”配方的由来。2010 年 7 月钱伟长先生仙逝，享年 98 岁。这既是钱老高寿的秘笈之一，也是他老人家无私奉献社会的一个插曲。但是触及往事，李仲树还是禁不住黯然神伤。

心中太阳

“爱是自然界的第二个太阳”——西方谚语

“来源于社会、奉献于社会”是金日集团二十多年来秉承的宗旨。李仲树和他的金日集团多年来一直热心于祖国统一大业、家乡教育、卫生、基础建设等公益事业。多年来，李仲树在他的第二故乡同安先后捐建了明树小学、金日希望小学、金日少年儿童图书馆、明树医疗中心、连续资助几届的世界同安联谊大会、同安东山道路拓建等。2000 年 8 月 15 日，为了表彰李氏兄弟的善举，福建省政府做出《关于李仲明、李仲树先生捐资办公益事业立碑表彰的决定》。2001 年 2 月 25 日，福建省政府在同安城区新安洲隆重举行金日集团捐赠公益事业碑揭幕仪式。如今在同安双溪河的碧水之上，有座风格典雅的“金日亭”，上面有幅当地人题赠的镀金楹联：“仲德胜赠金，树高可追日。”这副对仗工整的嵌字联凝聚着家乡父老乡亲对李仲树高尚情怀的褒奖。

除了回报桑梓外，李仲树二十多年来还在其他公益慈善方面慷慨解囊，如捐助5·12汶川地震、非典时期的北京小汤山医院、西部“母亲水窖”工程、贫困学生助学等，在2003年赞助北京市民风采大赛、2005年赞助（宁波）中国艺术节、中日女排对抗赛、2007年还大手笔赞助上海夏季国际特殊奥运会等公益活动，累计金额超过3000万元。此外，“金日”还充当了健康生活的倡导者，通过开展全国性的健康活动，传授健康快乐的理念。1999年—2000年，“金日”在全国19个省76个城市推出了健康千里行活动，参与人数上百万；2002至2005年“金日”在深圳、合肥、福州、厦门、苏州、无锡、杭州等地邀请著名心脑血管专家洪昭光向老年人传播养生之道；2007年金日与中央电视台《夕阳红》栏目合作在全国开展“夕阳红歌会”活动；资助上海滑稽团深入社区演出，把欢笑送到千家万户。李仲树几十年如一日的仁风义举，说到底是对“诚信”和“健康”4个字最朴素的坚持。

明眼的读者，不难看出，我没有正面过多地描述李仲树对自身事业发展的憧憬，而我是把更多的笔墨花在他这些年热衷于的公益和慈善事业上。他告诉我，105亩的新厂区一旦投入使用之后，旧厂区将改造成为养老院，将充分利用同安邻近厦门区位优势和山清水秀的生态温泉环境，打造成为福建省最大的养老院。李仲树又在谋划未来，但他从来都是从眼前做起。在我们抵达新厂区的接待室后，在播放的企业电视宣传片中，表明“金日”是具有儒家思想的企业。中国儒家崇尚“修身、齐家、治国、平天下”。李仲树重视自身的道德修养，把做人与做企业尽可能完美地结合。他说，一个人能力有大小，人活着，只要对社会有贡献，尽到自己的责任就可以了。

李仲树在积极投身各项公益事业同时，还身体力行参与有利于两岸和平发展的事业。自任中国和平统一促进会理事、中国和平统一基金会荣誉会长以来，以统促会“高举爱国旗帜，团结一切拥护统一的海内外同胞，推动两岸人民交流和交往”为行动宗旨，贡献了自己的一分力量。1996年，李仲树向中国和平统一基金会捐赠约200万元，支持两岸和平事业的发展。在繁忙的商务之余，他总是尽可能地抽出时间，参加统促会组织的各种会议、活动。令他难忘的是2008年，有幸随同全国政协副主席罗豪才参访欧洲各国统促会，进行交流活动，海外华人的爱国之心、促统之情也深深地感染了他。

“李仲树天生就是做生意的好手”——这似乎已经成为行内人对李仲树的普遍评价，由他独创的许多经营和销售理念，看似简单却寓意深刻，在业内广为流传。每当李仲树听到如是的评价和夸奖时，这位不事张扬的企业家，从不以成功者自居，顶多只承认自己有点小聪明。当然，对于“金日系列”的品牌定位、市场布局乃至未来蓝图的战略设计，这位当家掌门人应当说成竹在胸。但是，就我看来，“小成靠智，大成靠德”。李仲树曾经表示过：“百姓健康是我心中那一轮金日。”这是缘于他心中有爱，“爱是自然界的第二个太阳”，一旦心中的爱充分释放，我们就有理由相信他的事业会再上一个新的境界。

一个女人命运中的五顿饭

一

1969年底，临近新年的一天，母亲终于决定把家中饲养的一头猪杀了。自从父亲被关进了牛棚，母亲就在这年的春天，带着房淑霞和她的哥弟从陕西黄龙县城步行二三百里路，回到祖籍黄陵县房家寨村。将近一年了，别说是猪肉，平时菜里一点儿油星都见不到。那天晚上，是回到农村后第一次吃到猪肉，房淑霞开怀地满嘴嚼着，吃得小肚子鼓鼓圆，敲着砰砰直响。然而，乐极生悲，当天晚上，她是又吐又拉。但这并未改变房淑霞的此生认定猪肉是人世间最好吃的美味。

房淑霞于1956年10月出生在陕西黄龙县。在她幼小的心灵里，记忆深刻的是家境贫穷，而自己又非常能吃，老觉得吃不饱肚子。“小时候，我从农村到县城上学要走20多里山路，一星期母亲只安排24个馍及一瓶子咸菜，每天4个。”她对生活的艰辛从小就有了切肤的体会。

如果说生活上的困窘尚能对付，那么，心灵上的不快乐却备受煎熬。房淑霞打小是个“灰姑娘”。生活在县城，尽管父亲是县党校的一校之长，但对她而言，一点儿的优越感都没有。蓬头垢面，肮脏邋遢。她8岁才上学，属于智力开窍比较晚的那种小孩。老师不喜欢她，同学也不喜欢她。郁郁寡欢是她的童年记忆。

就在房淑霞13岁那年，父亲被关进牛棚，一家人被遣送回老家，命运在折磨家人的同时，却也改变了她的心境。尽管老家的土窑洞不及县城的砖房，尽管农村的豆腐渣、麦麸也不及县城的面馍来得好吃，但是，在县城穿戴并不起眼的衣帽在农村突然变得光鲜了起来，在县城抬不起头的自信在老家的小伙伴中也被找了回来。更重要的是，她被迫辍学，却解放了身心。绿油油的麦苗，金灿灿的油菜花，漫山遍野的桃花、梨花，以及黄土高坡的尘土，让房淑霞绽放出久违的灿烂笑容。

房淑霞从小就对种植业产生了浓厚的兴趣，满路上去寻找被人们吃剩遗弃的桃核、杏核什么的，栽在自家的庭院内，只要萌生出一点绿芽，她都会手舞足蹈，喜不自禁。在房家寨村的那几年光阴，不仅补偿了房淑霞童年失去的快乐，而且为她日后弃教务农埋下了挥不去的情结。

二

1993 年的一天，房淑霞抑不住内心的兴奋，兴冲冲地赶回家，关好家门，把全家人都叫到吃饭的小桌前，从怀里抖抖索索地掏出 1000 元钱，家里人全看傻了，他们从来没有见过这么多的钱。丈夫睁着惊恐的眼睛问道："这些钱从哪儿来的?"房淑霞自豪地宣布，这是她在商洛红崖寺乡贩卖油松种子赚的！全家人都沉浸在意外发财的喜悦之中，谁也没有顾及锅里正烧着饭呢，结果饭烧煳了。

房淑霞提议，不然咱们上一趟馆子吧。瞬间，得到两个孩子的欢呼雀跃。一家人高兴地走出家门，来到商州一家饺子店。这是房淑霞自组成家庭以来第一次下馆子。一家 4 口吃顿饺子，只花 9 块多钱，那时的 1000 元真抵用。花钱不多，但吃得大家美滋滋的、乐融融的！房淑霞见此情景，觉得有钱真好！这顿饭更坚定了她赚钱的决心。也是在这一年，房淑霞辞去高校教师的职业，下海了。

话还要从 1977 年恢复高考说起。斯时，房淑霞已是一名亦工亦农的技术员，每月有 15 元的工资收入，队里还分给口粮，她挺知足的。估计自己高考考不上，也就没有动过报考的念头。后有一个同学，高考前几个月寄宿在房淑霞的房间，为了找个做伴的，她动员房淑霞一起考。考试结束了，房淑霞考得不错，被录取到陕西师范大学生物系。

1982 年，房淑霞毕业分配到商洛师范学院当教师。第二年，与新分配来的一个男教师结为秦晋之好。在常人的眼里，房淑霞运气真是太好了，既有一份受人尊重的工作，又有一个让人称羡的婚姻，丈夫还是一个英俊的小伙子。可是，房淑霞生性亲近大自然，向往无拘无束、自由自在的工作和生活，并不适应正襟危坐、有板有眼的教师工作。上大学不自在，如今教书也不自在。尽管她已经评上了讲师职称，但困扰在心头的郁闷却日盛一日。再加上家庭经济的窘迫，一家四口的供应粮原本就不够吃，孩子的爷爷奶奶和亲戚又时常来住，使家里经济状况更是雪上加霜。为了补贴家用，房淑霞利用业余时间，给人家做衣服，煎点烧饼让孩子的爷爷上街去卖。但这些都只是杯水车薪，于事无补。生活的压力压得这个女人不堪承受，致使她时常出现精神恍惚。无奈之下，房淑霞只好请假回娘家调养一段时间。

在娘家休息期间，却意外地发了横财。房淑霞得知当地的林业站有一批油松种子没有销路，就从父亲那儿借来一笔钱，赶回商洛林业站，这一来二去的倒腾，就实赚了1000元。

与其说是赚到1000元后全家人上馆子吃顿饺子，坚定了房淑霞赚钱的决心不如说是一次次的生活教育，使她彻底放弃了高校教师的职业，做了一个让人匪夷所思的现代农民。

一件事是，有一次孩子生病发高烧，医院要300元押金，房淑霞囊中羞涩，东借西借好不容易才凑齐。她说，那一刻，她的观念被彻底打破了。另一件事是，一个偶然的机会，房淑霞认识了一个河南农民，做种苗生意的，虽然只有小学四年级文化，却在城里购置了房产，还买了一部小车。这一切让房淑霞惊羡不已——当农民还能当到这份上？自己搞了十余年的生物研究，如果能学以致用，还能比他差？

1993年底，时年37岁的房淑霞从商洛师范学院辞职。第二年早春二月，她只身南下打工，只凭着听人说南方赚钱多……

三

1998年7月的一天，房淑霞苗圃的第二批小苗刚刚长到20厘米高。突然，来了一批客户，开着一个车队，为首的是一辆“大奔”，浩浩荡荡地将车停在苗圃外。

“这苗圃种的什么苗?”客户中一位像是老板的人问道。

“加拿利海枣。”房淑霞回答。

“一棵苗多少钱?”

“3块5。”

“全部买去可不可以优惠?”

房淑霞还以为来了大客户，谁知道这帮有钱人闲得没事干拿她寻开心，就不搭理他们，径直往苗圃的厨房走去，准备做午饭。老板紧随其后，讪讪地笑道，听口音你是陕西人呐，你能不能给我们做一顿陕西手工擀面条?要是答应，我们就把你的苗全买去。说完，拍出两万元做定金。不管是否有诚意，有客前来茶当酒，吃顿面条不算过份的要求。房淑霞就和4个工人将厨房里的面粉全部做成面条，面条里只放了一些油、盐、酱、醋、辣椒和青菜。一队人马呼啦啦一下全吃光，个个吃得大汗淋漓，胃口大开，还不停地说，没有吃饱，能不能再做一些?房淑霞笑着说好不好吃都没有了。原来，这个客户是深圳龙岗植物园和深圳龙岗高尔夫球场及汕头金海湾高尔夫球场的老板邓先生。这顿饭后，他向房淑霞预定了33万元的海枣苗。当时把房淑霞吓得愣住了，即便是把所有的苗都给他还不够。邓老板一举让房淑霞开了眼界，知道了这种苗的市场有多大。这顿饭还让房淑霞做出了一个惊人的决定：留在漳浦，扩大面积，继续种植加拿利海枣。

房淑霞的创业之路其实并不平坦。1994年一个冬夜，她踯躅在异乡的街头，寒风凛冽，形单影只。自从她辞去大学讲师的工作，先后到昆明、广州、福州等地打工，最后一站是泉州市。她记忆犹新地说，当时身上只剩200元，若找不到工作，连回家的路费都不够了。

辗转数天，房淑霞终于进了泉州一家港商投资的大型花卉公司。开始从工人做起，锄草、浇水、施肥、装车样样干，后来公司尝试让她做营销，凭着大学老师的功底，把营销做得风生水起。她终于找到适合自己的工作，一待就是3年。3年的实践，她把大学的生物专业知识与实践融会贯通，成了一位出色的花木经纪人。既学到了书本上没有的经验，又对花卉生产管理和市场行情有了更多的了解，也结识了许多同行花友。

不知是上苍有意与房淑霞过不去，还是天降大任于斯人矣，就在房淑霞打工期满结算之际，公司因为财务出现了问题，无力支付她 4 万元的奖金，只拿出一包当时在中国并没有多少人听说过的“加拿利海枣”的种子抵给了她。

再吵也讨不回钱，房淑霞只好收下抵债的种子。她想的是尽快将种子变现。她之前曾听说过“加拿利海枣”，是一种原产自非洲加拿利海岛上的较为名贵的观赏树，这种树究竟能不能在我们国内推广，有没有市场，房淑霞当时还只是一头雾水。

1997 年元月，房淑霞偶尔从报纸上得知，漳州市政府要在漳州到漳浦兴建闽南花卉走廊，于是她怀揣着 3 年打工省吃俭用攒下的 3 万多元，手提着一袋加拿利海枣种子，只身来到漳浦县长桥镇。当时主管闽南花卉走廊负责招商引资的同志听了房淑霞的陈述，深为这位性格坦诚、豪爽、耿直的北方女人所感染，也未因她本钱小就另眼相看，而是以最快的速度帮助她协调了一亩地。从此，房淑霞的财富神话就从一亩地演绎开来了。

漳州真是一方沃土呵，有人说，随便插根扁担第二年春天就能生根发芽。果不其然，两三个月后，房淑霞种的海枣苗长势良好。正好赶上漳州市推广花卉苗木产业，当地许多农民都跟着种起了观赏性树苗。那包种子一共种出了 4 万多棵小苗，全部卖了出去，房淑霞赚了 6 万多元。这在当地引起不大不小的轰动。当地的一家媒体急匆匆报道了出去。不知是好心办坏事，还是歪打正着，将一亩地报道成 100 亩地。偏偏又碰上的是较真的房淑霞，这还了得，不是忽悠大家吗？房淑霞心想，那就索性做到 100 亩，不妨把儿子将来娶媳妇的钱也赚上，再回家过日子吧。一年之后，房淑霞就赚了 68 万元。

谁曾想到，1998 年夏天又遇上了“贵人”邓老板，一出口预订了 33 万元的苗，这使得房淑霞“箭在弦上不得不发”，从一亩地发展到今天的 300 亩地，成为全国种植加拿利海枣最大的专业户。

四

2007 年 7 月的一天，房淑霞和她女儿约请两个年轻人吃饭。年轻人是创办“漳州花卉网”的小陈和小杨。饭桌上，房淑霞流露出经营上的困扰。从1998到2004年那段时间，园艺类的媒体数量少，凡做广告效果都很好。自2005年开始，园林行业的平面媒体数量剧增，各类网站更像雨后的春笋，不胜其数。房淑霞努力跟进，在连电脑还都没有摸过的情况下，从2003年起已在网络上做起了广告。做网络广告还有一个小插曲。房淑霞为了防止受骗上当，是坐着飞机到设在上海的“园林在线”网站去做广告，往返的路费比广告费还多。当她人尚未到家，咨询电话已经接了好几个，网络的传播速度真是太神奇了！然而，世界变化飞快，过了两三年，即便专业网站上做的广告效果也在逐渐式微。问题在于，房淑霞想知道，自己花了广告费的背后有多少人看过她的广告。房淑霞的困扰，实质上可以看出她在有心、用心地经营这份苗木事业。然而，两位年轻人并不能解开房淑霞的心结。就在这顿饭后，房淑霞决定创办自己的网站。

回眸房淑霞10年的创业历程，很耐人寻味。在1997年初尝甜头之后，房淑霞第二年就扩大15亩，搞起多种经营，种有上百种名贵苗木。然而，无情的打击降临了。1999年12月21日，一夜霜降，把房淑霞苦苦经营的价值160多万元的种苗大部分给冻死了。如此坚强的女人还是被突如其来的天灾打倒了。她在床上躺了整整三天三夜，眼睛死死地瞪着屋顶发愣，不吃不喝。雇佣的工人见此情景也绝望了，纷纷要走。这时，漳州市、漳浦县领导闻讯赶来，鼓励房淑霞振作精神，战胜霜冻。在领导鼓励下，她苦挣着爬下床，一颠一拐，到苗圃仔细巡视一遭，结果发现没有被冻死的居然是十几万棵加拿利海枣苗。自然灾害考验人的意志，也考验着树苗的品质。当初是加拿利海枣选择了她，如今是她选择了加拿利海枣。从此，房淑霞就一心一意地种植加拿利海枣。不要说全国，单一品种种植面积这么大，全世界恐怕也不多见。后有人总结房淑霞的成功，一靠技术，二靠专注。

灾害过后，房淑霞高人一筹的地方，是特地从漳浦县气象站买来近30年的气温资料，学会科学管理。古人云：凡事预则立，不预则废。对自然灾害也要有预测能力，才能立于不败之地。2005年台风登陆，大水淹了几米高，别人的苗几乎都淹死了，只有房淑霞的苗存活下来，树苗又一次经受了考验，她也再一次经受了考验。

房淑霞科学经营不仅表现在未雨绸缪上，还表现在技术的创新上。比如她2000年起一改出售生苗为熟苗，通过袋装苗的形式，使得树根周围的水分不容易流失掉，而且移栽的时候树根不容易受伤，树苗的成活率高。更重要的是将一年两季销售变为一年四季，苗的销量和销售范围都大大地提高了。房淑霞采用的袋栽苗的种植方法后来被许多同行花友学习、应用、推广到其他花卉品种的种植上，对漳州花卉苗木产业的推动、提升和增加广大苗农的收入都起到了积极的作用。

房淑霞总是在不断地调整自己，做一个适应时代要求的现代农民。房淑霞与当地农民不同的是她的知识背景。种植海枣最致命的是病虫害，房淑霞大学学的生物知识派上了大用场。她一眼就能够把害虫归于哪一类，对症下药。在房淑霞的带动下，周边几个村子的农民也开始种植加拿利海枣。房淑霞是大户，农民有什么不懂，都来找她，她有问必答，有求必应，并把防治病虫害的知识挂在网上。她还通过专业协会的形式，把种植户组织起来开展群防、群治，解决众多花卉苗木企业之间存在的病虫害交叉感染问题，以及在市场销售中存在的无序竞争问题。房淑霞改变的只是职业、身份，不变的则是对知识人生的追求、对社会责任的担当、对现代农民内涵的诠释。一位老家在漳浦长桥、现就读漳州师范学院的学生说得好："我以前拼命读书是为了不当农民，现在读完书还真想回去当一个现代农民。房淑霞成功之路为当代大学生的择业提供了一个很好的范本。"

既然那顿饭没有达到房淑霞的心里期许，她一不做二不休，就打电话给做网站的厦门中企动力公司，向他们请教创办网站的有关事宜。于是，花了6800元钱，一个以房淑霞的名字和海枣名称命名的网站在2007年8月20日上线了。为了便于记忆，她把网址确定为"zzfsx"也就是"漳州房淑霞"的拼音缩写。对于网站这一新生事物，她请女儿做网管，自己主动向年轻人学习。为了吸引更多的眼球，她还在网站首页挂上了中央电视台和福建卫视等电视台对她的采访视频，使得不少人慕名而来找她做生意。网站运营不到两年的时间，效益已经凸显。她的网站独立IP达到2.5万多个、独立访客2.4万多个、累计流量10多万。她通过访问量来确定广告的投放量，使得每一笔投入都用到了点子上。90%的客户是循着网站而来的。为此，她在网上向广大苗农分享了她的心得：苗农怎样做才能多快好省地促销自己的苗木呢？在网上发布苗木产品信息，花钱最少、见效最快、效益最好。

2007年11月中央电视台7套《致富经》栏目播出《一包种子萌发的千万财富》的电视节目后，向房淑霞求购加拿利海枣种子和小苗的客户络绎不绝，似乎每位求购者都坚信，只要能够买到加拿利海枣的种苗，就肯定同样能萌发出更多的财富。而她至今未出售一粒海枣种子、一株海枣小苗，为此，许多客户不理解她为什么这样做？

为此，房淑霞在她的网上坦诚写道——回顾我种植加拿利海枣十多年所走过的路，我总结出一条经验和教训：种一万株海枣小苗不如种一千株海枣中苗，种一千株海枣中苗不如种一百株海枣大苗。种的海枣苗越小、越多，投资越大，回收越慢，效益越低。这条经验和教训是我花了上百万元的学费挣来的，也同样适合其他的树种，但愿这条经验和教训，能够对更多想加入这个行业的朋友有所帮助。房淑霞又在改变她的经营策略，努力在领跑海枣产业。

五

2006年的7月5日，房淑霞夫妇在商州民政局办好了离婚手续。走到民政局的门口，丈夫说，你这一走，可能以后很难再见面了，我们吃顿饭吧。过去吃饭都是你付款，今天这顿饭还是由我来请吧。房淑霞心头一酸，平时忙碌想不起来他，真要分手的时候，还真有点舍不得。他们来到商州一个羊肉泡馍馆，最地道的陕西名吃，却吃出了异味来。一边吃饭，丈夫一边对房淑霞说，我等你回家等了13年，等到现在我们都老了，我再也不想等了，你我各自多保重吧。（在房淑霞的回忆中，其余几顿饭都是模糊的时间概念，唯独这次是准确的。由此可见，离婚对于房淑霞是多么的刻骨铭心，毕竟他们是二十多年的夫妻！）

房淑霞清晰地记得2006年6月28日，是丈夫最后一次打来电话。能不能将苗圃处理掉回家好好过日子？如果能回家，说个期限；如果不能，就离婚算了。是要苗圃，还是要丈夫？房淑霞瞬间五味杂陈，一时难下决断。

房淑霞说自己如今已经停不下来了。每月要支付大约 15 万元，其中包括人工费、化肥农药费、水电费、租用大型挖掘机等。她必须往前走。经营海枣十年来，她一直在稳健地发展，年年都会扩大一点面积，没有贷过一分钱的款，一直处于赚一点投一点的爬坡状态，属于滚动式发展。谈及今后的打算，房淑霞说，海枣生产周期长，难度大，数量有限，不可能走薄利多销的路子。从今年开始，她不想再扩大面积了，只想把现有的每一株苗种好、卖好，进一步改变种植方法，提高苗圃的管理技术，通过提高每亩土地面积上的经济效益，来增加自己和工人的收入，也让自己在工作和生活上能过得更加从容一些。永远把眼前的事做好，不去想长远，不做超出自己能力以外的事。房淑霞如是说。

创业之路尽管风风雨雨，但是，漳浦这块土地待我房淑霞不薄啊。当年就是这块土地的慷慨，接纳了她这位陌生的外乡人。当事业刚有起步，1999 年 4 月漳浦县人民政府就授予房淑霞企业重点私营企业的光荣称号，表彰她推动花卉业发展的事迹。2000 年，在第二届福建省漳州海峡花卉博览会上，漳州市政府领导特别邀请房淑霞登上主席台，为广大台商、台农介绍几年来她在漳州花卉业投资的经验和感想。房淑霞动情地说："叫我怎么能舍得下苗圃呢？苗圃不仅是我的生活来源，也是我的精神家园。"

房淑霞同样舍不下丈夫。丈夫是个好丈夫。她何尝不想回家?！叶落归根，人老思故乡。只身一人在外打拼容易吗？有了委屈向谁倾诉？有了成功喜悦与谁分享？尤其是累了，她也想有一个宽厚的肩膀可以靠一靠呵！再坚强的女人也有软弱的时候。她忘不了，二十多年前的商洛师范学院，一个新分配来的教化学的男教师，居然是一个英俊的小伙子。房淑霞自认为自己长得一般，也没有出众的才华，根本没动这方面的心思。可是，小伙子偏偏觉得房淑霞实在，是居家过日子的那种女人，反倒成了小伙子追求房淑霞。成亲后，让学院多少人好生羡慕。

事到如今，房淑霞没有说一句抱怨话。1993 年，房淑霞辞职只身南下闯荡，当时女儿 10 岁，儿子 6 岁，全靠孩子他爸抚养。孩子有个头疼脑热，丈夫也从未打过一个电话，独自一个人扛着。仅凭这一点，有几个男人能做到？房淑霞原以为这辈子吃定了他，没想到半路上还是分手了。房淑霞理解自己的丈夫，已经升为副教授，还是系主任，有自己的事业，同样不愿舍弃。分手后的前夫，仍然在关心着房淑霞。2007 年中央电视台举办的三农人物 50 强评选活动，房淑霞本人都没在意，而前夫却投下了一票，说到这里，房淑霞还是露出欣慰的笑容。

当年下海被逼无奈，如今赚到钱却失去了爱情。对此，房淑霞至今还瞒着她 86 岁的老母亲。她还承认，创业十几年，她失去的不光是没能守住自己的婚姻，还有孩子对她的亲近感。她心怀愧疚，感到亏欠孩子的太多太多。为此，在离婚协议上，她在孩子的经济问题上有着更多的担当，以至于办离婚手续的民政局同志都纳闷，甲方乙方有没有搞错？

房淑霞没有因此而溺爱孩子。她宽容待人，却对自己的子女严格要求。当一双儿女长大成人，原想在他们母亲的财富上能有所依靠。房淑霞把他们叫到身边，郑重地各给了 5 万元钱，嘱咐道，这点钱，你们想学点什么，就作为学费；想干点什么，就作为本金。要到社会上去学本领、去闯荡，自食其力。希望孩子们像她一样平平常常、踏踏实实地过好人生的每一天。房淑霞非常自信地说，你们只要把老娘的本事学到一半，就能生活得很好！

一个人与一个工业园区

在永定县下洋镇傍，省道203公路边上，坐落着一个粗具规模的工业园区。先期工程已经建成4幢标准厂房、8幢钢架结构厂房。2幢员工宿舍楼和1幢9层办公大楼十分醒目，现代化的气息在闽粤边界的小镇扑面而来。周边一片繁忙景象，施工现场机声隆隆，热气腾腾，园区工程按照规划如期进行着。整个工业园区规划建设面积561.6亩，计划总投资约6亿元人民币。自2006年10月动工兴建以来，只用了3年的时间，已建成了园区380亩，让人不由地发出感叹！更令人刮目相看的是，园区运作模式的创新：“引入民企资金从事园区开发，投资商作为园区招商主体，园区开发完全按市场化运作。”也就是说，是按照“企业自建、自主招商、以商引商、产业链招商”的方式运行。这么一个偌大的工业园区与一个人有关，他就是永定县金丰工业集中区东山电子园董事长——罗林。

事业发展的三部曲

罗林何许人也？竟然有如此气魄？如此眼光？

罗林是下洋镇东联村人，1986年罗林初中毕业。家境贫困，兄弟姐妹6人。17岁的他，把继续读书的机会让给姐姐，自恃身体好，与乡里弟兄一起，走上了打工生涯。下洋镇毗邻广东，开风气之先的深圳，自然成为打工者的首选目标。1987年南下深圳，1989年就返回了故里。年轻人的浮躁，使他处于一种游离不定的状态。身无一技之长，靠什么去打拼？他回到家乡，培训驾照，从此干起了运输个体户。加上永定县煤炭、石灰石等储量丰富，开车的确是赚钱的好行当。1993年就自购了一部运输车。罗林毕竟是个聪明人，4 年的开车经历，让他不仅赚到了钱，更重要的是开阔了眼界。在与罗林交谈中，他无意说出的一个细节就足以说明他的眼光。

随着广—梅—汕铁路的开通，罗林敏感地觉察到，运力的提高，势必造成运费的降低。再开车跑运输，钱就不好赚了。于是，年初七贱卖车辆，年初八就前往深圳。第二次来到深圳，罗林成熟了，不再是单纯打工赚钱，而是寻找商机。初来乍到，为了生存，罗林谋得一份差事仍然是开车，为一家企业老板开车。双休日兼职开出租车。尽管是开车，却是眼观六路，耳听八方。偶尔听人说做电线接插件很好赚钱，罗林当机立断，对这个朋友说，我来出钱，你来操作，利润五五分成。1995 年，罗林和他的合伙人开始他们的创业故事。

创业初始从租用的一房一厅，招雇一个工人起步，接着扩张到三房二厅，还不够，就在屋顶搭建个铁皮房。后来随着业务不断扩大，罗林觉得零敲碎打，终不是长久之计。为了提升自己，开始租用正规的厂房。1997 年注册“为成”电子有限公司，旨在“为了成功”之义。1999 年注册成立“科迪嘉”电子有限公司。2001 年成立“宝源达”电子有限公司，至此，罗林已经拥有了自己的厂房……粗线条描述罗林的创业成长历史，与其说是罗林企业的快速成长壮大，不如说是一叶知秋，由此见证了中国在改革开放的推动下经济发展的速度。深圳特区确实不愧为投资兴业的热土。罗林一干就是 10 年，把影音电子产品做得是风生水起！公司主营的 DVD、电视机、MP4、多媒体音响等产品，大都销往南美、中东和东南亚。

2006 年 6 月，罗林回故乡省亲。听到家乡招商引资的消息，不由得内心一动。永定县委、县政府把吸引在外创业人员回乡投资，作为发展永定经济的重要一环，被称为“回归工程”。2003 年以来永定籍外出务工人员回乡创业或参股兴办企业有 50 多家，投资额近 20 亿元。这些企业大都是同行中的佼佼者，有稳定的客户群和合作伙伴，不少带着上下游企业一同回归。这些企业和其他来永定投资的企业一起，初步形成了机械制造、电子信息、医疗化工 3 个产业集群雏形。

为了重点扶植电子产业发展的战略目标，2006 年年初，永定县政府拟尝试拿出一块工业用地建设电子产业专业园，计划由企业自行建设、自行招商，以期达到短期内快速形成产业聚群，努力实现在“十一五”末永定县光电产业达30亿元的目标。正值这个当口，罗林回来了。虽然这些年在深圳发展，罗林的企业规模越做越大，但也明显感到经营成本越来越高。随着深圳今后发展地位的重新确立，深圳将与香港功能互补，错位发展，着力推动形成全球性的物流中心、贸易中心、创新中心和国际文化创意中心……劳动密集型的企业在深圳的发展空间越来越小，门槛越来越高。面临着产业转移的问题，罗林最初的动议是选择广西的北海，主要是考虑毗邻东南亚，产品的销售能够节省运输成本。罗林十几年历练的眼界再度助他审时度势，回家乡投资固然有水电、房租便宜等优势，但也有运输成本增加等劣势。当然，劳动力的因素是不容忽视的。永定县近年来有12万多青壮年劳力在沿海打工，他们有一定的劳动技能，见过世面，如果开辟一个工业园区，筑巢引凤，哪怕是能够吸引10%的人回乡发展，对家乡将是多大的贡献!。

东山电子工业园不负众望。自2006年10月园区开工建设以来，到2007年第一家企业（思迈特）投产，仅用短短的半年时间；投资2.2亿元的电视机整机生产项目从开工到投产也只用5个月时间；从第一家企业投产到三大主打产品产业链基本形成，也只用20个月。

他坦言，时至今日，最能代表他成就感的，是日新月异的工业园区。

成就感的三级跳

罗林正值不惑之年，回顾走过的创业历程，引以为自豪的成就感有三：在深圳安家落户；组建了一支铁打的创业团队；开创了金丰工业集中区。

遥想当年，罗林来到深圳创业为了什么？为了赚钱，为了生活……当他的公司一家一家诞生，当他的财富日积月累地增加，并把家安在了深圳，购置了两处房产。作为祖祖辈辈农民的儿子，此生最大的愿望就是跳出农门，融入大都市。罗林依据自身的努力，艰苦的打拼，实现了多少打工者梦寐以求的理想。如今孩子能在城市接受良好的教育，这也许是作为父母辛勤付出的最大慰藉。不仅如此，现如今罗林的姐姐和弟弟也和他在一起创业。

罗林十分清醒，他在十几年的市场闯荡中，始终觉得一个人能力总是有限的，做企业要成功，必须靠大家，靠团队。他认为自己最大的成就之一，就是拥有一支经历十几年风雨考验的团队。在他的团队中，有他的员工、供应商、客户，甚至他的同行，这种彼此间的信任与默契，不是靠一朝一夕建立起来的，也不完全是靠利益维系的。有的是跟了他十几年的朋友。在他的核心团队中，有管理的、有研发的、有销售的……今后还要有搞资本运营的。大家来自五湖四海，而且外省人居多。诚如业界成功人士的总结，做企业如同做人，做人成功必将事业成功！

有一个细节很能说明问题。在去工业园区采访之际，因为罗林公务在身，一时没见到，是金丰东山工业科技有限公司的总经理黄宣发接待了我。接触后才知道，他是两年前才加入罗林的团队。要论辈分，黄总是罗林的姐夫；要论学历，黄总还是正规高校毕业的研究生。为何甘当绿叶？黄总坦然地回答道："我只是作为他的一个补充，我学的更多的是书本上的知识，而他掌握了更多的则是社会本领。"我想，这绝不是一句自谦的话。

罗林有他的人格魅力，当他决定在家乡投资兴业时，他想的不是挣一把就走人，或是挣更多的钱，而是把"金丰工业"作为自己的事业来做，期待着把企业打造成规范的上市公司，在自己的有生之年，建好平台，使之成为一个公众的企业，对社会有个交代，也不枉自己的一生。于是，在一片山坡地上，硬是靠着推土机推出一个工业园区。最引人瞩目的是，一座高十层（地下一层）的金丰大厦矗立在山坡上，俯瞰着坐落在洼地上的下洋古镇，这不仅是当地最高的建筑，而且寄寓了当地未来的希望。

"金丰大厦"是一种气派、一种身份、一种荣耀。罗林毫不讳言："我要让每一个进入金丰的人都感到脸上有光！"目前，东山园区入园务工人员近千人，80%属本县务工人员，预计到2010年园区建设全面完成后，可以提供3000个以上就业岗位。这正是罗林创办工业园区时所期盼的。为了鼓励外出劳动力返乡就业，永定县出台了县内企业用工扶持办法，对在县内企业就业一年以上的劳动力，依法与企业签订劳动合同、参加社会养老保险的，社会保险费由县财政给予每人每年补助400元。真正形成以创业带就业、以就业促创业的良性互动格局，真正实现从外出打工"输出一人、致富一家"的"加法"向回乡创业"一人创业、致富一方"的"乘法"转变。罗林为此还算了一笔账，单就园区员工工资，若是每人每月1200元计算，现有的1000人每年工资就要发放1440万元，势必极大地刺激了当地消费水平；同时，工业化发展也推动了下洋镇城镇化建设，带动了旅游业、服务业等第三产业发展。

创办工业园区最主要的功能是产业聚集和集成配套。东山电子工业园区自开工建设以来，经过3年的精心组织实施，已基本形成了以“DVD整机、电视机整机和多媒体音响”为主打产品的电子产业专业园。在产业链项目建园的主导下，有意识针对产业链“缺项”开展招商引资，定位清晰，目标明确；同时，通过以商引商，提高了产业链项目入园吸引力。在3年的时间里，相继引进13家相配套的电子项目入驻，其中有10家来自广东东莞、深圳、佛山等地。目前产业链项目就有12个，分别是：DVD整机、电视机整机、多媒体音响、机内外线材、电视机主板、喇叭、塑胶、五金、音箱箱体、注塑、发泡胶包装材料、纸箱彩盒等；此外，还有在建关联项目昊化无机盐，签约产业链项目PCB板、高压变压器以及在谈项目台湾华硕电子配件和菲利浦无绳电话等项目。产业聚群效应初显，如电视机整机生产，除CRT（电视机显像管）和LCD（液晶电视显示屏）靠外供，其余组件均可在园区内配套生产。

罗林并不满足已取得的成就，他把目光放得更远。众所周知，做电子产品，需要大量的铜线。以往罗林大都是从江西铜业购进铜线，生产电源线和机内线，除了为园区企业配套外，还是联想、康佳、格力、艾美特、汤姆逊等国内外知名品牌厂家的供应商。如今工业园区毗邻的上杭县，有个紫金矿业，出产丰富的铜矿。罗林设想在工业园区引进一个铜线的拉丝生产线，就近取材，集成配套，这样势必节约生产成本，提高效益。如果做到这一步，不仅电视机、DVD整机赚钱，而且配套企业也会赚钱。做企业一定要考虑盈利的，做长产业链不失一条上策。罗林再三强调：有了市场，你才有位置；有了位置，你才能主导市场。在采访罗林时，我存有疑问：在品牌林立的如今，做电视机、DVD还有市场？罗林也笑了，2002年投资生产DVD时，正值国内DVD大战，朋友也在劝阻，罗林对此回答是，行业不会倒闭，企业才会倒闭。罗林走的虽然是中低端的路线，但凭着价廉、质量稳定，凭着薄利多销，再加上长袖善舞的经营团队，赢得了顾客长期的信任，产品在东南亚、非洲等发展中国家有稳定的销路。

如今东山电子工业园年生产能力分别是：DVD 整机 150 万台、电视机整机 90 万台、多媒体音响 140 万台套，达产后产值将是 20 个亿以上，税利 2.75 亿元。至此，我才恍然有悟，罗林心中为什么如此看重工业园区的建设，为什么会提出“企业自建，自主招商，以商引商，产业链招商”的经营理念。

经营理念的三个词

谈到经营理念，我问罗林，十几年的商场打拼，助他成功的理念是什么？罗林不假思索回答道：勤奋、诚信、执着。

俗话说“勤能补拙”。罗林不到 20 年的打拼，就组建这样一支团队、达到现在的企业规模，应当说有他过人之处。按我的观察是：勤观察、勤思考、勤总结。他的企业一家一家地创办起来，他的朋友一个一个地多了起来。他在一次一次的历练中，心智也一天一天地丰沛。总结人家为什么会成功？自己需要规避哪些？他总是在不断寻找自己能力与市场需求的对接。

人们总是看到成功人士光鲜的一面，其实，罗林同样经历了创业的艰辛。创业之初，罗林是借用人家的破自行车给顾客送电缆线的，临近人家公司的门口，就将破单车一藏，生怕被客户撞见。为了推销业务，他是逢人就笑，见店即进，他只有一个念头，哪怕是走访 100 个客户，有 1 个订单就没白费工夫。最不堪忍受的是，上门要货款，遇上财大气粗的老板，随手将钱一甩，一副鄙睨不屑的眼光，让人觉得乞讨似的。公司业务做大了，罗林自恃年轻，精力过人，一个人曾面对过 100 多个客户。因为操劳过度，长期以来他患有严重的失眠症。最长的时候有三天三夜不会睡觉，打了两针催眠针仍不见效。连医生都匪夷所思，后怕起来。致使 2006 上半年罗林患上忧郁症……

罗林为什么会有一个值得夸耀的铁打的团队？依他的话说，以诚待人，用胸怀做事。诚信是立业之本。让罗林庆幸的是，在创业之初，共赢的理念就在他的内心确立了。企业不是他一人的，财富也不是他一人的，是公司全体员工的，是靠大家的力量壮大的，是靠众人的智慧汇聚的。他只是出资办厂，而员工则是用青春在投资。因此，作为老板应当站在人性化的角度上，公平公正来处理大家的利益关系。员工有了困难，都会以他个人的方式进行帮助。在工作上，以身作则，身体力行，兢兢业业。罗林维护团队有一招：出现矛盾，将心比心，重在沟通。作为团队的领头人要有奉献精神，要能吃亏。牺牲个人的利益，维护团队的团结。团队稳定，客户稳定，企业就稳定。罗林招工有一绝：但凡招收新员工，都会亮出底牌，让每个人清楚地了解他，了解公司，力求透明公开，用愿景去维系大家，用愿景去激励众人。凡是承诺的必定实现。在永定设厂，员工的计件工资与深圳相同。当然，免不了录用一些亲戚朋友，但要比一般人工资待遇低一些，工作要比他人多干一些。

谈到诚信，笔者深有感触。我确定采访罗林，由于县里衔接出现了问题，当天晚上，我与罗林联络，他已于当天下午离开了开发区，前往潮州处理业务。县里安排第二天的采访眼看就要泡汤，在我执意的要求下，罗林答应晚上赶回来见面。第二天白天，我只好如约进行外围的采访。心里总觉得不踏实。这种情形以往也经历过，不是企业家言而无信，就是身不由己，再三推脱。为此，我一再督促公司接待我的人，落实罗林的行踪。他们笑着说，既然罗董答应你，他一定会赶回来。果然，在下榻的宾馆，罗林与我从晚 8 点聊到 11 点半，意犹未尽……

对于执着，罗林凡认定的事，就会不遗余力去做。即便倾注罗林大量心血的金丰工业区，也并不像我前面描述的一片莺歌燕舞。三年来园区开发建设，罗林尝遍酸甜苦辣。由于罗林把本应用于产业发展的资金用在了庞大的基础设施建设上，导致目前资金上的困扰。

尽管工业园区建设出现当初不曾料到的困难，但是，罗林始终没有为当初的选择而后悔。虽然资金困难，但他表示，产业发展会继续努力拓展下去，困难是暂时的，前景是美好的。永定县已确立生态型工贸旅游强县的发展目标，将工业作为两大支撑之一，实施项目带动战略。随着“双永”高速公路（路经下洋镇）的贯通，金丰工业园区的明天会更加美好！自从东山电子工业园洽谈开始，永定县就积极打造招商引资最闪亮的“名片”，以投资者的正当要求为服务取向，以投资者的时间为服务期限，以投资者的满意为服务准则，全过程主动跟踪服务。对企业在发展壮大中遇到的资金、劳动用工，甚至销售等方面的困难，真心诚意地帮助解决。并将罗林的企业作为东山电子工业园招商引资的“活广告”、“金字招牌”，引导其做好牵线搭桥或直接引资的工作，让他们成为“以商引商”的主体，唱好“凤求凰”，从而形成“引进一个、招来一批、带动一片”的“磁场效应”。

对此，罗林怀着感恩的心，向我列举一个具体的事例。2009 年 11 月 15 日，首届世界永定同乡恳亲大会在永定县隆重举行。会后，县政府将海内外乡亲组织到金丰工业园区参观考察，海外的企业家看了园区的环境、产业的配套、产品的性能、再加上价格的优势，纷纷对罗林表示赞赏。缅甸的一位永定籍的老板甚至带有责怪的口吻说：你为什么不早来找我呀？这次同乡恳亲大会，罗林达成了许多合作意向，成为最大的赢家之一。他如果当初不是选择在家乡建设工业园区，今天能够赢得如此商机吗？

说到这里，罗林笑了，一如三年多前与县政府签下了金丰工业集中区东山园区《投资合同书》时的灿烂……

清华梦在“清华园”绽放

2011年4月24日，清华大学迎来了百年校庆。4月中旬，作家采风团走进莆田市城厢区。我采访了福建省清华园电器发展有限公司董事长刘庆捷，他为我讲述了一个与清华大学无关却又有联系的故事。

初识“清华园”的命名

4月13日下午，抵达城厢区的当天，我们一行参观了位于华林经济开发区的清华园电器发展有限公司。一下车，我指着产品展板上的公司名称，好奇地问“清华园与清华大学有什么关系”？一位公司的员工不假思索地回答“没有关系”。我的心中顿生狐疑，一家生产家用电器的高科技企业，挂有“清华园”牌子，会不会给人有拉大旗作虎皮之嫌？

刘庆捷的公司经营的主打产品是即热式电热水器。其优点是将发热体水电完全隔离，具有安全性能；独有发热元件不结水垢，使用寿命相对较长；即开即热，3秒钟出热水，热水源源不断；最为关键的是使用清华园公司独创的第四代“捷能”（“节能”的谐音，也是刘庆捷的专利）发热体，在材质上采用了铝钛合金材料，运用平板发热体，扩大受热面积，将电能更大程度的转化为热能，提高整个热效率和电热利用率。电能转化热能高达99.3%，相比其他发热元件的即热式电热水器提高了将近15%。简单地说，“恋尔”牌即热式电热水器具有快捷、安全、节能、耐用等优势。

引发我好奇的不光是“清华园”的取名。我随口指着商标问刘庆捷，冠名“恋尔”有什么讲究？没想到，他的回答更让我觉得对他不可小觑。

说到家用电器，一般人首先都会想到的是“海尔”。刘庆捷当初决定涉足家用电器，就把目标锁定在“海尔”上，在其产品最初动议取名为“超尔”、“迪尔”等，其雄心壮志由此可见一斑。最终取名“恋尔”亦有深意，能够从字面上看出是“一心为你”的意思。家用电器一般使用的群体，多为母亲或是妻子，把家用电器做得更为贴心，更为人性化，就一定会有市场。刘庆捷心知肚明，即热式电热水器毕竟是个新生事物，需要通过消费者试用、体验才能改变人们对产品质量和性能的认同。在此过程中，“一心为你”的研发宗旨和售后服务理念是最终赢得消费者信任的不二法门。“精诚所至，金石为开”。不出所料，清华园电器公司成立才五年多，“恋尔”就获得了“全国电热水器十佳名优品牌”、“福建省名牌产品”、“福建省自主创新产品”等称号。“恋尔”还将成为“福建省著名商标”，我采访之际正值公示阶段。

一个商标蕴含着深意，这个人一定会有故事。我决定走近刘庆捷。

儿时的清华梦

第二天的采访还是从“清华园”命名开始。没想到的是，刘庆捷承认公司名称的背后寄寓他儿时的梦想。

刘庆捷 1969 年 4 月出生在仙游县榜头镇。仙游自古以来人杰地灵、耕读成风。在这种文化传统的影响下，刘庆捷聪明好学，好奇心特别强烈，从小就向往清华大学，那是中国最好的大学，是杰出工程师的摇篮。在莆仙一带，有“土瘠栽松柏，家贫子读书”一说。刘庆捷有姐妹弟弟 5 人，仅靠父亲一人务农，家里要继续供养孩子读书的确难以为继。尽管艰难，一家人还是咬着牙挺着。未曾料到，刘庆捷却在初一时就被迫辍学。这都是好奇心惹的祸。

班级为了学习英语，每人 10 元钱凑齐买得一台 8080 三用机。在刘庆捷的眼中，这个小小的方盒真是太神奇了！为什么会唱歌呀？这是什么原理呢？禁不住好奇心的驱遣，刘庆捷把这台三用机给拆卸了，却不能还原。这台好端端的三用机从此报废。这还了得，这是全班的共同财产，要么赔偿，要么退学。

时逢改革开放，人的潜能都被极大地激发出来。仙游当地已有了台湾商人的进出，退学后的刘庆捷就跟台湾商人学艺，做一种挂在果树上的驱虫蚊香。刘庆捷从小机灵，又爱琢磨，很快就得心应手。随着台湾人来到福州创立了“福龙特艺”，尝试做一种显示香。这是一种香燃完后，香灰可以显示诸如“心想事成”一类字词、甚至显示观音像的特种香。这是一种好玩的手艺，极大满足了刘庆捷的好奇心，一做就是两年；后又发明了“无烟香”专利技术。当然，这些为台湾老板赚足了钞票。

显示香那点技术含量已满足不了刘庆捷跃动的心，他随着几个创业的伙伴来到山东做面包生意。人家做面包做的是现成一套程序，而刘庆捷却肯动脑筋。把香菇企业遗弃的香菇柄低价收购来，碾碎揉在面粉里，做成香菇面包。一项小小的改进，一种特殊香味的面包从此风行济南的大街小巷。刘庆捷得意地说，所有济南的孩子都吃过我的面包。是否有夸大之嫌不得而知，但香菇面包走俏却是事实，连锁店一家接一家开，迅速开到了 21 家。刘庆捷承认他的第一桶金是来自香菇面包。

有了创业的资本，刘庆捷从面包连锁店分离出来，1993 年开始做自己从小就感兴趣的家电销售。在经营中他发现现有的家电产品存在着这样那样的不足，他希望生产商能够改进。可是，生产商对他的建议总是不理不睬，这大大挫伤了刘庆捷的自尊心。“你们认为这个不行那个不屑，那我就证明给你们看!”他一边经销家电一边做着改进家电产品的试验。凭借着不懈探索精神，四年来默默钻研着家电改进技术。改进家电产品不比改进做面包，需要技术功底、需要交流切磋，需要研制平台。1997 年，刘庆捷毅然决定放弃在山东赚下的那份足以小康的家当，决定南下二次创业。广东顺德是我国小家电研发生产的重要基地。他在那里租用了一家家用电器企业的一个车间，以承包的方式自产自销，开始他的家用电器创业梦想。

与清华大学初步对接

如果说“清华园”只是寄予儿时未竟的梦想，只是一种懵懂的状态，那么，科博园的脱口而出，却获得了意外的收获，从此与清华大学有了初步的对接。

在顺德蛰伏了7年，这可是长本事的7年。一边销售家用电器，一边研发改进，至此，他个人已经拥有了2项实用新型专利。翅膀硬了，就不满足于寄人篱下做打工仔。2004年，刘庆捷回家乡考察。适逢莆田市开展“民资回归工程”，热情邀请他回乡创业。

2005年7月，首期投资将近1000万元，在莆田市城厢区创办了清华园电器发展有限公司。当刘庆捷取名“清华园”时，不知是回到故乡触景生情，触发他儿时割舍不了的梦想，还是他觉得该到了大展宏图、实现抱负的时候了。只有他心里清楚，“清华园”寄托着怎样一种情愫。

2008年7月，第十一届中国北京国际科技产业博览会（简称科博会）在京城举行。刘庆捷带着研制的新产品参展。在络绎不绝的参观人群中，居然有北京市的领导同志，他们一行在恋尔展区停下了脚步，饶有兴趣观看演示。一位领导同志这时抬起手腕看了看手表说，我们在这里站了21分钟，这是我们平时洗澡所用的时间，我们为什么要站这么久？就想知道20分钟后，热水器出来的水还会不会热？经过检验，即热式电热水器确有过水即热的功能。这时，领导同志又问，为什么叫清华园呢？刘庆捷灵机一动脱口而出，我们的产品是与清华大学的科技成果对接。领导同志欣慰地点头表示赞许。

刘庆捷犯了“欺君之罪”！但如果把“清华大学”视为先进科学技术的一种指代也未尝不可，其实，在清华园公司成立之初，就秉持着科技兴企、创新致远的办厂理念。自公司成立后，每年的科博会、海峡科技成果交易会等刘庆捷都会光顾，不仅是展示自己的产品，还要观察吸收别人的长处，主动寻求新的科技成果。在2007年“6.18”上，公司与中国科学院达成共识，进一步洽谈关于“合作开发新一代即热式电热水器中央发热体项目”并达成协议。2009年“6.18”再度与中科院合作开发“即热式电热水器恒温控制技术”，该项目技术在2010年通过专家组鉴定为国内领先水平。

尝到了科技成果的甜头，刘庆捷总是在拓深拓宽合作的领域。在2010年“6.18”上，清华园又与西北工业大学签订了关于合作开发“净水器超滤膜配制技术”的协议。超滤膜技术被列为国家火炬计划重点支持的六大高新技术领域中重点鼓励发展的产业，旨在提高超滤膜的使用强度、寿命及范围，带动净水器产业链的发展。

虽然在科博会只是脱口而出，却为刘庆捷从此之后有意识寻求与清华大学的合作开启了一扇门。刘庆捷与清华大学有关教授、专家就共同研究“无热胆沸腾芯”饮水机加热技术达成协议，真正实现了与清华大学的初步对接。“清华园”名副其实地成为清华大学技术战略合作伙伴，为公司开发出“百度机”饮水机奠定了坚实的基础。目前有3个清华大学的博士后作为公司的长年技术顾问。更让刘庆捷感到自豪的是，今天当他与清华教授专家面对面座谈时，这是他过去未曾设想的。当然，在内心获得极大满足的同时，他也觉得差距、觉得自卑，在技术交流上存在着困难。毕竟文化程度低，虽有想法，却不知怎样表达，尤其在技术参数说明等方面，与专家沟通存有障碍。为此，他深明知识储备的重要性，奋发努力的重要性。正当他为“饥渴”而焦虑的时候，是莆田市政府的关心和资助，使他参加了清华大学“卓越商道与创新经营总裁研修班”，每月24日至29日到清华大学读书进修，他走进了梦寐以求的清华学堂，圆的不光是儿时的梦想，提升的则是心胸和眼光。有人说过，眼睛能够看到的地方叫视力，眼睛看不到的地方叫眼光。眼光独到，永远是一个成功企业家所必备的素质。更何况如今的“清华园”，已经跻身于国家级高新技术企业行列，成为城厢区首家国家级高新技术企业……

清华园电器的品牌价值

一天，当地工商局的朋友对刘庆捷说，刘董你真幸运，“清华园电器”品牌的价值目前至少值5000万。这是因为刘庆捷工商注册时是在2005年，2007年之后，国家就明文规定不能再用地名、单位名等来做企业的名称。

对此，刘庆捷淡然一笑。这只是随口一说，如果正规评估，他自信一定不止5000万。目前，“清华园电器”先后获得二十多项省部级以上荣誉。“恋尔”产品在全国已有2000多家代理商店，主要分布在湖南、山东、浙江、安徽、四川、江苏、福建一带。重要在于，成长性好，2010年的销售产值达到了1.6亿，是市政府表彰的2010年度民营工业双十强企业。其实，那位工商局的朋友可能有所不知，早在 2005 年创业之初，清华园电器就已经表现出强劲的后发竞争优势。一家知名的家用电器企业派人找到了刘庆捷，提出技术转让的意向。一次性出资 5000 万收购刘庆捷所拥有的专利技术，并高薪聘请他当技术顾问。当得到婉拒之后，又提出以合作经营的方式，共同开发刘庆捷的专利技术。刘庆捷还是不为所动，坚持自己创业。

如果说“清华园电器”的品牌价值可以估算，那么，“清华园”公司成长预期则不可限量。这是因为“创新”带给企业的效益，不是加法而是乘法。“清华园电器”在技术研发上以开发具有独立知识产权的专利技术，并把专利成果转化为生产力，占领市场制高点，在竞争中拥有优势。对此，“百度饮水机”的开发给我们留下深刻的印象。

在进入水家电行业后，爱动脑筋的刘庆捷又敏锐地发现了目前市面上普通饮水机所存在的问题，比如说：产生的“千滚水”（在烧水壶、饮水机里反复加热煮沸）、“老化水”（在热水瓶里放置超过 6 个小时）、“阴阳水”（在开水器或饮水机将生水与开水串温混合形成），还有重金属超标等问题，对人体的健康造成很大的威胁。利用清华大学的“无热胆沸腾芯”加热技术，“清华园”推出的“百度机”饮水机，最大的特点就在于采用电热膜速热管，即开即热，即开即饮，连续出开水，水温恒定。

刘庆捷深知，有时观念的改变远比推广一款新产品困难得多。为此，2010 年公司借 5 周年庆之际，斥资千万元打造“清华园恋尔全民健康饮水工程”项目，在中国区域挑选符合条件的小区或社区建立 1000 家免费供水站及即热式电热水器免费体验区，目的是将健康、安全的饮用水送到千家万户。刘庆捷的社会责任感再度显见，从节能环保到饮水安全，他不遗余力地做，是为了唤醒人们的健康意识，优化大家生活质量，再不喝传统水。对此，刘庆捷非常看好“百度机”的前景，准备在全国再建 500 个体验区，以体验的方式取代惯常的专卖店方式，他相信产值要达到 3 个亿。

品牌有价，创新无价。刘庆捷把企业发展的法宝押在“创新致远”上。是创新，公司目前拥有了 5 大系列拳头产品：即热式电热水器、电热水龙头、百度机、净水器、多功能花洒，今后拟推出汽车上饮水机、古典音乐茶盘、远外保健机、电热膜内衣等新品，永远做到推出一代、储备一代、研制一代；是创新，公司与中科院、清华大学、西北工业大学、华侨大学等结为战略伙伴，提供技术研发的后盾；是创新，每年安排产品销售收入总额的8%用于新技术的开发，努力保持站在行业发展的前端；是创新，刘庆捷还会不时叮嘱总经理吴成兴，不仅要在技术、产品上创新，还要在管理、营销上创新；也正是创新，公司2011年荣获了“福建省创新型企业”。

梦想在新的清华园做大

2011年，对于刘庆捷来说，是不同寻常的。“清华园”更快更高的发展已具备天时地利人和。

3月17日和4月7日，全国人大常委会副委员长路甬祥和中国科学院院士、国家自然科学基金委员会主任陈宜瑜相继来到“清华园”视察。对公司研发的新产品既节能又健康表示赞许，对中科院和地方合作情况和企业创新能力建设予以肯定。两位重量级的科学家都给予了指导意见。科技进步和创新是支撑发展和引领未来的重要力量，要坚持“创新科技、服务国家、造福人民”的理念，更加重视企业的科技创新、管理创新和营销创新，不断提高自主创新能力，努力掌握核心技术和关键技术，积极打造自主品牌，提高产品的市场竞争力。同时，要加强专利保护，为进一步做大做强企业、加快转变发展方式提供强大科技支撑。

领导的嘱托，在刘庆捷的心里构筑了新的梦想。他决心把今年销售目标锁定在5个亿。目前全国热水器市场每年大约有800个亿，好像市场很大，其实竞争很激烈。国内已有300多家企业涉足即热式电热水器这项技术，不进则退，小进也是退，要以最快的速度抢占市场。莆田市市长梁建勇曾找刘庆捷座谈，鼓励他可以通过高科技的融资平台（创业板）上市。尽早上市，既可以解决资金的瓶颈，促使企业快速壮大，还能让公司成为公众企业，承担起更多的社会责任。“清华园”这些年的发展业绩符合上市的要求，刘庆捷利用今年厉兵秣马，为明年在创业板上市做好准备。目前正着手股份制改造，省工商局已经批准将原先的“莆田市清华园”更名为“福建省清华园”。男儿有梦，不妨就做大些。梦大了，心宽了，能做的事儿也就多了，人的潜力也就会得到更大的发挥。

投资近亿元，占地50亩，建设4.9万平方米的清华园新厂房，年产210万台的恋尔新概念生活家电生产基地即将竣工。在介绍新厂区时，刘庆捷特别强调，将有一栋17层高的专家楼与之配套，这是迄今为止，华林经济开发区最高的一个标志性建筑。作为公司的专家楼，接待全国各地前来“清华园”研发的专家。除了筑巢引凤，刘庆捷内心还有一个“小九九”，为开发区日常接待参观考察的各路领导嘉宾提供方便，实质上也是为公司的产品和品牌做宣传。

清华大学百年华诞庆典的锣鼓声已经远去，建设世界一流大学业已启程。刘庆捷也即将入驻新的清华园，他表示也将秉持着清华大学“自强不息、厚德载物”的校训，力争将“清华园电器”打造成为行业的王牌，不辜负“清华园”这个金字招牌。

“二次创业”的三部曲

2012年1月30日，壬辰年正月初八，春节长假的节日氛围尚未完全散去，一场千人企业家大会即在泉州市隆重召开，拉开了民营企业“二次创业”的大幕。

石狮市金利莱斯服饰有限公司（简称金利莱斯）应邀出席了千人企业家大会。作为公司董事长的吴宇岩谈起感受，依然内心难以平静。他的事业起步在石狮，受惠于“一次创业”。从打工仔到企业家再到响应民资回归创办莆田市金利莱斯服饰织造有限公司，从接单生产到自主研发顾客订单所需的产品，再到品牌建设，吴宇岩也正在酝酿着从“一次创业”到“二次创业”的蜕变。在采访的交谈中，他没有太多地讲述过去22年“一次创业”中的艰辛与成就，而是反复强调“二次创业”创新转型中的梦想与未来。

快时尚：跟上时代的脚步

“把快时尚作为金利莱斯下一步的产业运作模式”，吴宇岩首先谈起了“二次创业”的战略选择。所谓“快时尚”，是服装产业链体系上表现的快速生产、快速物流、快速销售，在整个生产环节中能够快速运转，并且迅速地向市场推出最为流行、最为新颖、最为时尚的款式。

传统的服装品牌从T台上发布信息，延续出产品，到各专卖店、专柜上货，一般都需要好几个月时间，高档品牌甚至需要半年。但根据“快时尚”的概念，企业能够在极短时间内将产品概念转化成为消费品。

对于以“时效性”著称的服装业界，“流行性”和“季节性”构成了服装商品的显著特征，服装企业要做到“信息反馈高效、市场反应灵敏”，才能在日趋激烈的市场竞争中立稳脚跟。快时尚遂在服装行业快速反应中应运而生。

但对于“快时尚”，业界目前存有争议：拥戴者奉其为中国服装未来发展方向，适销对路扩大消费；质疑者视其为中国品牌多元化发展阻力，且诟病不利于环保节能。怎样看待在日渐多元的市场环境中成长的快时尚风潮？当世界上第一个快时尚品牌亮相后，并在2006年进驻中国，至今算起来也只有五年多一点的时间，而吴宇岩已经能准确把握、快速跟进了。交谈中，他甚至一时还叫不出设在北京的一家国外快时尚的品牌（因为是外文），但从单日单店销售500万元这一额度中，他看到了潜在的市场空间。

那么，不妨回眸吴宇岩的来路，可能更有助于瞭望他的未来。吴宇岩1968年出生在莆田市新县镇一个偏远的小山村。家有兄弟姐妹5人，排行老大。那个年代，生活拮据可想而知。再加上父亲身体不好，作为长子，分担家庭的重任也在情理之中。1986年初中毕业，他来到邻近的晋江打工。斯时的晋江，市场经济已经萌芽，民营企业犹如雨后春笋。出现最早、成长最快的是服装业。晋江人利用“闲钱、闲房、闲人”，从家庭作坊、来料加工开始，生产所谓的“国产洋装”。吴宇岩来到一家服装厂当学徒，他天资聪明，再加上勤劳好学，总是比别人学得快。“快”，是市场经济的要旨之一，人无我有，人有我快。只有学得快才能比人学得多、学得好，才能捷足先登，领先他人。推而广之，创办企业也应当先人一步、快人一拍、高人一筹，掌握主动权、创造新优势，才能在激烈的市场竞争中，步步为营，立于不败之地。

三年之后，吴宇岩已经能够在他乡立足了。这时，他又带出了两个弟弟，加盟服装业的打工行列。初衷只是为了减轻家庭重负，却没有想到在二十多年的打拼中，兄弟成为他的左膀右臂。他提供了一个细节：时至今日，兄弟四人都在经营金利莱斯，拥有各自的股份，尽管早已成家，住在不同的套房里，却在一个锅里吃饭，未有分家。说到缘由，是那年奶奶临终前，把吴宇岩叫到了病榻前，叮嘱他今后务必照顾好三个弟弟。不要把钱看得太重，天下的钱是赚不完的，兄弟的情义最重要。十几年来吴宇岩恪守对奶奶的承诺。当今社会，什么都在变，且变化的速度真可谓是日新月异。尤其是服装产业，流行趋势更是千变万化。但是做人的根本不能变，比如承诺、诚信、勤奋……只有固守不变，才能应对万变。兄弟四人用各自的经历真情演绎了“兄弟齐心，其利断金”这看似平凡实则不易的故事。

上市融资：追求做大做强

吴宇岩“二次创业”的第二步是改制上市。金利莱斯已经福建省证监局批准为拟上市企业。上市融资是为了将企业做大做强，吴宇岩心中孕育了成熟的上市路线图。

首先是品牌定位。品牌定位是企业经营的首要任务，也是品牌建设的基础。品牌定位是确立并建立一个明确的、有别于竞争对手的、同时又符合消费者需要的形象，使产品有一个合适的市场位置，得到消费者的普遍认可。就男装而言，柒牌男装，定位为中华立领，差异化立马显现了出来；利郎男装锁定在商务，也就确定了特定的消费群体；七匹狼诉说的是性格男装，给男人注入了个性、注入了气质。当我问道什么是金利莱斯的定位时，吴宇岩不假思索地回答道：“时尚休闲便西。”服装的品牌定位有助于将产品转化为品牌，有利于潜在顾客的准确认知。尤其“80后”、“90后”的消费群体的出现，快节奏、个性化为时尚服饰的演绎赢得了广阔的空间。

其次是品牌建设。服装行业已从卖产品到卖品牌，服装企业已从做产品到做文化的转变。金利莱斯以重金聘请专业团队，研制打造自主品牌，一款“劳威顿”新品牌宣告诞生。公司已从服装产品的特点，如款式、工艺、面料等，找出自己的闪光点；又从市场的细分下手，展现“劳威顿”品牌怎样填补市场的空白点；更从赋予品牌的精神内涵入手，给品牌赋予独特的精神文化性格。总之，公司近年致力于寻找差异化，找到人无我有的特质。

此外，引入“快时尚”的运作模式，公司准备2013年全面推出快时尚的“劳威顿”品牌。目前，吴宇岩已和一家投资公司洽谈，在全国主要的大中城市设置“劳威顿”直营店，或称时尚体验馆。届时新品一经推出，同步面市。此外，金利莱斯也正在与一家电子商务公司合作，把快时尚的品牌服饰全面推上网络，实现网上网下同步销售。

改制上市融入社会资本是现代企业的必然选择。把金利莱斯打造成为一家公众性社会企业，在吸纳社会资金的同时，承担起企业的社会责任。企业的社会责任，包括了服务社会、创造文化、提供就业机会、善待员工、把高质量的产品和服务以最低的价格提供给消费者等方面。对此，在吴宇岩的“一次创业”中，早已着手建设企业社会责任体系。

在晋江打工 5 年之后，吴宇岩萌生了自己做老板的想法。一如当年靠借 200 元钱买台缝纫机开始打工，1990 年同样靠借亲戚 3 万元创办一家服装厂。身无分文，白手起家，因为负债经营所以不敢懈怠。既为老板又是送货员，从误解到了解、从白眼到笑脸，靠的是诚信和勤快，一步一个脚印，稳扎稳打，慢慢把生意做起来。到了 1996 年，资金有了一定的积累，就注册了石狮市金利莱斯服饰有限公司，不断滚动发展。1998 年又萌生了自建厂房的念头。2001 年在石狮申请土地。

回溯创业经历，今后若是上市融资也是在借公众的钱，对此，吴宇岩体会深刻。企业社会责任不仅体现用好股民的资金，而且体现在对员工的人文关怀上。为了留住员工，公司先后在涨工资、增福利、解困难等方面做了很多的工作，目前金利莱斯的人均工资水平在当地处于中档偏上的水平。吴宇岩特别强调，如今用工环境有了变化，外来工不仅有物质的需求，也有精神的需求。因此，要让员工有家的感受。吴宇岩动情地说，我也是打工出身，社会对我的关爱一直铭记在心。2005 年五一劳动节前夕，在泉州十佳外来工创业精英评选中，自己是优秀奖获得者。2011 年又被评为福建省纺织工业先进工作者。如今企业有了发展，就应当回馈社会，善待员工。2011 年公司被石狮市评为执行“工资集体协商”先进单位。吴宇岩在介绍企业社会责任时，两个有说服力的数字让我印象深刻：公司二十多年的发展，培养并分离出两百多个服装厂的老板；公司迄今还留有从他办厂那天起的老员工三十多人。

强调企业社会责任远比谋求上市更重要，只有逐渐增强企业社会责任感，才能有朝一日成为公众性的社会企业。吴宇岩追求的品牌是具有品质、创新、快速反应、社会责任四位一体的品牌。企业社会责任是解决企业与资源、环境和社会种种冲突、保持社会关系和谐和经济秩序稳定的一种有效手段。在发展实体经济、鼓励民营企业“二次创业”中，导入企业社会责任，与当前贯彻落实科学发展观、倡导以人为本、构建社会主义和谐社会是相吻合的。

服饰创意产业园：闽派服装新崛起

吴宇岩“二次创业”的第三步是希望在他的家乡建设一个服饰创意产业园，把闽派服装做出影响、做出规模。

“无抱团、不发展”，这已经成为目前服装业发展一种趋势。分析成因，出于成本压力、市场拓展等多重考虑。以产业转移为基本特征的中国服装产业发展的第二次浪潮此起彼伏，内陆许多地方也希望从产业转移的浪潮中分得一杯羹。而单个企业到外地去办厂，因为无法配套而碰到许多问题，如企业发展所需要的面辅料、配件等因为没有固定的供给渠道，加上普通技工断层、高级技工短缺等问题，导致企业举步维艰的境况。

产业转移浪潮不可避免地波及闽派服装的策源地——石狮，面对突如其来的产业变局，身为石狮休闲裤同业公会副会长的吴宇岩说，石狮休闲裤同业公会有300多家会员企业，年产值接近300多亿元。2011年，公会就组织会员企业前往周边多个地区进行考察，拟统一购地，建设标准厂房，把要增加的和现有的产能分流一部分出去，以满足企业规模扩张的需要，而公会也借此来进一步凝聚会员企业的力量。

令人喜出望外的是，吴宇岩在与莆田市的领导接触中，流露出创办服饰创意产业园的设想，达成了初步的合作意向。前期设想创意产业园，不仅有标准厂房，还有生活配套，集研发、设计、文化创意、生产于一体。

对建园在莆田，笔者并不看好，因为莆田服饰产业的基础不及泉州、石狮等地。对此，吴宇岩却不这么看。他认为目前石狮全市拥有3000多家服装及配套行业企业，以服装为主的注册商标达2000多个，而莆田人在石狮领办服装厂就有2000多家。金利莱斯是从西裤起家，把时尚休闲西裤做得风生水起，在业界拥有话语权。中国休闲裤福建占90%，一天大约500万条，莆田市约占三分之一。再加上向莆铁路开通在即，有利于服装产业向中部梯度转移，有利于今后逐步形成沿海接单、内地加工、内外市场兼顾的新型服装产业运营业态。服装业虽是劳动力密集产业，但不是夕阳产业。服装能改变一个人外表，从而影响精神面貌，从御寒保暖到人的审美品位，满足人的物质和精神的双重需求。服装业一定会与时俱进地发展，前景广阔。此外，在莆田创办服饰创意产业园，还有利于转型升级，实现从“服饰织造”到“服饰智造”的转变。

吴宇岩一番话，让我凝神片刻打量着他。这位外表敦实质朴的中年人，不仅仅只是想做大做强金利莱斯或是什么“劳威顿”，而是想做行业的领军人物呀。

吴宇岩自认为二十多年的从业经历，最值得称道的是，坚持与专注。一般企业做大后，会选择多业经营，多领域施展手脚，而他心无旁骛，公司秉持“专业专注，用心创新”的核心价值，致力于时尚休闲西服的发展，把男人不简单、时尚不单调尽可能地演绎得淋漓尽致。

如今，闽派服装似乎到了十字路口。企业发展到一定阶段，进行规模扩展和成本控制势在必行。这就需要抱团出击、强强联手，在一个园区内优势互补，用工调剂，优化资源配置，降低生产成本。这是设立服饰创意产业园最直接的动力。创意具有知识密集、高附加值、高整合性的特征。服装的高附加值体现在文化上，文化是服装之魂，对于提升服装品位，彰显服装个性，提升服装核心竞争力有着不可替代的作用。即便是时尚，也需要文化去涵养。将创意产业与服饰产业嫁接是发展实体经济的新引擎。

吴宇岩在“二次创业”过程中，回乡办厂是重要一步，也是他在产业转移上比他人先行了一步。2005 年适逢莆田市开展“民资回归工程”，吴宇岩在荔城区黄石工业园创办了莆田市金利莱斯服饰织造有限公司。迈出了这一步，对产业转移、产业提升有了更深的体会。尽管这几年发展还顺利，但是，我国服装业已从低端向高端进军，要让闽派服装新崛起，靠独家单干难成气候。只有通过园区的建设形成产业集聚，通过园区的配套合力带动服装品牌，通过多品牌的互为借鉴提升闽派服装的整体水平。

说到这里，吴宇岩特别强调办企业需要一股子冲劲。尽管他在描绘“二次创业”的梦想时，不时让人觉得很振奋。男儿有梦不妨让它做得大一些，心有多大，舞台才会有多大。但我还是表示了几分的担忧，比如知识储备等方面。尽管这些年他也参加像清华大学总裁班一类的学习，但要实现这些梦想，尤其当前纺织业所面临的融资贵、成本高、招工难、订单外流等问题，要解决，靠的不光是冲劲。

我在纪录吴宇岩"二次创业"的三部曲时，还是粗线条地勾勒了他在"一次创业"的"三级跳"，为的是温故知新。当年创业，谁曾想到成功？时势造就英雄。有了"这碗酒"垫底，相信他今后什么样的酒全能对付。蜕变是痛苦的，但创新转型的挑战痛并快乐着！

金利莱斯的产品主要出口阿联酋、伊朗等中东地区。2009年顶着国际金融危机的冲击波，金利莱斯逆势而上，拓展外贸，那年夏季公司不远万里来到迪拜举办订货会，一举成功，短短三天成交了几十万件。从此，吴宇岩视全球最高的迪拜海上帆船酒店为吉祥物。但我不知道，他是否注意到迪拜街头到处悬挂的迪拜酋长谢赫·穆罕默德的一句名言："梦想没有极限，只有不断向前。"

我愿以此祝福吴宇岩"二次创业"梦想成真！

在造梦热土上实现抱负

2012年9月28日，一个普通的日子，但对于寿宁县来说，却是意义非凡，福寿高速公路开工仪式在该县的南阳镇举行。

如今一条高速公路的开工不算新闻，但对于寿宁县县长黄国璋而言，却是梦想成真。这是新一届县委、县政府班子到任后一年三个多月促进的最大成果。

福寿高速公路的开工，不光是填补了寿宁历史的空白，而且从此载入了闽东发展的史册。福寿高速虽然列入原先的规划，但新一届寿宁县委县政府强烈地感到，交通依然是制约寿宁发展的最大瓶颈。争取早一天动工就早一天主动，争取谋发展与高速公路建设同步推进。为此，县委县政府领导班子带头作为，奔走推动。黄国璋为此多次赴京对接交通部、发改委，至于省政府和省交通厅，他已经记不清去过多少趟。在省、市有关领导和有关部门的关心和支持下，福寿高速比原计划提前开工了。寿宁县以高速公路开工为契机，一系列有关未来发展的谋划和布局业已依次展开。

黄国璋强调，我们推进福寿高速的早日开工，不光只是解决寿宁的交通问题，而是通过路网建设带动寿宁的发展，通过强力拓展“道口经济”，主动融入、对接“环三”战略。

寿宁的发展要融入“环三”战略，更要借鉴“环三”战略。黄国璋之所以比一般人认识得更深，是缘于他13年在闽东工作经历，亲身见证了“环三”战略的孕育、出台与成效。

2009年5月，国务院正式颁布《关于支持福建省加快建设海峡西岸经济区的若干意见》，环三都澳区域发展战略作为福建省第一个综合性区域发展规划，也成为海西发展战略的重要组成部分，并被福建省委、省政府列为全省十大增长区域之首。

就在这样的背景下，在实施“十二五”规划的节点上，黄国璋到寿宁县走马上任。他认为，寿宁虽然是个内陆山区县，但作为宁德所辖的一个地域，一定要融入宁德的发展大局，在大局中谋求县域产业分工，在大局中构建比较竞争优势。

有个细节充分说明了这一点。黄国璋到任才5天，就到省里跑项目。说实在的他当初亦有犹豫。虽然作为县长的提名人，但还未经过县人大会的选举。如此仓促出去，会不会有名不正言不顺之嫌？但是，迟疑的一闪念很快被强烈的责任感所驱散。

寿宁的发展太需要项目带动。无论是发展经济还是社会事业，无论是增强地方实力还是改善人民生活，都要落实到具体项目上来。现在如果不抓项目建设，明天就不会有良好的发展后劲。手中没有项目，工作就没有抓手，合力就无法凝聚，工作就得不到落实。正是凭借着这种责任感，黄国璋到任5天后就为寿宁县争取到了全国小农水重点县的项目，这个项目中央给予三年补助，一年1600万，三年4800万，这个项目争取下来对寿宁意义重大，不在补助的资金有多少，而在于再次证明事在人为，许多事只要敢为、会为、善为，就能够变不可能为可能。

全国小农水重点县的项目只是一个缩影。政策激励推动招商引资，“三维”对接强化项目生成，服务优质催生累累硕果，现代茶业、农业综合开发、油茶重点县、扶贫开发重点县，一大批项目在省、市领导大力支持下落户寿宁，招商引资成效初显。

寿宁自古就有“两省门户，五县通衢”之称，介于“长三角”、浙江省温台地区和环三都澳综合开发区域之间，是海西和环三都澳区域连接“长三角”经济区的重要节点和桥头堡。如何接受“环三”战略的辐射，如何承接临近区域产业转移，如何做大的工业园区形成上下游产业链条，如何形成集聚效应，壮大经济总量？都在黄国璋的谋划之列，用长远的眼光思考问题，以更高的站位解决问题。

2011年6月黄国璋到任后，为了打造“承南接北、西进东出”闽浙边界交通小枢纽，2012全年安排实施交通五大工程15个项目，年度计划投资

7.73亿元。

同时争取福寿高速在寿宁县境内设有三个互通口，县委、县政府为此提出发展“道口经济”、“站场经济”。举全县之力建设南阳万亩工业园区，重点培育三祥高新技术产业园；启动首期1500亩犀溪际武工业集中区，主动承接浙南产业转移；规划编制3000亩以上武曲大韩工业集中区，进一步承接福安千亿电机产业的辐射。在三大工业园区中，重点抓三洋新材股份有限公司，它是国家重点高新技术企业，生产规模世界第二，其“三洋”商标2011年12月还被认定为“中国驰名商标”。对于这样有实力的企业，黄国璋表示政府要扶优扶强，目前已上报国家证监会等待上市，1000亩高新技术产业园已启动建设，争取5000吨氧化锆新建项目部分投产，将寿宁打造成为“全球氧化锆之都”，初步形成50亿元高新技术产业集群。

黄国璋看重这条高速路，又不只盯在这条高速路。他的大局意识和战略眼光来自哪里？

2000年以来，中共福建省委组织部根据宁德市建设海西东北翼中心城市的发展需求，陆续从省直部门、高等院校和科研院所选派45名具有博士、硕士学位或高级专业技术职称的专家，到宁德市重要产业和关键领域担任科技副职。黄国璋就是45名选派的专家之一。

1991年黄国璋从福州大学毕业后，留校从事建筑设计。正当他的事业做得风生水起，在职务上升任福州大学建筑设计院主持工作的副院长，在职称被评上了高级工程师。省委组织部一纸调令，将他下派福安市担任挂职科技副市长。由于专业的缘故，挂职期间担任了正在建设中的下白石特大桥的技术总监。

下白石特大桥是国家重点工程福宁高速公路的关键工程。在潮差大、水深流急、水文地质条件复杂的福安市赛江出海口，飞架起4跨径千米大桥，难度很大，其中双跨260米的连续刚构，居当时国内同类桥型之首。在建桥的1100个日夜里，黄国璋与工人们一道住在工地，3年春节没有回家过年。在最后的合龙阶段，他更是不敢懈怠，三天三夜不曾合过眼。交通部专家委员会评价这座海上公路桥桩基优良率为100％，260米跨径合龙的高度、平面误差仅为2毫米、12毫米。其创造国内的高精度，曾轰动一时。

由于黄国璋挂职的出色表现，他被宁德市委市政府挽留下来。在而立之年前，他未曾离开过学校。也许是这一缘故，他最终选择留在基层，能够让他有更多接触实际的机会，在实践中历练成长。在闽东任职多年，他已深深融入，对这里的自然禀赋和老百姓有了更深的理解与感悟，对这块热土的历史和未来也有了更理性的思考与认识。

闽东是习近平总书记曾经工作过的地方，而且对这块热土很有感情。2010 年 9 月，习近平回到了闽东考察。当他登上宁德核电项目的观景台，俯视如火如荼的建设工地，习近平倍感振奋。“当年，闽东人有三个梦想：一是撤地建市，我在任上时实现了；二是建设温福铁路，现在梦想成真；三是开发三都澳，如今也指日可待。而核电项目，却是当年想都想不到的。”抚今追昔，他感慨地说，闽东是我魂牵梦萦的地方。

黄国璋认为，能够在这块造梦热土上实现抱负，是他人生最大的幸运。

2007 年 8 月，黄国璋被提拔为宁德市旅游局局长。4 年的局长任期，最让他感到欣慰的是，在不到 3 年的时间里，将福鼎的太姥山、屏南的白水洋和福安的白云山捆绑申报，成功获得了世界地质公园殊荣。黄国璋回忆起当初申报历程，非常有感触地说：“当时申世结果如何不可预测，宁德旅游借此契机却迈出了跨越性的一步。争创世界地质公园进程中，不但各园区设施得到完善、质量得以提升，更重要的是，它催生了空前的合力效应，全市上下形成的资源整合理念、旅游精品意识、品牌战略眼光，筑实了宁德旅游产业发展的梦想。”

黄国璋严谨缜密的思维、精益求精的专业素养和通过整合资源追求整体效应、更高站位接受挑战的工作经历，为他在县长的岗位上留下弥足珍贵的财富。结合福寿高速的开工，寿宁县委县政府提出了“一城两区、两镇同城”的战略构想，他认为，推进城镇化，有利于加快转变发展方式、调整经济结构、拓展发展空间、扩大投资消费、优化资源配置，实现寿宁的跨越。他也想借助推进城镇化这一载体，更好地结合专业，发挥自己的专长。

寿宁城区原先面积不足一平方公里。窝在山坳里，别说发展，就是稍加改造都捉襟见肘！如果能把老城区鳌阳镇和新区南阳镇连接起来，实施“两镇同城”战略，未来发展就有了空间，将带来劳动生产率和城镇集聚效益的提高，带来城镇公共服务和基础设施投资的扩大，带来居民收入和消费的增加，为寿宁的明天持续释放出巨大的发展潜能。为此，“两镇同城”的目标是，力争“十二五”末，县城建成区面积达近100平方公里、集聚人口13万人。这对于学习建筑设计出身的黄国璋来说，有了大显身手的用武之地。

2012年8月8日，苏树林省长莅临寿宁县调研。当场拍板定下两件事：一是同意将福寿高速公路南阳互通口至寿宁城关连接线全部纳入主线同步建设；二是将南阳镇列入省级小城镇综合改革试点的范畴。如果不是县委县政府谋划在先，就不可能在短时间内端出如此具有带动全局的规划盘子。

“两镇同城”中的10公里，是寿宁县发展跨越性的重要一步，也就是说，寿宁县要想走出去，首先要跨出这10公里；当然，这10公里也给了黄国璋结合专业、施展才华、发挥比较优势提供了平台，完善“两镇同城”大城关总体规划，做好各项前期准备工作，区域划分、产业布局、功能定位、景观设计……事无巨细，先谋后动，择机建设。黄国璋对此充满期待，有机会、有平台、有奋斗，就会有梦想完美绽放的那一天！

风物志

"坦洋工夫"的文化之旅

茶村溯源

暮春时节，我来到了神往已久的坦洋村。汽车在进村的路口停下，那里立有两块古朴的大石墩，一块是全国政协委员、著名的茶叶鉴赏家骆少君题写的"工夫红茶甲天下"；另一块是被誉为福建茶界泰斗张天福题写的"坦洋工夫发祥地"。一个只有 2000 多人口的闽东偏远的小山村之所以名声在外，得益于"坦洋工夫"；"坦洋工夫"之所以为人津津乐道，归功于荣获 1915 年的巴拿马——太平洋万国博览会金奖。也许是先入为主、境由心造的缘故，到坦洋村那天，烟雨迷蒙，云雾缭绕，放眼茶山，朦胧中宛如一把把硕大的茶壶，而那云雾，就似茶汤上飘逸的雾气，幽香弥漫，让人未品茶便有了几分陶然。

好山好水出好茶。此言不虚矣。福安市 1990 年被国家林业局命名为"中国茶叶之乡"。有专家称地处北纬 25°～30°是茶叶优势产业带。而福安地处北纬 26°41′～27°24′。史料有云："山崖水畔，不种自生。"而坦洋村位于白云山脉、长溪沿岸，常年云雾缭绕，是独特的宜茶区域，得天地之造化。在这一方超俗的山水之间，连草都芬芳香韵，更何况优良的木本植物茶？山高水清，多雨多雾，是生长茶叶的好地方。据专家研究，每立方米的雾空气中，约有一亿个微小水粒。而这些微小水粒能过滤阳光，吸收光波较长的红橙光和红外线，让光波较短的蓝紫光和紫外线通过，有利于茶树缓慢生长。每当春夏之间，云凝深谷，雾绕高岗，茶叶春芽萌发之时，受雾露滋润，再饱受阳光照射，进行光合作用，茶叶特嫩性好，品质也就好。

除了地理条件的优越，还有种茶历史的悠久，据考证闽东种茶可以上溯千年以上，福安在福建茶区占有举足轻重的地位。闽东产有莱茶、白茶、岩茶等，却以清咸丰元年（1851年）首创的“坦洋工夫”红茶最负盛名。清朝咸丰、同治年间有叫胡进四、施光凌的茶商用萎凋、揉捻、发酵、烘焙等工序精制而得汤色红、味鲜醇、耐冲泡的工夫红茶，取名“坦洋工夫”。工夫者，颇有工夫之意也。从此，声名鹊起，并远销英伦三岛。坦洋村也因茶而更名，成为闻名遐迩的茶村。

在进村的路口，有一个标志性的建筑——廊桥。都说山到深处有廊桥。木拱廊桥是闽东的一大特色建筑，闽东是全国现存木拱廊桥数量最多的地区之一。廊桥里有戏台、神龛、楹联、匾额、碑刻等，承载着悠久的历史文化遗存。坦洋村是茶村，村口的真武桥会不会与茶也有什么关联呢？走进一看，果不其然。供奉着真武大帝的神龛，被茶乡百姓尊奉为保护神。每逢茶市开市，或农历三月三、五月五，当地茶农都会摆上供品，点上蜡烛，烧起一炷炷香，祷告廊桥平安，祈求茶乡兴旺。久而久之，真武桥祭祀，饱含着当地茶农对茶叶一片深情的古朴诉求。据说当年桥下的水路可以通船，每年制干茶两万多箱就是从这里启运往欧洲各地的。只是如今繁华已逝，茶香如故。

从一座廊桥的功能演化，足以见证茶文化对当地人生活的影响。当地人喜茶重茶，接待客人先茶后饭，谓之“茶哥米弟”；把茶奉为药用，谓之“三年陈茶好当药”，“空心一碗茶，药店无交家”。凡此种种，可见一斑。茶为“人在草木间”，因而是自然生命力在人类心域最重要的延伸。坦洋人种茶于峰峦岩壑之间、流涧深潭之畔，诚不愧“山川精英秀气所钟”。仿佛茶亦通人性，在这里的山、这里的地越长越好，便给了感怀厚土、善待茶山的茶农以“种茶如种金”的丰厚回报。仔细分析“坦洋功夫”优质成因，如果说地理和品种是其优良品质形成的基础，那么当地人精心养护则是其优良品质形成的保证，坦洋人培育了茶、茶养育了坦洋人。尤其当地人经历上百年“坦洋工夫”的兴衰历史，切肤感到了“成也茶，败也茶”，对茶怀有更深的敬畏与感恩。难怪这里的人一说起茶来，总是流露出敬若神明的表情。

茶镇探宝

“坦洋工夫”发祥于坦洋村，但是，“坦洋工夫”的崛起或是支撑福安茶业的兴旺，绝不光是依赖坦洋村。

来到设在福安市社口镇的福建省农科院茶叶科研所，我强烈地感到，如果说是“坦洋工夫”引领了福安茶业的再崛起，那可以说是茶科所的先进技术引领着福安茶业的未来。

我曾经是一名科技报记者，20 世纪 90 年代来茶科所采访过，报道过一则茶农从偷苗到出资奖励的动人故事。早年，当地茶农致富心切，省农科院茶科所新育的良种茶苗常常被“偷”。茶农为什么要“偷苗”？显然是看到了良种对增收的作用。社口镇自从推广茶科所选育的福云 6 号、福云 7 号新品种，替换了原来低产的福安菜茶，全镇茶叶单产由几十千克提高到上百千克，最高达 150 千克。每年仅茶叶一项户均收入普遍达万元，人均上缴财税近 300 元。茶叶不仅富了社口镇的农民，而且成为福安市的支柱产业，成为当年全国茶叶产量超 10 万担的 12 强之一。

福安茶农已切切实实感到科学技术是致富的法宝，对新的良种更是情有独钟。当然，“偷苗”终究不是磊落之举，但从中却反映出茶农对良种的渴求。1994 年，富裕起来的茶农又有一个出人意料之举，他们自发地组织起来给茶科所 14 位科技人员颁奖，一来感谢他们为茶乡的富裕付出了智慧和汗水，二来对他们寄予更高的希望。

福建茶科所创办于 1935 年，原先是福安茶业改良场。作为福建省唯一的茶叶专业研究所，从原来从事茶树品种资源调查、征集、保存、整理、选育、推广的基础上，发展成为全国省级茶科所中保存茶树品种类型最多、乌龙茶品种最全的研究基地，是全国最大的茶树良种繁育基地。新中国成立后，取得 130 多项成果，荣获国家、部省级成果奖 53 项。育成 7 个国家级良种、12 个省级良种，金牡丹、黄玫瑰被评为“九五”国家重点科技攻关项目一级优异种质。福云 6 号是目前国内推广种植面积最大的人工杂交育成的国家级茶树良种，近年育成的金观音、黄观音、丹桂等高香型乌龙茶品种已大面积推广种植；20世纪90年代，根据市场需求，研制开发的绿茶、乌龙茶、白茶、红茶、茉莉花茶等茶叶新产品41个，获省部以上名优茶奖，为引领福建名优茶的开发起到了重要的推进作用。

在坦洋村，听说这两年种茶收入看涨，当地农民2006年收入只有4000多元，2007年就增加到5775元，三分之一的收入来自茶叶。连随行的当地司机都禁不住兴奋地说，在农民的眼中，这两年茶树是金、是银。福安市茶业局陈玉成局长说茶科所与茶农的收入关系，是近水楼台先得月，受益的首先是当地的农民。今年清明前后，金观音茶青每斤平均就卖到38元。原先福安茶树种植比重为绿茶88%、“坦洋工夫”10%、铁观音2%。为了提高种茶的经济效益，政府主导推动品种改良目前已达到23.6%，目标是把“坦洋工夫”种植比重提高到40%。靠品种增收，靠科技增效，真正惠及全市42万茶农及茶业从业者。

茶科所的创办人张天福，1937年在坦洋村首次引进日本机器制茶，使得100斤的“坦洋工夫”卖到历史最高价75两银圆，一时传为佳话。如今，福安市依托茶科所的优势，依靠科技兴茶，调整茶业结构，实行品种改良，增加茶业的附加值。分管茶叶生产的挂职副县长林光华告诉我，2009年“坦洋工夫”的产值力争达到18亿元。

茶市寻魂

同获1915年巴拿马——太平洋万国博览会金奖的还有贵州茅台酒，迄今名声日隆，市场炙手可热；而“坦洋工夫”如今还有几人问津呢？为此，从2006年开始，福安市委市政府确定挖掘“坦洋工夫”这一历史名茶作为该市茶叶的公共品牌，引领全市茶产业发展，致力于走出一条品牌打造、文化推广的复兴茶产业之路。

——2006年10月，“中华名人共建海峡西岸和谐福安暨‘坦洋工夫’茶”系列活动在北京人民大会堂启动，拉开了“坦洋工夫”品牌打造的序幕；

——连续四年举行“坦洋工夫”杯优质茶叶评比的“斗茶”赛；

——2007年2月，“坦洋工夫”获得国家地理标志产品保护，随后成功注册中国证明商标，获得福建省著名商标；

——2007年4月，举办“坦洋工夫”杯首届海峡茶艺小姐电视公开赛等大型活动；

——2007年11月1日，福建坦洋工夫茶业股份有限公司在福安挂牌成立，福安市政府国有资产管理机构以品牌资产入股，与14家茶业企业联袂复兴这一品牌；

——2007年11月，在北京人民大会堂中华名茶评比中“坦洋工夫”红茶获金奖，被授予“中国申奥第一茶”称号；

——2007年12月，“坦洋工夫”红茶重返巴拿马，参加“第十届巴拿马中国贸易展览会”；

——2008年2月，“坦洋工夫”获国家工商总局的证明商标；与此同时，福安市启动了证明商标的使用、管理和保护工作；

——目前，“坦洋工夫”加工工艺列入宁德市国家非物质文化遗产，《地理标志产品坦洋工夫》国家标准也已通过国家标准协会组织的专家论证；

——目前，福安市上下正全力以赴向申报“坦洋工夫”中国驰名品牌冲刺；

……

福安市实施恢复打造历史名茶“坦洋工夫”品牌战略以来，茶业产值逐年提升，2006年、2007年、2008年分别同比增长17.2%、53.65%、31.87%。在听了福安市的汇报后，福建省炎黄文化研究会会长何少川很有感触地说，福安市比较早重视茶产业中的文化作用，早在1991至1992年就举办过两届茶文化节。由于没有坚持下来，一度中落了。据了解，当年福安的茶叶产量不仅全省第一，而且茶价高出安溪10倍。

为此，福安市委一年中就召开了6次常委扩大会，专题研究茶业发展问题。三年来，各种宣传、广告等投入达4600多万元。伴随着红茶走俏，知名度不断攀升，“坦洋工夫”茶正在成为市场新宠，每千克售价从品牌打造前的50—60元，升到目前的1000多元，高的已达到3000多元。在2008年的“闽茶杯”评比中，“坦洋工夫”获得茶王称号。目前，已授权14家“坦洋工夫”生产企业使用“坦洋工夫”证明商标，产值评估达到8.8亿元。

“黄金有价茶无价”。一斤茶价从300多元到3000多元，除了品质，就是品牌，就是文化。品牌是一种文化、一种口碑、一种品位、一种格调。中国茶产量世界第一，但最大的品牌不在中国，而是英国的“立顿”。不产一片茶叶的英国，拥有具世界影响力的茶产业。文化是茶品牌的灵魂，品一杯好茶，就是在品味一段历史、一个掌故、一种文化。

“坦洋工夫”的文化之旅，我最终得出的一句话，就是：品牌以文化为魂，文化是品牌之魂。

蓝色的木兰溪

一

“这是一个小小的村庄。它像一朵花，开在蓝色的木兰溪旁边。”多么美、多么浪漫的诗句！这是作家郭风笔下故乡的木兰溪。

2009年1月3日，现代文坛最后一位闽籍宗师郭风走了。

《走进仙游》采风团原定1月6日前去仙游，因为郭风的去世延后一天。采风团37位作家、新闻记者，大多数人是在7日上午送别郭风先生最后一程后才乘车前往。

一路上大家心情沉重，谈论的话题更多的是围绕着郭风。尽管94岁高龄的喜寿，足以让每个人心里安慰；但想起先生的风范、生前的教诲，作为他的弟子，都不免有些依依不舍，感叹唏嘘。

一生用叶笛“吹出了对于故土的深沉的眷念，吹出了对于故乡景色的激越的赞美”的郭风，在他题为《木兰溪畔一村庄》的美文中曾有这样的句子：“木兰溪是一条美丽的溪流。两岸果园生长龙眼、枇杷、荔枝、橄榄；村庄掩映于果园和鲜花之间。”在这篇只有三百余字的散文中，在篇首、篇中、篇末，他反复咏叹“这是一个小小的村庄，它像一朵花，开在蓝色的木兰溪旁边”。形成了一种循环往复的韵律美，达到一唱三叹、回旋缠绵、余音绕梁的感应效果，使文章充满诗情画意。让读者记住了郭风，并产生对木兰溪的悠然向往之情……

是出于对郭风的景仰，还是为蓝色的木兰溪所吸引，当我走进仙游时，尽管深知自己笔力不逮，但我还是把探寻的目光锁定在木兰溪上……

二

抵达仙游后，当地的朋友告诉我，如今的木兰溪已经不蓝了。

几年没来仙游，县城面貌的变化让我喜出望外。尤其是我们沿木兰溪上的大桥进入城关时，只见沿溪的景观正在凸显，当地干群已经利用水扮靓古老的鲤城。虽然目前木兰溪的水质尚达不到郭风当年笔下绿如蓝的程度，但我执着地想探寻蓝色的踪迹，并期待着蓝色的回归。

木兰溪是福建省内八大河流之一，主河道全长105公里，流域面积1732平方公里，至三江口注入兴化湾，融入大海。在仙游境内河道长64.5公里，流经仙游县西苑、度尾、大济、龙华、鲤城、鲤南、榜头、盖尾等乡镇，流域面积为1083平方公里，占全县总面积的60%，平均水年经流量为9.95亿立方米。让仙游人自豪的是，木兰溪发源在仙游境内，准确地说，是源于戴云山支脉笔架山的仙游县西苑乡仙西村黄坑头。我饶有兴致想到木兰溪的源头一探究竟，遗憾的是，由于公务在身，没有充裕的时间造访，听说莆田作家郑国贤前不久刚去过，就好奇地求教。在国贤兄绘声绘色的描述中，有一个细节让我怦然心动。在经过艰难的翻山越岭之后，来到黄坑头，却不见流水的踪迹。当领路的当地人拨开星星点点的花草覆盖层后，才发现涓涓细流，晶莹剔透，悄无声息。在覆盖水源的地方，开满最多的是蓝色的小花——那是勿忘我，这是国贤兄唯一能够指认的花草。令我不解的是，如果说蓝色的勿忘我犹如蓝色的精灵，喻示着蓝色的木兰溪，那么，如此涓涓细流，又是怎样汇聚丰沛的水流，沃野千里？

当地水务局的小谢告诉我，木兰溪的水流汇集了自永春、德化、仙游、莆田等地366条涧水。都说“海纳百川，有容乃大”，不曾想到溪汇百涧，不大亦沛！虽然木兰溪汇聚了几百条涧水，但主要支流有6条，由南向北的有3条：龙华溪，河长26公里，集雨面积113平方公里；苦溪，河长12公里，集雨面积96平方公里；柴桥头溪，河长20公里，集雨面积85.4平方公里。由北向南的有3条：大济溪，河长24公里，集雨面积76.7平方公里；仙水溪，河长29公里，集雨面积178平方公里；延寿溪，本县境内河长16.8公里，集雨面积109平方公里。这些支流大都发源于山峦起伏、森林密布、水量丰沛、景色宜人的戴云山脉，这是福建省生态环境最优的区域之一。

2008年冬天，我曾随福建省炎黄文化研究会组织的赴德化县采风团，考察了戴云山脉的石牛山，还徒步登上海拔1781.6米的石牛山主峰，这是八闽第三高峰，由此我对于戴云山国家级自然保护区算是有所领教。区内森林覆盖率高达93.4%，是福建省主要河流包括闽江的重要发源地之一，在涵养水源、调节气候、保护生物多样性、改善生态环境等方面起到了重要的作用。水，多以涓涓细流从戴云山众多湿地发源，呈放射状向各方流去，从绝壁断崖跌下，形成众多气势磅礴的瀑布。到达山脚下后就汇成了一湾的溪流，水湍急时如飞珠溅玉，平缓时似碧湖泛波。我们一行就曾见识了颇为壮观的岱仙瀑布。溪水流经飞仙山山峰，分成两股，东为岱仙瀑布，飞流直泻184米，西为油漏潦瀑布，垂直落差约100米，水流沿着峭壁缓缓而下，一山两瀑，刚柔相济，相映成趣，被人称为“岱仙双梁”……依据文友郑国贤的猜想，石牛山的南坡应为木兰溪源头。尽管对此说尚存有异议，但我却似乎明白了木兰溪水清至蓝的缘由。

当然，木兰溪美名在外，还缘于历史上的郑露开莆启学。据史载，郑露在陈永定二年（558年）与其弟庄、淑自永泰徙居南山（凤凰山），创建“湖山书堂”，开莆启学。他奉召赴任离开莆田之时，人们感戴他功高泽宏，依依不舍，扶老携幼到溪边十里长亭欢送。人们将木兰花朵撒向舟上、溪里。花团锦簇，相伴而去，是寄予锦绣前程。原来郑露钟情木兰，在湖山书堂时种植木兰，花香四溢。人们为了纪念“南湖郑先生”对莆田文化、教育做出特有的贡献，就将这条溪流命名为“木兰溪”。

此后，莆仙两地耕读成风，特别是“崇文重教、好学上进”蔚成千年风气，赢得了“海滨邹鲁”、“文献名邦”的两面招牌。遍观国内，不知道哪处溪边人民有莆仙人民这般崇文重教？是因为木兰溪水秉承了郑露儒雅的气质，不择细流，生生不息，这才造就了仙游人“立世重诗文”的美名吧？在此文化背景下，仙游人才辈出，历史上孕育过4位宰相、5位状元、13位尚书、28位侍郎、近700位进士，曾有“科甲冠八闽”之盛况。即便当代，仙游科教精英、文化名士仍然层出不穷：刘思职、陈森玉、陈宜瑜、俞永新等多名中国科学院院士、中国工程院院士；现当代作家黄衣青、许怀中、云里风、周颖南、陈仁鉴、郑怀兴、林丹娅等在文坛上享有盛誉；画家李霞、李耕、黄羲等闻名遐迩……

木兰溪，以她甘醇的清泉，年复一年地滋润着兴化大地的无数生灵，孕育了兴化大地悠久的历史和灿烂的文化。木兰溪两岸山川毓秀，胜景荟萃，古迹众多，沿岸景观灿若星河，完全是一幅立体的山水画，畅游其中，使人心旷神怡，流连忘返。仙游，“仙游”，一定是木兰溪的丰腴和富饶才使得连“神仙”也眷顾遨游吧？

三

是啊，面对这样一条溪流，孩子们只要一起床，就会推开窗户，朝着木兰溪的方向深情地眺望，期盼着激动人心的黄昏快点到来。挨到傍晚时分，寂静的村庄顿时沸腾起来了。全村的孩子们脚不沾地争先恐后地奔向木兰溪。夏日骄阳余晖，木兰溪上的粼粼波光，衬托着孩子们赤条条的身影，尽情挥洒着童年的欢乐……

然而时过境迁，木兰溪早已“面目全非”了！不知从何时开始，两岸的人们不断地把工业废料、废水和生活垃圾、污水直排河里，加上违法取沙、违章搭盖屡禁不止，造成河水污染，河泥淤积，河床变浅，河道变窄，堤岸坍塌，荔林断带，连年水患，以致木兰溪南北洋成为全省“五江两溪”中污染最严重的流域之一，1998 年省控断面Ⅲ类水达标率仅为 14.3%。

木兰溪水质的日益恶化引起了莆田市上下的共同关注。1999 年莆田市委、市政府制定了《木兰溪水环境综合整治工作方案》，还下达了木兰溪流域水环境综合整治计划任务书，启动了木兰溪防洪工程、污水和垃圾无害化处理等建设项目。2002 年 4 月 2 日，莆田市政协委员吴国恩提交了关于木兰溪综合治理问题的提案，被市政协列为重点提案。时任市委书记叶家松迅速做出批示。治理木兰溪的污染，还兴化大地以青山绿水，是全市人民的共同愿望。

在仙游采风期间，了解当地人治理木兰溪的历程，有两点引发我的关注：一是着眼长远，从源头开始治理，木兰溪源头自然保护区将全面实施新一轮保护，6 年内总投资高达 1.2 亿元；二是对仙游未来发展战略的定位，致力打造成湄洲湾港口城市的“后花园”。

木兰溪污染主要是生活污染源、工业污染源和畜禽养殖污染源。为了强化木兰溪源头生态防护，采取了保护森林植被、小流域综合治理、矿点整治、退耕播绿、生态公益林管护等措施，抓好水资源保护。接连“关、停、并、转、迁”了沿溪两岸数十家工厂。投资 6000 万元、占地 38 亩的首座城区污水处理厂工程，于 2009 年底竣工投用，为城区 15 万人提供污水处理服务。投资 5765 万元新建一个占地 346 亩的垃圾无害化处理场，项目一期工程已于 2009 年底投入使用。同时，成立自然保护区管理工作站，14 个建制村与自然保护区管理工作站签订山场共管协议。在治理畜禽养殖污染方面，已拆除重点流域水环境综合整治范围内的畜禽养殖场 48 家，签订拆除协议书 205 家，面积达 12.6 万平方米。并在全县范围内推行猪——沼——果的生态养殖模式，提倡推广生物发酵舍零排放养猪新技术，以达到养猪无污染。

摆在我的面前的有两份沉甸甸的规划书：一份是 2007 年 12 月编制的《仙游生态县建设规划》，由县委书记林建华领衔；一份是 2009 年 4 月编制的《木兰溪源省级自然保护区总体规划》，由县长林桦挂帅。在采访时了解到，福建省科技计划重点项目“木兰溪源头综合治理技术研究与生态示范区建设”，已于 2009 年 7 月顺利通过省科技厅专家组验收。由此可见，仙游县未来的指向不言而喻。仙游森林覆盖率达 69.6%，当“生态立县”被提出来后，与其说是发展思路的调整，不如说是发挥比较优势的回归。为此加大投入保护木兰溪，目前总投资 6 亿元的金钟水利枢纽工程、总投资 45 亿元的抽水蓄能电站项目正在建设中。

谈到仙游未来发展定位，县委书记林建华思路清晰，提出了把仙游建设成产业集聚强劲、城乡协调发展、生态环境优美的临港工贸旅游城市。为了打造湄洲湾港口城市的“后花园”，仙游城关就必须在建设中实现“显山、露水、彰文、宜居”的目标。木兰溪流域仙游城区的河段长有 6 公里，是仙游城市的形象气质所在，为此，县里已斥资上千万元，紧紧围绕“蜚山为屏、兰溪为脉、绿色仙游”的美好蓝图，巩固提高现有河段的“绿水”、“清水”工程建设成果，建成木兰溪南岸公园东段，建设西段景观带和防洪设施，做好仙游城市水文章，造湖、扩溪、活水，以水环境的美化亮化带动仙游城镇化建设。实施城建重点项目多达166个，完成投入高至41亿元。

在我看来，莆仙人民所有的付出和努力，不就是为了重现郭风先生笔下当年的情景吗？木兰溪来日将成为一道靓丽的旅游风景线，不就是大家祈盼的仙境吗？木兰溪值得期许：水变清，天变蓝，水蓝蓝，天蓝蓝，水天一色，兴化人民在蓝色的怀抱中生活，再创木兰溪文明。

蓝色是多美的一个词，蓝色是诗是画是梦幻。蓝色代表着纯净代表着安宁代表着辽远深邃。施特劳斯《蓝色多瑙河》圆舞曲那优雅而又欢快的旋律如同多瑙河之波，潺潺流淌，长盛不衰；美国作曲家乔治·格什温创作了闻名遐迩的《蓝色狂想曲》，这首一鸣惊人的爵士协奏曲使他步入严肃音乐的领域；法国印象派画家莫奈晚年的组画《睡莲》，一共48幅，其中一幅《蓝色的睡莲》却以用色的独创而闻名于世；毕加索在他的早期蓝色时期，留下了一头蓝色的怪兽和一朵蓝色的神圣小花，正是在那单色的浅蓝、粉蓝、深蓝、湛蓝中，毕加索开始走上他的成功之路……尽管古今中外的艺术大师将蓝色发挥到极致，但面对木兰溪，我认为最美的还是——

“这是一个小小的村庄。它像一朵花，开在蓝色的木兰溪旁边。”

从“篁城科技”感知竹产业

一幅别开生面的世博画卷

2010年9月1日，当我来到位于建瓯市的福建篁城科技竹业有限公司（简称“篁城科技”）时，瞬间被一幅画卷所吸引：这是一幅长度大约4米，宽度0.45米的反映世博内容的长卷，上面印有传世名画《清明上河图》和上海世博会近300枚的场馆纪念印章。这是经《人民日报》海外版《世博特刊》授权制作的礼品。依我看来，此幅长卷至少有三个特点。

其一，切合主题。众所周知，2010年上海世博会中国国家馆的一大亮点，是把《清明上河图》通过现代科学技术再现了北宋时期开封人的生活场景。“一朝步入画卷，一日梦回千年”。当2010年世博会缓缓落下帷幕，什么是留存在人们记忆中最深刻的东西？既要反映本届世博会的主题，又要浓缩参加单位的身份特点，将《清明上河图》与场馆纪念印章体现在一幅画卷上，应当说是很有创意的。其二，涵盖面广。但凡参观过本届世博会的人，都会发现一个现象，几乎每个参观者都手持一本护照，一个场馆接着一个场馆地去盖印章，并乐此不疲。但要盖全又谈何容易！而在这幅长卷上，汇集了参加上海世博会的国家与地区、国际组织、企业、城市案例等各种类型场馆的纪念印章近300枚。可见其制作者是多么有心、用心！其三，用料独特。让我们惊叹的是，这幅画卷是印刷在薄如纸张的竹皮上，这既衬托出竹文化的内涵，又符合本届世博会传导的低碳环保的理念。在行的明眼人，还看出了门道，一般竹皮的纹理是纵向的，为了视觉效果和收卷不折损，将纹理改为横向。一般竹皮是有正反面之分的，这款竹皮的背面和正面却一样光滑整齐，仅此一项就有相当高的技术含量。

听完了这幅画卷和其他产品的介绍，第二天我采访了“篁城科技”的总经理洪敏雄。洪总谈吐不俗，思路开阔，理念前卫，为人处世却又低调、沉稳、内敛，大有竹子的品格。听他讲竹文化、竹产业，才知道我对竹子了解太少，对竹材误解又太深。

竹子是中华文化渊源深厚的一部分，是诗文画乐的传统题材。竹子四季常青，格高韵胜，明净深邃。古今庭园几乎无园不竹，居而有竹。竹下品茶则绿色盈盏，竹下饮酒则翠意盎然。晋代有“竹林七贤”在竹林下谈诗论文，唐代有“竹溪六逸”于竹海中纵酒酣歌……竹径通幽处，人在画中游。于是乎，苏东坡爱竹咏竹，传于后世咏竹诗数十首；郑板桥“专画兰、竹五十余年”，有“郑竹”之雅称；文同画竹，成竹在胸，开启了以画墨竹见长的“文湖州派”先河……此外，竹子与中国音乐还有着重要的联系。中国传统的吹奏乐器和弹拨乐器基本上是用竹制造的。对音律的起源亦产生影响，古代使用竹定音律，故此，晋代就有以“丝竹”为音乐的名称，有“丝不如竹”之说，唐代还把演奏乐器的艺人称为“竹人”。

从《诗经》时代开始，历代皆有咏竹赋竹的诗文佳作，形成了中国独树一帜的竹文学。竹子既有青翠欲滴、四时一贯的色泽之美，也有潇潇摇曳、瑞音清绝的音韵之胜，更有含露吐雾、滴沥空庭的意境之妙。当然，文人士大夫喜欢竹子不仅是由于其自然外观，而更多是将竹子的高雅、纯洁、虚心、有节的象征跟人的道德追求联系起来。白居易的《养竹记》就将竹子“本固”、“性直”、“心空”、“节贞”等特点，比拟君子虚心自持，高风亮节的品德修养。张九龄的诗言简意赅又广为流传：“高节人相重，虚心世所知。”苏轼的诗通俗易懂又入木三分：“可使食无肉，不可使居无竹。无肉令人瘦，无竹令人俗。人瘦尚可肥，士俗不可医……”“居有竹”成为文人雅士追求住所的最高境界，既美化了人的生活，又陶冶和升华了人的情操。

提及竹文化，总会让人浮想联翩……当我把目光再次聚焦到这幅世博画卷时，不免心生怎么不是利用传统的宣纸而是竹皮的疑问，洪总又从竹文化上作一番解读，让我刮目相看。

中国古代用竹简记录文字已有近6000年的历史。可能出于传播和传承等考虑，才将竹子化浆，才有了纸的发明。蔡伦造纸术被誉为中国四大发明之一。在人类文明进程中起到利在千秋、功不可没的作用。蔡伦故里湖南省耒阳市黄市镇就是竹乡，那里有方圆百平方公里的竹海，被誉为蔡伦竹海。是竹子给了蔡伦造纸的灵感？也只有到那个闻名遐迩的旅游胜地去一探究竟。当人类进入了21世纪，如何减少森林的采伐量，如何减少用材进口依赖？以竹代木，应运而生。用竹皮代替宣纸，不仅仅是一种返璞归真，而是人类文明又一次的跃升。竹皮只是俗称，学名为“薄竹刨切片”，主要用于家具制造和装修工程的板材表面贴饰。光是这项产品，“篁城科技”当年就投入近千万元的研发经费，全国能够生产的企业屈指可数。目前无论在外表观感与内在品质，还是产量、稳定性、极限薄度，以及竹皮衍生产品的开发等方面，“篁城科技”都处在业界前列。

在2010年上海世博会上，“竹元素”已经成了低碳建筑的“明星”。据报道，上海世博会有9个场馆的建筑材料主要采用了竹子，至于部分采用了竹材装饰的就难以统计了，它们代表了当今世界一流的竹业技术和水平。“篁城科技”参与了建设的项目有：印度尼西亚馆内有若干根一米粗的柱子外观，包裹的是竹皮产品；在城市示范区的马德里馆，从地板到墙面使用的是重竹产品；还有美国馆摆设的竹材制作的家具产品。“篁城科技”生产的产品系列，通过世博会得到了淋漓尽致的展示。如果说城市，让生活更美好；那么竹子，让城市生活更低碳！

透过一幅世博画卷将竹产业与文化产业巧妙地对接，让我们诗意地感到东方文化的神奇韵味。

一路前行走来的开发“竹”迹

一个生长在内陆山区的企业家，何来如此独到的经营目光和开发理念？俗话说，一方水土养一方人，洪敏雄的成长离不开生于斯、长于斯的这方水土。

建瓯市素有“金瓯宝地”的美誉，是我国南方重点林区，孕育了“中国竹子之乡”。竹林面积130.9万亩，其中毛竹面积123.4万亩，毛竹立竹总数2.2亿株，毛竹林面积和立竹量均列全国各县（市、区）之首。建瓯市竹子协会于1987年成立，这是福建省第一个县级有关竹子的民间社团。为了从整体上了解建瓯市竹业开发的情况，我还采访了竹业协会的秘书长林振清。

建瓯市竹业能有今天的局面，离不开一路走来的开发“竹”迹。说起建瓯市的竹业发展，林振清秘书长给我提供一个细节非常耐人寻味。长期以来，建瓯市农民，固守着“吃饭靠田，用钱靠山”的观念，坐拥着“笋都竹乡”的优势却视而不见，顶多靠砍毛竹、做笋干换两个零花钱。直到20世纪80年代末才把竹子当作一种产业来发展。20世纪90年代初“竹业”的概念才逐步被人们接受。林振清供职的建瓯市林业局，直到1995年才设置了“竹业科”，即便是那时候，尚有人对“竹业”一词存有疑虑和争议。为了开发竹山，解放思想，建瓯市委、市政府曾分批组织乡镇领导和种竹大户跳出竹山看竹山，不看则已，一看动心：浙江安吉竹山亩产5000元，而建瓯亩产不到200元。不能再像过去那样只知道挖笋、砍竹了！为此，市委、市政府提出了“以竹兴市，以竹富民”的战略思想，经过二十多年的开发经营，目前全市投产毛竹林亩均产值800多元，最高的亩产值可达4000多元，在毛竹主产区，农民收入的80%来自竹山。

即便与先进地区尚有差距，但能保持毛竹林面积、立竹量全国第一，这与二十多年的培育资源是分不开的。建瓯市“竹”迹大致走过了四个阶段：1990年至1994年，全面实施低产竹林改造；第二阶段，1995年至2001年，建设丰产高效毛竹林基地；第三阶段，2002年至2005年，从竹林可持续经营出发实施竹林培育新技术推广活动；第四阶段，2006至今，全面启动了“中国笋竹城”项目建设。截至我们抵达之日，“中国笋竹城”已累计完成投资13.55亿元，已征地6674亩，平整4500亩；累计引进入园企业69家，其中38家已竣工投产。该项目已列入我省重点建设项目，并向国家林业局申请将“中国笋竹城”批准建立为国家级高新技术笋竹加工贸易示范区。

洪敏雄是竹产业晚到者。2003年10月，身为农行行长的他，毅然地辞去了公职，选择了自主创业。刚下海时，准备做些什么并不清楚。据洪总回忆，当初摆在他的案头不下40个行业和项目，如何抉择、怎样评估？是行长的经历，练就了他对投资取向、对项目的评估有着过人之处。建瓯有这么丰富的竹子资源，如何把优势做优、强项做强、特色做特？这不仅是一个地方经济发展的路径选择，也是一个人事业成功的路径选择。洪敏雄虽然对办企业有兴趣，却对竹子加工并不熟悉。起步虽晚，但起点却不低。洪敏群的成功再次证明了一个道理：眼光决定了做事的高度！

2004年8月，适逢森华集团子公司——天丰竹业有限公司管理层调整，时任森华集团总裁的洪敏雄，受命兼任该公司总经理。最初只是对竹子的兴趣，但是光凭兴趣是不行的，必须以战略眼光来审视竹产业的发展。当今时代是知识经济时代，高新技术是推动经济发展的引擎。必须把“天丰”改造成为高端竹材研发制造商。高端是指在产品上，侧重于科技含量、材料利用率、附加值较高，同时售价、利润也较高的高端产品。研发是指有别于纯制造型企业，企业应当具备较强的技术创新能力与产品开发能力。正因为有了研发，才能做出高端的竹产品。

2005年5月，洪敏雄正式入股竹业公司，并向当地工商行政管理部门申请将“建瓯市天丰竹业有限公司”变更登记为“福建篁城科技竹业有限公司”。“篁城”是基于“中国竹子之乡”修篁遍野的优势，“科技”则是洪敏雄进军竹产业的尚方宝剑。俗话说“把钱用在刀刃上”，在科技的研发上舍得投入，是决定“篁城科技”未来的竞争实力。头几年，研发经费一直占到公司销售额的6%。

随着新厂区的落成投产，全新的研发中心已粗具规模，并开始产生效益。公司研发队伍目前由三部分构成：核心是研发中心的工程师和专职技术人员；外围是与一批科研院所、专家学者展开的多种形式的合作；第三股力量是散布在生产一线的资深技师及技术骨干。研发中心被列为南平市一级“企业技术中心”，企业获评“高新技术企业”，今年又成为国家“863计划”有关竹业课题的参研单位。“篁城科技”的研发实力在业内已经拥有相当的知名度，结合企业的规模，以及完整丰富的产品线，企业已成为行业内的佼佼者。

科技为公司带来了丰厚、超值的回报。平均以3年一个跨度的速度发展壮大。公司在获得福建省品牌农业金奖企业之后，今年又成为农业产业化国家重点龙头企业。从2007年起“篁城科技”就成为由中国竹业首席科学家、中国工程院院士张齐生为理事长的“中国林产工业协会竹材专业委员会”的副理事长单位。洪敏雄的经营理念、战略思维与他结交业界一批高人不无关联，洪敏雄开发“竹”迹的踩点与建瓯市竹业振兴的轨迹合拍不无关联。

一个前景广阔的笋竹产业

与洪敏雄接触，发觉他是一个志存高远的人，他心思不光用在企业和建瓯市竹产业的发展上，还用在中国竹产业的发展上。“做大做强竹产业，只是个战术问题，如果从生态、能源等战略层面来认识，会有更大的意义。”他如是说。

徜徉在上海世博会园区里，印度馆巨大的穹顶完全是用竹子为“梁”撑起来的；保持原生态用竹的当属印度尼西亚馆，一排长约 10 米的竹子从馆中穿墙而出；越南馆主打竹子牌，让置身其中的游客尽享乡野风情；德中同行之家 8 米高的两层建筑，几乎完全是用竹竿和竹板材建造的；在国际竹藤组织馆内，整个展馆的设计挑战人们对竹子的传统认知，甚至还有竹子做的自行车；此外，在休闲区，有以“竹”命名的餐厅，有完全用竹子建造的花店，世博园黄浦江边长达 3.6 公里的栈道，完全用竹子铺设……

世博会传导出来的理念，是用竹子做建筑材料可以表达绿色、低碳环保、可持续发展的理念，符合当今的世界潮流。

竹林地属于非耕地资源，充分利用好竹林地，有利于提高土地利用率。竹子具有一次造林成功，即可年年出笋、年年成林、年年择伐，永续利用。竹子生长速度快，成材周期短。竹林是公认的生长最迅速、单位面积生产率最高的用材林之一。

竹林有利于生态环境的保护。众所周知竹林具有护岸固土，防止水土流失的功能。一棵毛竹可固土 6 立方米，固土能力是松树的 1.6 倍、杉木林的 1.2 倍。竹林还是生态产品。低碳经济发展模式已成为各国转变经济发展方式，实现可持续发展的一种共识。发展低碳经济，森林碳汇是主要出路之一。据浙江林学院研究，1 公顷毛竹的年固碳量是 5.09 吨，为杉木林的 1.46 倍、阔叶林的 1.33 倍；同等面积的竹林较树林还可多释放 35%的氧气，从砍伐到加工生产出成品又比木材降低30%的碳排量。毛竹林还能涵养水源，1公顷竹林可蓄水1000吨。

我国是世界上木材资源相对短缺的国家之一，人均森林面积0.132公顷，不到世界平均水平的四分之一，居世界第134位；人均森林蓄积量9.421立方米，不到世界平均水平的六分之一，居世界第一百二十二位。我国工业用材、纸浆和纸产品消费市场又位居世界第二，到2015年国内木材供需缺口将达1.4亿至1.5亿立方米。随着我国天然林保护等重大生态工程的实施以及世界各国纷纷禁止原木出口，木材供应量减少与经济建设的飞速发展矛盾日益突出。而我国是世界竹类资源最丰富的国家，竹林面积、竹材产量及其工业化利用的规模和水平都居世界之首。竹林素有我国第二森林资源的美称。按目前的生产工艺，100根毛竹可生产1立方米竹板材，折合1.5立方米木材。全国一年采伐毛竹近12亿株，相当于2000万立方米木材量。因此，“以竹代木”前景十分广阔。

既然竹产业有诸多优势，在转变经济发展方式成为迫切要求的今天，为什么推广不迅速、不普及呢？洪敏雄认为主要是消费者的消费观念，对竹产品存有误解。总以为竹地板易发霉、虫蛀、开裂。把消费观念停留在原竹利用和手工编织农具、用具等初级利用阶段，而现在科学技术早已把这些问题解决了，竹子材质的硬度和柔韧度，不仅似木，还胜过木。洪总给我提供了张齐生院士收集的一份资料：西班牙首都马德里国际机场23万平方米的天花板是用竹制品做的；耐克德国公司、IBM欧洲公司办公楼和意大利王储休息室用的是竹地板；美国克林顿图书馆的室内装修，奔驰、宝马汽车的内装饰件，甚至国际奥委会主席罗格2008年奥运会期间在北京的办公室家具也都选用了我国生产的竹产品。中国是产竹大国，却不是竹产品的消费大国。如今竹制品更多走俏于海外市场，真有点“墙内开花墙外香”的无奈意味。

为此，上海世博会不约而同选择竹材作为场馆的主要建材，为的是突出“低碳建筑”的诉求。如果充分利用上海世博会的精神成果，它将成为中国低碳发展的风向标。它将有力促进我国竹产业的发展。对于竹产业弄潮儿的洪敏雄来说，他将怎样借助世博会的东风，怎样利用好世博会留给上海、留给中国最大的精神遗产——世界最先进的低碳技术和低碳理念？他给我的是一大一小的两个未来设想。

先说小的。利用科技含量高的薄竹刨切片制作公司的名片。名片，是我们早已习以为常的商务交往的媒介。我们见过的名片有：纸张名片、过塑名片、塑料名片、甚至金箔名片……现在多了一种竹皮名片，只是追求一种新奇吗？洪总说，这种竹皮名片制作出来，他第一批想送的人是国际竹藤组织的官员。国际竹藤组织是唯一把总部设立在北京的国际组织。由此可见，“世界竹子看中国”，中国竹产业在国际上的地位。加快发展竹产业，有利于巩固我国竹产业在国际市场上的竞争优势，为促进人与自然和谐发展做出贡献。让源远流长的中国竹文化在世界范围内发扬光大。我不知道，光是名片一年将耗费多少吨纸张，竹皮名片生产成本要高出纸张多少，推广的前景又将如何。但我知道，通过细枝末节的替代，彰显出的是一个企业家对待环保的责任感和改善环境的坚持。同时，彰显出的是一家竹产品企业的自主创新与科技进步的水平。低碳经济倡导的不就是从我们身边点滴做起吗！

再说大的。“篁城科技”在给我们一行人手一册的公司简介中，明白地写着：“公司的发展目标，是成为中国竹材行业内品种全、规模大、有足够影响力的航空母舰型科研、制造基地。”这与建瓯市举全市之力打造“中国笋竹城”的规划——建成全国规模最大、品位最高、功能配套最齐全，集笋竹加工、产品贸易、信息交流、竹业科研、竹林休闲旅游为一体的新兴产业城，在某种意义上达到了一种契合，都是为了做大做强竹产业。一个人的成长、一家企业的成功，很大程度上取决于一个区域的产业发展方向和地方政府的政策主导。

怎样把笋竹资源优势转化为产业优势、经济优势？怎样让“中国笋竹城”名副其实？这不光是建瓯市委、市政府要考虑的事情，也是“篁城科技”洪敏雄要担当的事情。建瓯在笋竹开发上，笋先走了一步，全市年产销水煮笋 6 万吨，占全国同类产品产量的 19%，年加工出口保鲜毛竹冬笋 6000 多吨，均居全国第一。这一点，就连建瓯市竹业协会的秘书长林振清也承认，笋作为蔬菜食品，再想有所突破比竹更为困难。建瓯竹林面积虽然全国第一，但在竹文化、竹林旅游上，亦有软肋。竹林均分布在海拔 300 米以上的乡镇，城关的海拔只有 100 米，难见“竹”影。较之先进地区的浙江安吉县，成片的竹林、竹博物馆、竹种源等望眼便是，抬腿即到。没有到访过安吉的人，但凡看过电影《卧虎藏龙》对于那片幽深广袤的竹海都记忆犹新。因此，做大做强建瓯的竹产业，只有向竹材的深加工拓展，只有向竹新品的开发拓展。这与洪敏雄经营“篁城科技”的价值取向不谋而合。洪总认为，竹产业是一项技术密集型与劳动密集型相结合的产业。随着竹板材、竹炭、竹饮料、竹纤维、竹编织等产品的推广，极大地提升了竹产业的发展空间。科技创新是推动竹产业快速发展的最重要的推动力量。为此，公司平均每半年便有一款新产品推出或列入储备。目前我国竹产业科研水平居于世界领先地位，作为一家竹产业的企业完全有条件、有能力而且也必须走科技进步的道路。再加上当地产业发展规划和政策扶持，做大做强笋竹产业是指日可待的。他希望“篁城科技”有朝一日能成为竹业市场的领跑者，区域经济的龙头，中国业界的领军企业。

尽管竹制品已经广泛应用于建筑、家具、造纸、食品、纺织、化工等十多个领域，但竹产业毕竟是一个新兴产业。现代企业制度下的规范管理和社会资本融入是竹产业发展的必然选择。洪敏雄表示，“篁城科技”要走的路还很长，他的愿望是把“篁城科技”打造成一家公众性社会企业，只有这样，才能真正把竹产业做强做大。

在此，让我们祝愿“篁城科技”能像竹子一样——年年好，节节高！

兰花：价值连城新探寻

走进连城县，不论是听到的还是看到的推介宣传的词汇中，最具特色的是——“价值连城”。这固然有成语顺口的成分，但连城县的价值又体现在哪里呢？引发我探寻的浓厚兴趣。

当我们来到位于朋口镇正在建设中的兰花博览园参观时，见到中国兰界名宿、原中国兰花协会会长陈心启教授的题词：“连城兰花，价值连城。”蓦然地让我怦然心动。兰花有“王者之香”、“天下第一香”之美誉，是高贵、典雅的象征。由于我的孤陋寡闻，以往对连城的兰花未曾听说，当见到兰界权威对连城兰花的如此评价，我想绝不可视为随便的溢美之词。

种兰历史

“宁可出门不提篮，不可家中不栽兰”。流传在连城民间的这句俗语，是说吃的可以节俭些，但兰花不能不种几盆。由此足以反映连城兰花种养的传统。民间每逢喜事，比如乔迁新居时，乔迁队伍的最前头，一定会有两盆兰花，以求吉祥如意；比如大姑娘出嫁时，娘家一定要送上两盆素心建兰，以求早生贵子。甚至还有“家有兰花不烧香”之说。

连城盛产兰花，与连城得天独厚的自然环境和丰富的野生兰花资源不无关系。连城县属于中亚热带海洋性季风气候，海拔 600 米至 1000 米，年平均气温 16℃至 17℃，年均相对湿度 72％至 83％，无霜期近 300 天，地处闽江、汀江、九龙江的源头，森林覆盖率高。气候温暖，雨量充沛，植被茂密，河水清澈，空气清新，气候、地理环境条件非常适宜兰花生长与繁殖。被中外生态专家誉为“北回归荒漠带上的绿色翡翠”的世界 A 级梅花山自然保护区80%位于连城县境内，享有“生物物种基因库”美誉，野生兰花资源特别丰富，是春兰、建兰和寒兰的主产区和种植原生地。“鱼魫素”、“龙岩素”、“连城素”、“大凤尾素”等传统兰花留有美名。连城县拥有量大质优的兰花种质基因库，为兰花的培育繁殖奠定了深厚的基础。

连城拥有丰富的兰花资源，关键在于怎样认识兰花的价值？也就是说，兰花是棵草，还是个宝？

兰花是一种植物。“我从山中来，带着兰花草”。说到底是一种草，其叶味苦涩，纤维极粗，其根据说有微毒，均不能作食物。兰花又是一种文化。古人把兰与松、竹、梅并称为“四友”、“四君子”，但“竹有节而无花，梅有花而无叶，松有叶而无香”的缺憾，使人们对“有节、有花、有叶、有香”的兰花情有独钟。人们从兰花天生丽质的外形上，又赋予她高洁、独秀、气节等人文气质，于是兰花就有了人的灵气，人的思想，人的道德，人的情操。“芝兰生于幽谷，不以无人而不芳”；“君子修道立德，不为困穷而改节”。中国兰文化有着两千多年的历史，源远流长。

兰花的价值在于观赏。好的兰花总体评价标准是：端庄，飘逸，充满活力，鲜艳夺目，清新宜人。在诸要素中以颜色、香气为主导，以花形、叶形为辅助，整体协调是最终评价的标准。一般来说，满足人的精神需要的比满足人的物质需要的价值要高，有时甚至高出许多倍。同一种木材，木雕的价值就比一般木制家具的价值要高出许多。因此，兰花的价值在于满足人们精神需要的审美价值上。当然，这是基于温饱之上。

至于少数的名兰奇花在当今社会卖到高价，除了赏心悦目的观赏价值外，还在于兰花是有生物生命的艺术品，每天都在生长，会出现季节性的变化，比起没有生命的艺术品来，自有其更为丰富的赏玩魅力。另外，名兰奇花还具有类似高级艺术品一样的不可复制或难以复制性。历史上的名人字画的行情之所以与日俱增，就在于它的不可复制性。国兰为兰科植物，是植物中的最进化者，也是最易变异者，其种子繁殖周期很长（一般要十年左右才能开花），靠分株繁殖的速度也很慢，无性繁殖的问题也未完全解决。当我们了解兰花的价值和生长的特性后，就多少能够明白名兰奇花为什么能够卖到高价钱。正确认识兰花的价值，普及育兰知识，提高鉴兰情趣，把赏兰活动引向健康的方向去，让兰花进入寻常百姓家，让画兰、咏兰不再局限于文人雅士，这才有益于社会。

连城成为全国最大的兰花基地及兰花集散地不能不提到一个人，他就是饶春荣。1978 年，饶春荣高中毕业后回到偏远的老家朋口镇桂花村。为了生计，1982 年创办了一亩多地以培植桂花、铁树、罗汉松、茶花及许多杂花品种的苗圃。看到广东一带的客商慕名前来收购兰花，便开始种植兰花。从此与兰花结缘，一路走来。是什么让他风风雨雨坚持了近 30 年，将山涧连牛都不吃的野兰草变为人见人爱的兰花？是什么让他改变了“兰花只送不卖”的世俗偏见，把连城兰花的直销店拓展了全国 30 多个城市 38 家分店？

牢记嘱托

俗话说，一个人的事业成功，很大程度取决于有贵人相助。说到贵人，饶春荣要感恩的人很多，但对他影响最深的是胡锦涛总书记和项南老书记。

1999 年 6 月 22 日，天高云淡，喜鹊飞绕兰田。时任中共中央政治局常委、国家副主席胡锦涛，在时任福建省委书记陈明义等陪同下，来到饶春荣设在朋口镇的兰花基地。是日视察的项目多，时间紧，此项内容计划只安排 10 分钟，然而，进到兰花基地后，满目欣欣向荣的兰花引起了胡锦涛的极大兴趣，他与饶春荣谈兰花，说市场，问效益，整整用去了 50 分钟。参观结束，胡锦涛紧握饶春荣的手，鼓励他好好培育国兰，为贫困地区的农民们做出榜样，带动大家一起走出贫困迈向富裕之路。临走时还与饶春荣一家合影留念。

胡锦涛一行的车开走了，兰花基地里却永远留下了总书记的身影和勉励的话语。每每饶春荣走进兰田，眼前总会浮现那激动人心的场景，遇到了难事，回家看看与领袖的合影，再大的困难都算不了什么。饶春荣是从大山里走出来的农家孩子，当初种兰花只是为了养家糊口，他没有那么远的眼光，也没有那么大的抱负，是总书记的嘱托激发了他，是时代的进步改变了他。第二年，饶春荣建起 100 亩的福建兰花基地。当初反对饶春荣在朋口镇创建兰花基地的家人，也看到兰花产业的前景，兄弟也从桂花村迁徙出来，到朋口镇一起走上了育兰之路。

如果说胡锦涛总书记的嘱托，是饶春荣一生最荣耀的记忆，那么，项南老书记的勉励则是他奋斗进取的目标。

1993年6月，原福建省委书记、中国扶贫基金会会长项南回到故里朋口，在乡镇领导的陪同下参观了饶春荣的兰圃。项南从小小的兰草看到脱贫致富的希望，心里非常高兴，这是一个多么好的扶贫项目呵，兰花是很有发展前途的绿色企业，建兰自古福建就有名，他鼓励饶春荣要好好干，放手干。回到下榻的闽西宾馆，抑制不住兴奋的心情，一口气挥毫为饶春荣的兰圃书写三张题词："朋口建兰公司"、"福建兰花基地"、"华南兰花基地"。第二天，饶春荣接到镇里领导送来项南老书记的墨宝时，激动得说不出话来。看着项南赠给他不同内容的三张题词，他完全明白老领导意思，非常钦佩老领导对兰花的深刻洞见。1993年，连城还是个贫困的老区县，作为中国扶贫基金会会长，项南总是利用一切外出的机会，遴选扶贫项目，也包括这次的故乡之行。他希望饶春荣的兰花基地不断扩大，通过种养兰花为中国尚需要扶贫的广大地区树立榜样。他相信随着人民生活水平的不断提高，随着中华传统文化的传承和发扬，种植和欣赏兰花的人会越来越多，这将给兰花产业带来多大的发展空间啊！老书记的勉励，饶春荣当即下定决心要一步一个目标向扩大规模迈进。第二年，他在朋口319国道旁租赁了一座小山，铲成平地，建起了具有10亩面积的"福建朋口建兰公司"。

1994年，项南再次回到家乡，再次来到饶春荣的兰花苗圃，看到连城兰花又有了新的发展，很是欣慰。"此去龙岩虽无恋，最使相思是建兰"。他想得更深，提出要将朋口镇建设成为"环保农民城"，其主打产品就是兰花。回到连城宾馆，项南同志约见连城县委书记，深谈了一个多小时。

1997年，饶春荣根据发展的需要租赁了另一处50亩的土地向"福建兰花基地"又迈进一步。令人痛心的是，就在这一年，项南不幸去世。他不能继续关心呵护连城兰花，但饶春荣却更加努力，如今他的兰花基地已达1200多亩；在各级领导的共同推动下，朋口镇已入选"中国兰花名镇"；设在朋口镇的"连城兰花博览园"项目已被确立为福建省重点建设项目，一旦建成，足以告慰项南老书记的在天之灵。

树立品牌

在我们抵达朋口生态园时，我们每个人接到一份介绍连城兰花有限公司的宣传资料，资料首页有两句话：“一兰独绽不是春，百兰争艳春满园。”这与其说是公司的经营理念，不如说是饶春荣的做人准则。

为了实现项南老书记的嘱托，1993 年，饶春荣成立了连城县兰花开发公司。说到公司的成立还有一个小故事。对于想创办兰花公司，有的人提出异议，应当是花卉公司嘛，谁听说过单一品种的兰花公司？在办理营业执照时，主管方也建议把“兰花”改为“花卉”，拓宽经营范围，有利于企业长远的发展。但饶春荣不为所动，他从经营杂花起步，10 年之后已经对兰花情有独钟。事实再次证明了他的眼光，一年之后，公司被评为“全国花卉先进企业”，在被表彰的 71 家企业中，兰花企业只此一家。

当饶春荣兰花公司的名气传遍远山近乡的时候，深山人的观念也变了，想种这个“牛都不吃的草”的人越来越多。见到父老乡亲们接二连三地前来取经询问，饶春荣都热心地帮扶，将他们引上种兰的致富之路。不论是总书记的嘱托，还是老书记的勉励，都希望他带领乡亲们共同致富，只有产业化才能产生规模效益。在他的带动下，连城兰花以朋口为中心辐射宣和、莒溪等乡镇，连城县现有兰花种植面积近 2000 亩，品种 1000 个，年均生产兰花 800 余万株，年销售达亿元，兰农人均纯收入 5 万多元，有力地促进了当地兰花产业的发展以及农民增收。

群众种植兰花的积极性被调动了起来，作为当地兰花产业的“领头羊”，饶春荣想得更远。在镇党委、政府的引导下，20 世纪 90 年代初，由饶春荣等种植大户牵头成立了“连城兰花协会”和“协会党支部”。采用“支部＋协会＋农户”运作模式，使花农抱成团，共同闯市场。协会不仅为兰农提供种苗，对兰农进行技术指导，提供销售信息，还积极为兰农多方面拓宽资金渠道。

在兰花协会的基础上，2008 年饶春荣又牵头成立了“富饶花卉专业合作社”，以入股的方式组织起来，风险共担，利益共享，成为龙岩市首家花卉专业合作社。当日，该社还在互联网上正式开通连城兰花网，以“连城兰花”品牌全面走向海内外花卉市场。

市场经济是品牌经济。一个具有品牌效应的好产品，能够拉动一个产业、带动一方经济。在商海中搏击了近20年的饶春荣明白商标品牌的重要性，他直白地说：“有品牌才能闯市场，有市场才能赚到钱。”

注册商标势在必行，却也考验饶春荣的胸怀。注册个人商标，对自己的企业有利；注册集体商标，对发展地方兰花有利。作为兰花协会会长、党支部书记，饶春荣说应当想到广大的兰农。为了打响连城兰花的品牌，在工商部门的支持下，选择了集体商标。2008年10月，国家商标总局正式批准注册“连城兰花”集体商标。

提起“连城兰花”这个品牌，饶春荣很有感触又说起一段往事。在2000年之前，他经营的兰花都冠名“福建兰花”。这是因为他认为，福建自古建兰有名气，想借船出海，借梯登高。他的兰花主要销售渠道是邮寄，为了营销，曾在1995年做过一张企业宣传，上面有两句话“中国建兰在福建，福建建兰在朋口”。将近20年一直打的是“福建兰花”这一品牌，这就难怪我们为什么对连城兰花知之甚少。

“连城兰花”作为地理标志集体商标，就饶春荣而言，不仅是展示“达者兼济天下”的胸怀，而且更表明的是一种对社会责任的担当。为了打响“连城兰花”的品牌，饶春荣参与制订花卉生产行业标准《建兰生产技术规程与质量等级》，不断完善兰花生产地方标准，推行按标生产、带标流通。他将公司麾下的全国38家直销店，进行品牌特许经营，统一各加盟店的形象；统一、规范使用“连城兰花”商标，由兰花衍生的各类产品如盆器、礼品包装盒、兰花养护卡、宣传画册等都使用规范的“连城兰花”商标；一系列的宣传措施有力地促进了“连城兰花”品牌的推广和兰花的销售。“连城兰花”2009年12月被龙岩市人民政府评为“龙岩市知名商标”，2010年11月又被评为“福建省著名商标”。

连城兰花的品牌效应开始显现，香港中富农业科技有限公司闻香前来，以现金入股的方式，共同开发“兰博园”的建设。

“绿色股票”

“绿色股票”是饶春荣对兰花产业的形象描述。这是因为兰花具有超商品价值，是所谓有生物生命、艺术生命、文化生命的活“股票”。尽管他认为兰花产业是绩优股、潜力股，但对于奇兰异花的高价炒作却作冷静客观的评价，坚决反对把兰花当作投机商品，当作“股票”来炒作。

2006年在福建省首届兰博会评选活动中，饶春荣选送的“红梅报春”被评为“花王”，这一盆兰花后来被一名台湾老板以35万元高价购买。2008年在福建省第二届兰博会上，饶春荣精心培育的寒兰珍品“冠豸朵云”，居然以58万元的高价被龙海的郭先生买走。这成为当地让人匪夷所思的轰动新闻。2010年饶春荣第三次夺得“福建花王”的桂冠。

当我在采访中提及，2010年3月在重庆市举行的第十届亚太兰花大会暨第二十届中国兰花博览会，一株来自云南省大理，名为“素冠荷鼎”的莲瓣兰估价1500万元人民币。为保护好这个宝贝，这株天价兰花不仅有透明玻璃框保护，更有5名保安围在周围当起保镖，提醒观众不要离它太近或是想与它“亲密接触”。对于天价兰花，饶春荣作何评价？

饶春荣参加了这次重庆花展，目睹那近乎疯狂的一幕，他说：“这是一种炒作，这种现象不宜提倡！”尽管业界一盆兰花卖到几十万元，甚至上百万元，都很寻常，但饶春荣却一直秉持着把兰花作为一种大众礼品花。只有千家万户都消费得起，兰花产业才能做大做强；只有兰花产业发展起来，才能惠及万千兰农，才能真正普及国兰文化。

谈及下一步的发展，饶春荣拟将公司进行股份制改造，引进境外资金，争取上市，把公司打造成为规范性的公众企业，吸纳更多的社会资金，把兰花产业的“蛋糕”做大。上市后，不排除引进职业经理人出任公司高管的可能。事业的发展，饶春荣愈加感到兰花产业发展最核心的是技术问题，兰花产业同样需要新品种、新技术的引进和推广。为此，公司目前与科研院所和高校有着紧密的协作，并聘请了中国兰界知名专家刘清涌教授等专家为公司顾问。当然，将来饶春荣能把国兰文化与连城兰花有机结合，出售的兰花带有更多的文化附加值，那么，他的兰花事业将由品牌销售进入到文化销售的新境界。

一个产业的发展壮大离不开政府的主导与推动。为此，我在朋口镇的镇政府还采访了镇长马缜。这位干练的女镇长告诉我，连城县委、县政府高度重视兰花产业，成立了兰花产业发展领导小组，加大对兰花产业的具体协调和组织领导工作。结合“十二五”规划编制，科学制定《连城县花卉产业发展总体规划》，逐步完善兰花产业“两带一中心”发展格局，即以204省道万亩现代农业示范园为主线的发展带，以南部国省道沿线乡镇的南部发展带和朋口花卉物流中心，切实促进兰花产业的可持续发展。县政府专门制定出台了《关于加快兰花产业发展的若干意见》和《关于研究加快推进连城兰花产业的专题会议纪要》，成立连城兰花上市工作领导小组，加快推进总投资2亿元、占地1000亩的“兰花博览园”建设，着手规划朋口“兰花特色一条街”。这是因为要想继续做大做强兰花产业，不能只停留在第一产业上，而是应当跨界经营，走横跨“第一产业”和“第三产业”的新路子。也就是说，要把连城兰花与发展休闲观光农业结合起来，集生产经营、科研和旅游休闲观光为一体。目前已建成生产基地20万平方米，拥有300多个品种的兰花，年产兰花达600万株，年销售额达亿元。力争到2013年，将国兰文化与社会主流文化建设、生态休闲观光、喜庆礼仪、农家乐、美学教育等产业有机结合，开发兰花产业的衍生产品，比如兰花茶、兰花酒、兰花化妆品、兰花保健品等。届时，但凡到冠豸山游览的客人，又多了一个“兰博园”新的观光点，那将是多么清馨的文化之旅啊！

朋口镇即将被授予全国第四家“中国兰花名镇”。2010年11月20日，中国花卉协会兰花分会在朋口镇组织并主持召开了现场考察与论证会，认为全镇现有兰花种植户1800多户，其中上规模、上档次的种植户142户（5亩以上29户种801亩），拥有春兰、蕙兰、建兰、寒兰、墨兰、春剑、鹤顶兰、奇花矮种线艺兰等800多个品种，几年来共获各类奖牌226枚，完全符合“中国兰花名镇”的评选条件，一致同意向中国花卉协会兰花分会推荐。

蕙风和谐，兰香悠远。如今中国人均GDP已达到4000美元，每年还享有115天的国家法定假日，人民群众在物质生活满足之后对文化精神的需求日趋高涨。人们有更多的闲钱、更多的空闲，用在爱兰、育兰、观兰、赏兰等休闲方式上，生活因兰花的熏陶而变得更加美好和谐！兰花产业作为朝阳产业，一定是方兴未艾，前景光明！

至此，我探寻到了答案，连城兰花价值连城是值得期许的！

灵秀山水的温泉之乡

"非福人不能来福地，有龙脉才会有龙泉"。

这是形容福州温泉的一句千古绝唱。温泉是天地造化赐予福州的福泽。福州温泉开发利用已有1700多年历史，至今仍保存着唐代之前的古汤池有"古三座"、"汤院"等7处。"埋藏浅，水温高，水质好"是福州温泉的突出优势。目前，福州地区仅500米以上的浅表层温泉日开采量超过3万吨，其中市中心就有1万吨，这在全国省会城市中是独一无二的。于是，福州就有了"泡在温泉中的城市"的别称。

日前我有机会走进永泰，才知道当福州市2010年12月31日荣膺"中国温泉之都"的称号并大张旗鼓地宣传时，永泰县早在2008年5月10日就被命名为"中国温泉之乡"了。这是福建省首个"中国温泉之乡"，从现已探明的大汤、梧桐、葛岭等12个温泉自露点的情况来看，永泰温泉的总放热量、总开采热量均居福州市各县（市）之首。

其实，福建省内温泉资源都很丰富。从福州、厦门、漳州、泉州，再到三明、莆田、龙岩、宁德，一路上既能寻到这些年新建的星级温泉度假村，还能找到原生态的农家泡浴池。温泉旅游开发工程已列为2011年全省旅游业发展"六大工程"之一，目前已有近20个项目在建，全年将投入14.6亿元。在温泉开发热中，怎样以特色取胜？怎样丰富温泉旅游的内涵？怎样从单纯的泡温泉到领略温泉文化的嬗变？这是我走进永泰温泉思考的问题。

山水温泉永泰特色

依我来看，永泰温泉的最大特色是与山水结合。永泰之名声在于山水，山清水秀乃永泰之骄傲。现有林地面积240多万亩，森林覆盖率72%，是“全国林业建设先进县”；大樟溪贯穿永泰全境达127公里，有24条主要支流，水资源丰富位居全省前列。永泰山水是“藏在深山人未识，撩开面纱惊八闽”。随着这些年的旅游开发，永泰相继获得“福建省最佳旅游目的地”、“福建空中最美家园”、“中国优秀旅游县”、“全国生态示范县”等称号。在如此灵秀山水中，再加上丰沛的地热资源，又毗邻福州50公里之外，永泰作为福州城市“后花园”的发展定位，是恰当的。

在中国人的人文情结里，山水是最为清新自然的，是最为纯净俊秀的，是心灵的皈依之所。古往今来的旅游者，都将观山赏水视作一种休养生息、调节生活、消除疲劳的乐事。为了能充分地享受大自然的美，不少的旅游者不辞辛苦，跋山涉水、寻幽探胜，流连于清溪碧流之间，忘返于奇山异峰之中，徒步于林阴绿地之上……因而沉浸在优美的山水意境里，滋生一种超尘拔俗的情怀、自由翱翔的灵性，尽情地领受大自然赐给人类之美，以陶冶情操、愉悦心情、启迪睿智、升华人生。

温泉是山与水孕育的产物，是山水的菁华。环视福建温泉资源，有温泉未必拥有灵秀山水，有青山绿水却遗憾未有温泉。将山水与温泉相结合，形成了永泰旅游的特色。永泰温泉虽然资源丰富，但较之福州周边县市，开发得较晚。青云山御温泉2008年正式营业，赤壁温泉2011年初投入使用。在建的有樱花泉、汤埕温泉等。由于通往青云山的道路正在改道而全线封闭，使得我们这次采风活动未能造访青云山御温泉。青云山是永泰山的标志，其景区于2003年7月获“国家4A级旅游区”、2004年1月获“国家重点风景名胜区”称号。尽管未能前往，永泰文体局的同志还是热情找来了一些有关青云山御温泉酒店的照片和资料。作为现代休闲度假旅游的一个热点项目，青云山御温泉致力打造的是“中国真山水”的温泉品牌。

在自然风光中沐浴温泉，要有会欣赏山水的眼光；同样，温泉企业能否有个不同凡响的效果，很大程度上取决于能否营造皈依山水的意境。青云山御温泉最具特色的是把温泉和酒店连在一起。据介绍，在设计上中西合璧。其设计是由美国汤普森集团有限公司规划，日本AGC都市和广东建工设计院共同设计；在建筑上依山就势，保持了山的体态，错落有致，浑然一体，充分利用蜿蜒曲折、高低起伏的地形，将建筑和温泉池等有机地结合起来；在生态上追求完美，一眼望去绿树青草、鲜花流泉，若是清风明月的夜晚，灯光在水汽蒸腾氤氲中若隐若现，仿佛是虚无缥缈的人间仙境；在功能上种类齐全，有中药浴、酒浴、沙浴、石板浴、温泉泳池……居然有108个温泉池，可谓种类繁多，应有尽有。青云山御温泉的经营者杨能梁先生是一位美籍华人，他决定投巨资开发永泰的温泉，首先是被这里天然独特的山水、和谐纯美的生态所感怀。在开工建设之初，他要求施工队伍在山边垒柱建房，不允许开山造地盖楼，为此多付出了3倍的工程款，如此用心呵护原有生态环境则让我们感动。虽说是间接的感受，但我们的内心已被撩拨得痒痒的，觉得未能体验山水温泉实乃此次采风的一大遗憾。

为了弥补缺憾，永泰旅游局第二天安排我们前往葛岭乡赤壁村感受山水温泉。乐峰赤壁生态风景区是永泰较早开发的旅游风景区。过去到访过一两次，对景区的老板梁一峰先生也曾谋过一两次面。几年未来，赤壁景区又有了很大的变化，温泉就是新建的项目之一。

赤壁的温泉是从外面引到山谷溪涧的。这里的山，峰峦叠嶂、林相柔美，不仅有叠天缘瀑布，风卷水漫，飘飘洒洒；更有面积达50亩的千年古梯田，层层叠叠，蔚为壮观；这里的涧水，清碧见底，流声潺潺，乐峰牌矿泉水就取自这里天然的山泉水，清冽甘甜。冷不丁，在通往景区的路上，跑出两三只经过人工驯化的野生短尾猕猴，让游人产生意外的惊喜。在这样的环境中建有温泉度假村，让我们迫不及待地脱去衣裤，剥下日常生活中的伪装，仰躺在暖暖的温泉里了无牵挂，这种把身心融入大自然，的确有着与福州城内泡温泉不同的感受。时值上午，空旷宁静，思绪飘远，什么都去想，什么也不想；待到大汗淋漓，起身坐在池旁，清风徐来，荣辱皆忘。“热不困人寒不冷，亦狷亦狂亦神仙。”这是古人描写温泉之神奇的诗句，不到山水温泉体验一把，恐难感受真切。永泰山水温泉的确给人既可幽思，又可狷狂，但都表达了一个共同点，那就是凡处山水胜景间，有所思亦有所得，这才是山水温泉之妙也。我突然觉得，乐峰的经营者梁一峰先生真有经营眼光，之所以花钱费力，铺设了13公里的管道，把葛岭的温泉引到景区内，不就是为了让泡汤者领略景区的好山水吗？之所以从惠安运来形态各异的花岗岩泡池，不就是为了强化消费者的独特感受吗？把山的俊秀和泉的柔情巧妙完美地结合在一起，乐峰赤壁把永泰温泉的特色又推进了一步。

在中国传统养生文化中，把泡温泉当成了疗养身体、释放心灵甚至是皈依灵魂的一种养生途径，备受尊崇。对于温泉的养生功效，自不待言。郦道元的《水经注》就有最早的记载。而在山谷溪涧泡温泉，不仅放松筋骨，排毒养生，而且远处的绿色、身边的流水还能养眼、养心，或悠然自得，或释放襟怀，或反思自我，或激奋向上，所得所想，谁能胜数？在大自然中调养生息，穿过千年的水汽氤氲，在山水中寻得一方天地，达到身、心、魂合一的人生至境，岂不快哉，不亦乐乎！

一个“御”字几分解读

青云山御温泉为什么要加一个“御”字？在中国传统文化中，但凡带“御”字都与帝王有关。难道是为了圆一圆“御温泉里帝王梦”？对于国人这种根深蒂固的帝王思想导致的当下“御”字泛滥的现象，我是很不以为然的！

温泉的确与帝王有关，从相传轩辕黄帝在黄山温泉洗过7日返老还童的故事到康熙帝为小汤山温泉的题诗，不一而足。如果溯源，温泉与帝王渊源最深的，当数陕西的华清池。华清池是国内有文字记载开发利用最早的温泉，恐怕也是人们最耳熟能详的温泉，素有“天下第一温泉”之称。秦始皇、唐太宗、唐玄宗等帝王，都与之结下不解之缘。华清池位于临潼南骊山西北麓，距西安市30公里。古时已是长安附近的旅游胜地。2800年前骊山温泉就被发现，西周时，那里的温泉已被命名为“星辰汤”。幽王在此建有离宫。秦始皇当上中国的第一个皇帝的时候，又在这里重修离宫，引泉入室，借以疗伤，起名“骊山汤”。汉武帝时再度扩建了离宫。唐太宗贞观十八年（645年），在骊山又营建了许多宫阁，如“汤泉宫”等。唐玄宗天宝六年（747年），又在此大兴土木，就山势兴建行宫，改名为“华清宫”，规模更为宏伟、富丽，有二阁、四门、四楼、五汤、十殿。华清池因温泉而造就，温泉因华清池而美名——“回眸一笑百媚生，六宫粉黛无颜色。春寒赐浴华清池，温泉水滑洗凝脂。”这是不是揭开了中国古代四大美女之一的杨贵妃减肥护肤、保持丽质的奥秘？

我曾到访过西安华清池，说实在的，黄土高原上的温泉是不能和永泰山水温泉相提并论的。但我们从白居易的《长恨歌》中可以感觉到当年杨贵妃在泡过温泉之后是何等的娇媚，浑身酥软，慵倦的媚态毕现，“侍儿扶起娇无力”，是因为“始是新承恩泽时”。假如没有华清池的温泉，李隆基是看不到杨贵妃如此传神美态的。当然，白居易也就无法把杨贵妃在华清池泡温泉的情景描绘得如此出神入化……

随着采访的深入，我才知晓，永泰的御温泉其实并非只是一种跟风，其“御”字还是有来由的，传说有二。其一，明朝正德皇帝南巡时就曾游历青云山，盘桓4日，当他游览到尽头时，意犹未尽，想转头重游一遍，大臣们劝说“山转头，人回头”才依依不舍地归去。御温泉酒店就建在当年“转山头”的地方。其二，正德皇帝回京之际，念念不忘青云山的灵秀山水和极品温泉，命数十宫女留下，为他守候这片峡谷灵泉。天仙般的宫女从此散落人间，造就了一方美女的盛产地。对于这样的传说，我姑妄听之；但对于温泉亦被当地群众誉为“长寿汤”，却深信不疑。

单从永泰温泉的品质说，可当得起一个“御”字！因永泰温泉是环太平洋火山活动的产物，属地壳裂隙温泉，具有泉脉广、埋藏浅、水量大、温度高、质量好等特点，主要分布在沿大樟溪的城峰、樟城、梧桐、清凉、嵩口、富泉、长庆、葛岭、赤锡等9个乡镇。对此，我算是有所领教。从嵩口镇采访回来的路上，我们跨桥而过，在梧桐镇一个沿溪的小村庄作短暂逗留。拟投资七八个亿占地760亩的永泰汤埕温泉度假中心项目正在不远处兴建，由于施工，我们不便抵达。只是在溪边，体察汩汩涌出的温泉。当我在泉眼旁蹲下身去时，其热度烫得我不敢伸下手去。当地村民利用天然渗出的温泉，杀鸡宰羊，看着沿溪遗弃的一地畜禽毛，不免让人觉得可惜。此地的温泉水质甚好，至于含有多少种对人体健康有益的矿物质和微量元素，有科学的考证记载，特别专业，我怕记不全，即便赘记文中也枯燥无味，姑且从略。就在这个村庄，我却听说有一位陈氏，从小到老坚持泡温泉，居然活到400多岁。你还不要不信，有《永泰县志》记载为凭：泰定甲子，梧桐汤埕陈俊，常泡温泉，历经五代、宋、元三朝，寿命达444岁（881—1325年），人称“小彭祖”，汤埕温泉从此就被当地群众誉为“长寿汤”。按照现代生命学的观点，人的寿命是不可能活得那么长的；但当地人对于温泉的推崇，我是“宁可信其有，不可信其无”。套用当下流行的“铁道体”——至于你信不信，反正我信了。谁不说咱家乡好呢？

于是，我便对御温泉的“御”字释怀了。“御”字不光见于永泰青云山，据我所知，陕西华山御温泉、太白山御温泉、石家庄国大御温泉、珠海御温泉等都带有“御”字。至于全国温泉企业有多少冠以“御”名，即便业内人士也未必说得清楚。但是，有多少人知道御温泉之“御”，不仅只是与帝王有关，还隐含了东方“御”字中的“尊重”、“敬意”和“自谦”的内涵。当今，温泉不稀罕，御温泉也不稀奇，但诸多的温泉企业想要脱颖而出，必须在服务上下功夫。如果说“御”标志着尊贵独有，代表的是御温泉文化的核心竞争力，这种“御”文化体现在产品上，是一种精致，表露在每一个细节上都力求完美；如果说温泉企业能够在“情”、“和”为中心的服务理念上独树一帜，让消费者都能享受到这种具有中国文化韵味的东方服务，让品牌文化决定品牌的生命力，那么，就不枉御温泉之“御”名，才是全国温泉企业的幸甚；那么，“御温泉里帝王梦”是虚，“御温泉里百姓欢”才是真！

台湾在开发温泉上比我们先行了一步，制定有温泉管理法。在福州市首届温泉节期间举行的海峡两岸温泉文化高峰论坛上，台湾同仁就提出有效保护和妥善利用温泉，不求规模效益，但求精致服务，做到合理化科学开采，以温泉资源的可持续利用支持经济社会的可持续发展的建议。对此，值得大陆那些一味追求“大而全”的温泉企业深思与借鉴。

温泉文化有待破题

追求泡温泉的身心合一，山水环境固然重要，其主导的是温泉文化的继承与普及；温泉企业要想在竞争中胜出，没有温泉文化支撑的精致服务也不可能走得太远。因此，发展温泉旅游产业，最终还有赖于温泉文化。

当下，文化是一个“时髦”的词汇。文化地产、文化旅游、文化设计、时尚文化、文化消费似乎无处不在，当文化被泛化到生活的方方面面，创意与生活密不可分，文化产业的箩筐中已包罗万象时，是否还要再加进一个“温泉文化”?

如果把什么都与“文化”联姻，可能产生牵强附会，但是，温泉文化确实源远流长。中国既是世界上温泉最多的国家之一，又是温泉利用最早的国家之一。在中国历史上，温泉较大规模地利用，起源于秦汉而盛于唐。明清又有了大的发展，温泉文化基本普及到了全国各个区域。如此悠久的历史，为我们留下了丰富的温泉文化——温泉科学、温泉诗文、温泉故事、温泉传说……在有据可查的典籍中，有先秦的《山海经》关于“温泉”最早的记载；北周庾信的《温泉碑文》关于温泉治病作用的论述；宋代唐庚的《汤泉记》关于温泉形成的原因；明代杨慎的《安宁温泉诗序》关于我国温泉的分布；明代李时珍的《本草纲目》关于我国温泉的分类……

2010年年底，《福建省温泉旅游发展规划》出台，将全省的温泉定位为“闽式温泉”，要求所有的在建和拟建项目必须突出福建自然山水文化民俗的特征。“闽式温泉”的推广旨在以特色取胜。怎样走出特色化经营、差异化竞争的新态势？怎样开发利用深厚的温泉文化资源？当今的旅游经济是体验经济，温泉旅游不单是温泉沐浴，还通过营造一种休闲、健康的独特体验，从单纯泡汤到个性化泡汤，从单一主题到功能齐全，从感官体验到互动参与……使旅游者身心融入温泉中，感悟独特的温泉文化，为旅游者带来更多的精神的愉悦和文化的熏陶。作为一种全方位的体验旅游，温泉旅游创新的主要形式将不再是传统的以产品为中心的产品设计，而是将旅游者融入其中，以其消费经验为设计核心的体验设计。体验设计在发达国家已被广泛应用于各种领域，已逐渐成为服务型企业开发创新的重要依据。

从表层上看，永泰温泉企业不管是建筑装饰物还是点缀品，都应更多地注入温泉文化的元素；从深层上看，在创新温泉文化上则应当走一条差异化的竞争之路。赤壁乐峰温泉投资1.2亿元，全部设备由日本进口，堪称省内最大水疗游乐场，其中，冲浪游泳池据说可以鼓起八层波浪，通过个性化的特色产品与青云山御温泉避免了同质化的倾向。但从根本上看，永泰温泉开发在温泉文化上均未有破题。深挖温泉文化内涵、进行文化创新，不能只是作为企业的一种策略或是一句口号，“享受温泉文化”也不应只存在于宣传广告的文字中。温泉旅游企业首先应当向国内外的领先者学习，重视文化创新和旅游体验的设计，组织专业策划、开发人员依托产品和服务等有形资源，针对主要目标客户群，研究设计不同的旅游体验，在文化表演、沐浴文化、产品组合、温泉衍生产品、宣传推广等方面，创造出属于自己的个性化体验。以更多体验选择来吸引消费者的垂青。

通过温泉文化创新，赋予温泉旅游产品、服务更多的内涵和价值，从而提升温泉旅游吸引力。这对于永泰县的温泉企业要求可能有点高，但就永泰县最近提出的建设“山水温泉城”的目标，从“温泉之乡”到“山水温泉城”，变换的不只是概念的由小到大，而是以温泉文化为支撑的跨越式发展。

探访廊桥营造技艺之乡

提起廊桥，从“养在深山人未识”到如今天下谁人不识君的变迁，在很大程度上得益于2009年10月联合国教科文组织宣布的首批来自8个国家的12项《急需保护的非物质文化遗产名录》中赫然有“中国木拱桥传统营造技艺”这一芳名。从此，这个世界级的“非遗”吸引造访者络绎前来，一睹尊容。

廊桥是一种“河上架桥，桥上建廊”的古老而独特的桥梁样式，是我国木结构桥梁的活化石。木拱结构的廊桥起于何时已无据可考，中国最早有关“廊桥”的文字记载是在汉朝，但成书或绘制于北宋时期的文献及艺术作品，才为我们揭示了这一古老的造桥技艺。

在采风团前往闽东的路上，大家的话题还聊到了廊桥。由头是一部取名《爱在廊桥》的电影刚刚荣获第二十八届中国电影金鸡奖最佳导演奖。这是一部以廊桥为背景、取景于寿宁县，我国首部以非物质文化遗产为主题的影片。廊桥这个被誉为“遗落在深山的月亮”，借助现代传媒想必会重新熠熠生辉。

抵达周宁县，听说周宁是我省廊桥营造技艺的发源地之一，因此引发了探访的兴趣。

溯源廊桥的历史

说起廊桥，当代人首先会联想到轰动一时的美国电影《廊桥遗梦》，以及电影中出现的位于麦迪逊县的那座桥。其实，那仅是廊屋桥而非木拱廊桥。桥梁史专家唐寰澄教授著的《中国科学技术史·桥梁卷》，将廊桥定名为贯木拱桥，它的工程价值在于其独特的拱架部位，并称这种木拱桥“是世界桥梁史上绝无仅有的一个品种，在世界桥梁史上唯中国有之”。

现今人们认识木拱桥是北宋名画《清明上河图》中的那座汴水虹桥。北宋时，作为首府的汴州（河南开封）极其繁荣发达。汴水经过开封时穿城而过，一片繁华景象。宋朝周邦彦在《汴都赋》中形容汴州之盛，从文的“闽讴楚语”一词可看出，汴州当年的繁荣吸引全国各地的人们特别是福建人来此游乐、经商等，由此也带回了汴水虹桥的营造技艺，包括拱架特征，同当地的木构桥技术相结合，逐步发展成木拱廊桥。

但在相当长的一段时间里，学界认为这种木拱桥已经失传，因为自明代以后山西、河南、安徽就没有了虹桥桥式再建的记录。20世纪70年代以来，文物工作者率先在浙江的温州、丽水山区发现了类似虹桥结构的木拱廊桥。对于这一发现，著名桥梁专家茅以升在他主持编写的《中国古桥技术史》中详加描述，其欣喜之情跃然纸上：“这无异于在闽浙大地上发掘出了一座中国古代科学技术史的‘侏罗纪公园’，尘封了九百多年的虹桥结构重见天日。”

至此，桥梁专家们才确认北宋盛行的虹桥技术并未失传。闽东、浙南的廊桥与《清明上河图》中的“虹桥”结构相似，技术相同，而且还对“虹桥”有所发展创造，在桥上加盖“桥屋”，如桥似厝。正如唐寰澄先生曾经撰文指出的：“最近发现在浙江西南、福建东北的洞宫山脉及雁荡、括苍、鹫峰等山脉间，仍有不少此类木拱……是演进了虹桥式木拱桥。”闽东、浙南山区是我国木拱廊桥的主要集中地，现存百余座廊桥。“形似彩虹身为木，飞跨两岸变通途”。

北方的虹桥为什么会出现在东南的乡野？南宋时期封建王朝偏安杭州，经济文化重心南移，许多能工巧匠也随宋室南移迁入闽浙山地，对东南沿海的开发与发展做出了巨大的贡献。在南宋之后特别是明清时期闽浙山地上盛行的木拱廊桥或许也与宋室南移带来造桥工匠有关，有学者认为是汴水虹桥的衍变。

唐寰澄论著中进一步论述道：“浙江贯木拱建造的主墨多是福建人，可以认为南宋时福建较之浙江较早地引进改革虹桥。”浙江的木拱桥技术是由福建传入的，这一民间说法在浙江木拱桥的墨书上也得到了佐证：景宁梅崇桥、大地桥、大赤坑桥的梁书记录有福建主墨的姓名。从寿宁县 2003 年初新发现的桥约中，也有福建主墨承接泰顺薛宅桥、景宁水口桥、庆元后山桥的建桥合同。福建廊桥工匠主要在闽东，仅周宁县就有：礼门乡秀坑自然村的张姓家族，梅渡村、洋坪村的何姓和彭姓家族，纯池镇纯池村、禾溪村的徐姓和许姓家族。

据周宁县博物馆馆长郑勇考证礼门乡秀坑村工匠张氏的族谱，得知其始祖是从中原（河南）迁居福建的，历二十八世后，从屏南寿山乡碗窑村迁至秀坑村，至今又历十五世。考证其家谱及师源，得知他的先祖都与南朝政权南移时从中原（河南）迁入福建有关，大量的中原工匠带着先进的生产技术南迁入闽辗转到闽东山区，也将中原先进的木拱桥建造技术带到这方土地。先祖们在劳动中不断发明创造，故闽东的木拱桥形似汴水虹桥，周宁成为“廊桥营造技艺之乡”也缘于此。

触摸廊桥的现场

廊者，有顶的过道也。桥上有廊，称廊桥。把廊与拱完美结合在一起的唯有木拱廊桥。这种桥，有人俗称“厝桥”，周宁人称“虾蛄桥”。

周宁的廊桥始建于明代。现存最早的是禾溪村的三仙桥，建于明成化三年（1467 年）。2008 年，周宁县开展第三次全国文物普查时发现，全县仅存木拱廊桥十座。分别是：后垅桥、登龙桥、竹岭桥、三仙桥、七仙桥、外店桥、院林桥、长峰桥、上坑桥、楼下桥。斗转星移，岁月流逝。又有多少廊桥或毁于水火或圮于人为，留下了桥殇之憾！

时间受限，当地人推荐了有代表性的后垅桥和登龙桥。在驱车前往礼门乡后垅村的途中稍作停留，陪同的县委宣传部长蔡道华让大家见识一下后垅大峡谷。据说这是福建省境内最长的峡谷，全长 25.6 公里，宽处一百多米，窄处几十米，谷间有千米以上山峰二十多座，最高海拔达 1289.5 米，多为深切峡谷，间夹少量宽谷，水丰瀑多，落差达八百多米，远望似长龙卧江，粼粼波光，美不胜收。

站在山顶，俯瞰后垅大峡谷，让人浮想联翩。闽东多桥，缘于这里崇山峻岭和深涧曲流的隔阻。单是周宁境内就有大小山峰661座，海拔千米以上高峰282座，溪流18条，涧水密布。为方便生产生活和内外交往，先民们突破这一道道天然关卡的有效办法就是造桥。他们依据不同地形修建不同形式的桥梁，水急而域窄者，多建石拱桥、石板桥；谷深而溪阔者，多建木廊桥……

后垅廊桥就架设在后垅大峡谷之上，似一条粗壮的臂膀横在溪谷悬崖间。桥的始建年代已无法考证，有记载的是清乾隆年间（1736—1795年）重修，咸丰十一年（1861年）重建。现桥为1964年重建，长34.3米，宽4.7米，廊屋高4米，拱跨30米，离水面19米，东西走向。据说是建在水面最高的廊桥，是否最高无以为凭，但见两端桥台都建在悬崖上，其险峻之程度，工艺之高超，令人叹为观止！

木拱廊桥之妙不在于廊，而在于拱。因为木是直的，如何变直为拱，没见过实物的人是很难想象的。我们不妨用筷子搭出木拱的一种基本结构：一根平放在上，两根斜插于中，两根承重于下，五根即成一拱，多拱并列遂成一完整桥拱。木拱桥不用寸钉片铁，完全用木头榫、桁嵌桁地紧密衔接而成。这看似简单，实则繁复而机巧，是中国传统木构桥梁中技术含量最高的一个品类。木拱廊桥历经风雨而保存至今，是与它的设计和结构分不开的。古代的廊桥工匠，运用严谨的工艺和不凡的智慧进行大胆创新，通过不断地摸索和实践，终于创造出飞桥无柱的木拱廊桥。

陪同的人中，有礼门乡原党委书记、现为县人大常委会副主任刘建忠。他告诉我们，20世纪90年代，因桥两侧遮雨板年久失修，该桥成为危桥。时逢省发改委的同志下派担任后垅村党支部第一书记，用省里支持的资金，一是建了一条公路桥，二是修复了后垅廊桥。

2005年9月动工修复，由后垅村的造桥世家张常云、何祖云等造桥工匠负责施工。为了保持原样，先是按顺序拆下瓦、椽、柱，直至桥底的木拱架，再换上树径更大的三节苗、五节苗后，重新按建桥顺序一一搭起，除对已腐烂非换不可的部分进行更新外，其余均按原状保留。里新外旧，保持原样。修复的不只是一座桥，而是廊桥营造世家的历史记忆、技艺传承。

在后垅廊桥两边桥头都有石制护栏，斑驳侵蚀的石栏已经布满了青苔，岁月的沧桑可见一斑。据介绍，这是古时周宁通往屏南的重要途径，在此建廊桥是多么的必要！蓬勃的野草已掩盖了古道，自从开通了公路，村民进出廊桥也日渐稀落，但廊桥形似彩虹却永远地定格在那里，成为一道乡野独特的风景。廊桥原本就不事张扬，在寂静深山里愈加显得静默清寂。但每一片板，每一根柱，每一道梁，每一个构件都如同山民那样质朴实在。因为它的存在，让山中的岁月缓慢流逝，让山民的步履从容进出。即便山雨欲来、风雨交加，它仍有一种家的安然；当山洪暴发、摧枯拉朽，它依然有山的岿然。

廊桥中间，设有神龛祭祀观音。廊桥首当其冲的功能是用以交通，然而，在社会演变中，也与当地的民俗风情、宗教信仰密切相连，还在一定程度上融合了中国传统“风水”学说。桥屋内大多供奉佛教或道教的神像，如人们熟知的观音菩萨、土地公婆、临水夫人等，是乡民祭祀的重要场所。作为生活的一部分，木拱桥还是当地山民避雨纳凉、迎别歇脚的重要场所，并在桥上交流信息、易货换物，乃至举行祭拜仪式，凸显文化特征。

端详着桥中央的神龛，触摸着已经斑驳的廊屋，心中承载着一种历史的厚重。廊桥就像一部古老的书，当你面对日渐老去的廊桥时，你能从它沧桑的面容上读出许多的内容。你能从桥下湍急的溪河里，读出山民们过河跨溪时的艰辛；从廊桥伸出的屋檐上，读出山乡惯常的风雨凄厉；从悬空的桥跨上，读出造桥人的智慧和心血；从桥边竖立的石碑上，读出此桥的几毁几建，也读出众多捐款人的心境与寄托；从桥栏边迄今还保留着体温的坐板上，读出那穿透所有平常日子的桑麻稻谷家长里短，也读出动荡岁月的兵荒匪患与天灾人祸。廊桥确实承载了太多的东西，一个家族、一个村落、一个地区，直至一个国家。而廊桥它又太简单太普通，只用山上木头就可架设而成，但就是这种简单的架构，却蕴含着丰富的内容，让人永远读不完，让人对祖先创造的文化遗产怀有敬畏、滋生谦卑与感恩。廊桥是代表着一种文化，一种乡土情感，一种民族智慧的载体……

采访廊桥的传人

到后垅村，不光触摸廊桥，还要采访廊桥营造技艺的传人。

据周宁县的调查，礼门乡秀坑自然村的张氏家族，从“新”字辈始，经成、茂、学、明、必到如今“昌”字辈共八代人都在薪火传承、延续不断地造桥，是名副其实的廊桥营造世家。据不完全统计，张氏世家在二百六十多年传承期间新建、迁建木拱桥共达46座，现存15座，其中屏南千乘桥、百祥桥，寿宁仙宫桥、杨梅州桥，古田田地桥等木拱桥列为国家级重点文物保护单位。

在礼门乡后垅村的一条机耕路上，我们见到了秀坑自然村的张姓工匠的传人之一——张昌智。张师傅看上去身板非常壮实，只是不善言辞，显得有点木讷。基本是你问一句他答一句。不知道是不是木拱廊桥出了名，访者太多的缘故，或者生性如此，对于我们的到访，显得很平静，出言谨慎。

张昌智与几位乡亲正在为收购来的毛竹装车，准备拉到县城销售。我们的采访是坐在机耕路的沟渠旁。现年54岁的张师傅，二十多岁跟随叔叔张必珍学建廊桥。2002年8月还应屏南县人邀请，与张昌云、张昌泰堂兄弟三人修复百祥桥。有意思的是，屏南的百祥桥始建于南宋，清光绪二十年（1894年）重建，斯时造桥的老匠师就是他们几个人的曾祖父，廊桥营造世家由此可见一斑。这样的营造世家，如今的第八代“昌”字辈，尚有张昌云、张昌泰、张昌智、张昌居等人存世，居然没有一个人被确立为廊桥技艺的传承人，这不能不说是一件遗憾的事。对于张昌智而言，更遗憾的是如今没有廊桥可造。张师傅闲在家与大儿子同住，大儿子在宁德经营着一家家具店，应当说，衣食无忧，儿孙绕膝。本该享清福的他，却闲不住。这不，正与几位乡亲做起收购毛竹的生意。

在“中国木拱桥传统营造技艺”被联合国教科文组织列入《急需保护的非物质文化遗产名录》后，这项古老技艺才真正开始走进国际视野，成为世界认识中国文化的一张名片。同时，也表明木拱桥传统营造技艺已经走向濒危。其中一个重要原因是技艺传承人数量的锐减，而这可能会导致技艺的失传。

1998年诞生的世界《保护非物质文化遗产公约》，我国是签约国之一。根据联合国教科文组织有关规定，缔约国要承诺制定专门的保护计划，并将可获得专门为此设立的基金资助。当国家经济不断发展、人民生活水平不断提高之时，原生文化却不断走向消亡的边缘，保护原生文化的工作，即保护民族民间文化的工作，也因此变得更加突出。

非物质文化遗产是我们中华民族文化当中最亮丽、最精彩、最生动的一个组成部分。2011年2月25日，全国人大正式通过《中华人民共和国非物质文化遗产法》，这是我国在非物质文化遗产保护方面迈出的重要一步。国家也加大对传承人的扶持力度，规定每年为每个国家级非遗项目代表性传承人提供8000元的补贴，并且通过建立传习所等途径，为他们传承技艺提供平台。2001年开始从口头与非物质文化遗产的申报，到全民非遗保护意识的提高和积极参与，从无法可循到有法可依，这个经历十年的成熟过程，是适应我国经济社会不断发展、文明程度不断提高的结果。在保护的理念和手段方面也在进步，对非遗保护重要方式之一的生产性方式保护也日渐重视。

2009年10月，“木拱桥传统营造技艺”被列入联合国保护非遗名录后，就为木拱廊桥申报世界文化遗产奠定了坚实基础。为此，闽浙两省有关县市决定“抱团”申遗。2007年9月，第二届中国廊桥国际学术研讨会在寿宁举行，会议期间，来自我国木拱廊桥主要分布地的福建屏南、寿宁、周宁、古田、柘荣、福安、福鼎、霞浦和浙江泰顺、庆元、景宁11个县（市），联手共同签署了《木拱廊桥联合申报世界文化遗产协议书》，提议成立闽浙两省共同参与的木拱廊桥“申遗”机构，启动中国木拱廊桥“申遗”工作。

2011年12月1日，首届中国木拱廊桥保护与申遗县（市）联盟联席会议在浙江省庆元县召开。第二天12月2日，位于浙江省庆元县的中国庆元廊桥博物馆落成开放。这是全国首家以木拱廊桥为专题的博物馆，旨在加强全社会对这一中国独有的“桥梁活化石”的保护意识。会上决定采用联合“申遗”的方式，共同制订《木拱廊桥保护规划》，开展申遗地环境整治工作，共同编制廊桥申遗文本，“抱团”向国家申报木拱廊桥世界文化遗产预备名单。

虽然制作木拱廊桥的技艺已经传承了上千年，但由于城市化的加速、木材减少和现有建筑空间不足等原因，目前木拱廊桥营造技艺濒临失传的边缘。据郑勇介绍，除了国家补贴外，浙江省每年还给每个廊桥技艺传承人4000元的补助。闽浙有关县（市）“抱团”申遗固然可敬，但保护传承才是目的；为工匠树碑立传固然需要，但更需要的是为现存工匠发挥技艺提供机会。因此，不仅要把技艺传承人养起来，而且要把他们用起来。非物质文化不仅要活态保护，更要活体传承。据悉，浙江省的泰顺县拟新建15座廊桥。而在国家地质公园、4A级旅游区屏南白水洋也重建了木拱廊桥双龙桥。之所以这样做，不光是凸显地域建筑的特色，也是为当地廊桥工匠提供用武之地。

当张昌智听到郑勇说，周宁县委、县政府准备在首批省级“十大风景名胜区”——九龙漈的底端建造一座廊桥时，他的双眼瞬间放出光来，表现出跃跃欲试的神情。一反木讷的表情，甚至是央求地说：“请推荐给我做!”这时，他的话也多了起来。作为技艺传承人，希望有活干，把廊桥技艺的“木工五法”（“木工以方为矩，圆为规，直以绳，正以悬，衡以水”）向他的后人口传身授。作为文物管理工作者，郑勇也感到兴奋多么希望有机会通过拍照、摄像等方式全程记录廊桥制造的过程！最好是严格按照过去的造桥风俗进行，包括择吉举行开工仪式、上梁仪式和竣工仪式等，这既是对传承人作抢救性的记录，也是具有保存价值的活体传承的记录。

就在完成初稿之际，时逢省政协十届五次会议在榕召开。会上见到了省政协委员、周宁县县长雷维善。就廊桥问题进行了补充采访。他表示，伴随着宁武高速公路2012年6月通车，周宁的区位优势将凸显出来，县委、县政府业已确立了“建设滨海高山生态旅游县”发展定位，廊桥不仅是周宁旅游的一张名片，而且打造“廊桥营造技艺之乡”是周宁对外宣传的一张名片。既要保护现存廊桥，更要把廊桥传统营造技艺传承下去，不论是传统文化，还是传统技艺都需要赓续绵延，这是我们这代人的责任。

食用菌博物馆见思录

古田县是“中国食用菌之都”，闻名遐迩。但在古田县还有全国第一家食用菌博物馆，却鲜为人知。

博物馆是记录人类文明进程、珍藏人类文明成果的重要场所，也是一个国家、城市、地区文明的象征和文化素质的标志。

倡导发展有特色的县域经济，而成熟的标志之一，我想大概会拥有一座专题博物馆。

走进古田采风，让我在食用菌博物馆参观时由兴奋转入沉思……

一

走进食用菌博物馆，首先给我的印象是全，系统全面。在五百多平方米的展厅内，共设 5 个分馆（菌史馆、业绩馆、科学馆、文化观、机械馆），共有橱窗 56 个，收藏有大量珍贵的历史照片、食用菌有关资料、标本，以及翔实的模型和珍贵的实物，以形象直观的方式，全面系统地展示了古田食用菌产业从无到有、从弱到强的发展过程，同时使得我国食用菌技术研究和产业发展有史可循、有据可依。与其说浓缩了古田县食用菌的发展历程让我开了眼界，不如是源远流长、博大精深的食用菌历史文化让我谓然感叹！

古田食用菌始于 20 世纪 60 年代末人工栽培银耳，从一个落后的山区农业县到享誉食用菌之都的嬗变，得益于食用菌栽培技术的三次重大突破：银耳袋栽、香菇室外、竹荪野外的栽培。由此又进一步了解到，古田食用菌栽培历史悠久，早在 1400 年前即隋朝大业年间就有人从事香菇栽培。博物馆不仅以物传言，叙述了勤劳勇敢的古代古田人民认识蕈菌，以及近代古田成为“中国食用菌之都”的过程，展示了从段木到木屑、瓶栽到袋栽、棉籽壳代替木屑、室外卧式荫棚袋栽等重大生产技术的突破，还有与之相配套的生产工具；而且介绍了地球上生物起源、生命变化、生物分类的知识，展示了五颜六色、千姿百态的菌蕈标本。据考证，目前已知的一万多种菌类中，能够被人类食用的菌类有两千多种。中国不仅是食用菌资源和种类丰富的国度，还是最早栽培、利用食用菌的国家之一。

中国（古田）食用菌博物馆开馆之日是2004年12月8日，这一天正值中国（古田）首届食用菌节隆重开幕。应当承认，更多有展览的意味，时间仓促，视野局限，博物馆有点名不副实。到了2007年，为了迎接国际食（药）用菌生物科学高峰论坛即第二届中国（古田）食用菌节的举行，丰富博物馆馆藏被提到议事日程。古田县邀请了武汉大学教授、著名的食用菌文化资深学者陈士瑜教授前来指导，对古田食用菌博物馆的布局进行调整，更多从食用菌文化入手，对博物馆的内容进行充实，使食用菌博物馆更具有历史、教育、科技等价值。单是灵芝一词的演变就有如下考证：瑶姬（即蓟草）——六芝（按颜色分为青芝、赤芝、白芝、黄芝、黑芝、紫芝）——五芝（按质地分为石芝、木芝、肉芝、菌芝、草芝）——灵芝。让参观者领略到博大、精深、璀璨的中国“菌都”文化风采。

我突然有所领悟，不是他们收集得全，而是我知之甚少，这就是博物馆的魅力所在。

二

走进食用菌博物馆，其次给我的印象是静。博物馆需要环境安静，更需要有观众不间断的眷顾。

静还表现为静态展出，手段陈旧，与现代社会的进步有所脱节。该馆是展会的附属品，没有随着展会结束而被拆除，应当感谢“博物馆”这三个字。但是，在建馆将近十年之际，展品不可能不断更新，但展出的方式和手段却要与时俱进。展厅多为高温的射灯，既不环保也不安全；展览多为文图的展板，容易忽略对橱窗内的实物标本的观赏；缺乏现代化的展示手段，没有电子显示设备和视频，整个展览的观赏性比较差；再则，缺少互动参与的环节，也就减弱了对公众尤其是对青少年的吸引力……

值得欣慰的是，博物馆存在的问题早已引起了古田县委、县政府的重视，拟将“食用菌博物馆”迁址重建。闻悉，我访问了博物馆的负责人黄如励先生。

古田县曾“以菌兴县”，早在1993年就成立了食用菌办公室，2007年设立全国唯一的食用菌产业管理局，下设食用菌博物馆和研发中心。黄如励既是博物馆负责人又是研发中心主任。他说，食用菌博物馆随着古田食用菌产业的转型升级再度被提到议事日程。

在采风的第一天，县委书记吴达金就明确表示，古田是食用菌产业第一县，为了推动食用菌产业的转型升级，县里编制了《食用菌产业发展三年规划》，出台了《促进食用菌产业转型升级九条意见》，成立了食用菌产业转型升级指挥部。旨在依靠科技进步寻求出路，创新驱动不断提升古田食用菌综合竞争力。

采风期间，古田县与福建农林大学合作成立的菌业研究院正式挂牌。从此，古田多了一个食用菌教学、科研和推广的平台，也多了一个产业转型升级的助推器。研发中心合并到菌业研究院，黄如励就任研究院副院长。黄如励还带我参观装修一新的研究院实验室，恢宏气派，由此足以表明县委、县政府招贤纳士的诚意。

至于食用菌博物馆，黄如励介绍说，随着古田城关“湖城一体”战略的实施，怎样以“高起点、高水平、高标准”规划建设曾几次上会、反复讨论。

在建立食用菌博物馆上，古田县是捷足先登，拔得头筹；但在十年之后，许多地方纷纷上马。我上网一搜，就有四川通江的银耳博物馆、浙江庆元的香菇博物馆、河北平泉的菌文化博物中心、辽宁鞍山的食用菌博物馆等，大有后来者居上之势。古田若不是痛下决心，脱胎换骨，恐难保全国第一家食用菌博物馆的名号。

三

走进食用菌博物馆时，没有太留意周边的环境，但走出回头一望，再一次坚定了迁址重建的认识。

古田未来的发展定位是“省会后花园”，利用2014年高速、高铁通车后古田将纳入省会一小时经济圈的机遇，依托独一无二的翠屏湖，实施“湖城一体”战略，带动生态养生、休闲度假、文化创意、宗教朝圣、旅游地产等。生态养生不光只有翠屏湖，还有得天独厚的食用菌。食用菌不仅味道鲜美，而且具有很高的营养价值。国内外科学家从营养角度对食用菌给予了很高的评价，认为菇类集中了食品的一切良好特性，其营养价值达到了“植物性食品的顶峰”。科学家为此预言：食用菌将成为21世纪人类健康绿色食物的重要来源。

既然是发展生态养生产业，就应把食用菌博物馆纳入旅游观光的整体布局之中。不是古田县的地标式建筑，也应当是当地最有特色、最为抢眼的建筑。

远的不说，就以省里为例。福建省县域专题博物馆虽不多，但德化县陶瓷博物馆却是全省第一家陶瓷专业馆，给旅游者留下深刻的印象。我曾到访位于唐寨山森林公园内的陶瓷馆。占地面积82亩，大楼建筑面积5700平方米，为框架结构两层仿古建筑，内设六个展厅及学术报告厅，以及陶吧、资料室、库房、监控室等，是德化县展现精湛的陶瓷工艺和悠久的陶瓷历史的一个重要窗口。

尽管县委、县政府尚未最后敲定食用菌博物馆的重建方案，但在我的请求下，黄如励还是粗线条勾勒出未来的图景：在实施“湖城一体”的大格局中，建有一个食用菌文化产业园或是食用菌文化广场，主体建筑包括食用菌总部经济大楼、会展中心、物流中心和食用菌博物馆等，再辅以精深加工区、食用菌展销馆和品尝馆，不仅将食用菌的过去和未来联系起来，把历史与现代元素联系起来，而且把食用菌的生产和经销联系起来、休闲观光与美食体验联系起来。在菌类烹饪方面，古田曾连续五届在国际食用菌烹饪大赛中获过金奖，应让游客充分领略菇乡的食用菌美食文化。黄如励还特别强调开展DIY体验活动，真正融入“吃、喝、玩、乐、购”的旅游元素，在旅游中增长见识、增加乐趣。

时代在变，世界在变，博物馆也在变。故此，前两年的“国际博物馆日”的主题是：“处于变革世界中的博物馆：新挑战、新启示。”黄如励作为一名基层技术干部，能有这样想法，使我受益。

但是，万变不离其宗，博物馆功能还是教育、研究和观赏。在重塑文化自信的当下，需要更多文化自觉方能再度文化自强。在经济社会快速发展的同时，还应当为文化留下点什么。在一个县域范围建一座专题博物馆（非传统意义上博物馆），留下一个记忆的产业文化坐标，让我们的子孙认知先辈的勤劳与智慧，认知生活区域的优势与不足，进而认同我们的民族与文化。

江东古桥与江东鲈鱼

走进龙海，以往我对江东古桥认知甚少，只知道是全国重点文物保护单位。之所以选择这个题目，是因为在以往的采风活动中，承担多为现实题材。怎样在诸多现成的文史资料中写出一点新意，怎样将沉闷的历史题材写出一点兴味？我想尝试。

我决定把江东古桥与江东鲈鱼联系起来写。当今的人们，在过往江东地界之际，不论是尝过还是未尝过，一般都会口口相传江东鲈鱼的美味。即便国道 324 线改道，抑或高速公路开通，这种舌尖上的记忆，总是让人饶有趣味、回味不尽。从这种意义上说，江东鲈鱼的名气并不亚于江东古桥！

到了采访现场，不经意间触及了唐代著名诗人王昌龄两句诗：“忽忆鲈鱼脍，扁舟往江东。”我明明知道王昌龄所指的“江东”，并非我所在的江东，但正是这文字上的偶合，让我徒增了采写的兴趣，也找到了文章的切入点。

关于江东古桥的传说

龙海江东这个地方自古就是“三省通衢”的要道。一条湍急的溪流挡住了来往的行人、商旅。中国最早出现的渡河工具，是船而不是桥。《诗经》故曰：“亲迎于渭，造舟为梁。”江东桥也是如此。南宋绍熙年间（1190—1194 年）郡守赵伯逖以木船连接建造浮桥，首开建造江东桥历史之先河。南宋嘉定七年（1214 年）改建木桥。据志书记载：“为郡之寅方，因名虎渡。”又名“通济桥”。

南宋嘉熙元年（1237 年）木桥被火烧毁。漳州郡守李韶倡议改建石桥，发动里人和寺庙僧人募捐，并带头认捐。共筹资数十万元，历时三年又一个月，建成多孔梁式石桥。宋代陈让在《重修虎渡桥记》中描述江东水："东奔如雷霆，入地深不可测，则立址于重涛悍流之中，似非天匠鬼工，莫能措手。"正是这里渡江、架桥之艰险，才衍生出有关造桥的传说。

传说一："神虎负子渡江"说。因水深波急，抛石均被冲散，迟迟未能奏效。一时间，工匠们无计可施。一天傍晚，有位工匠忽然发现有一只老虎背负小虎泅水而过，泅过一段激流，就停下歇息，再泅再歇，终于将虎子驮过了江。这位工匠猛然醒悟，老虎歇息处，想必江底有石阜，一勘探，果然如此。于是众工匠便沿着虎泅一线选址造墩，在虎歇处投巨石垒筑桥墩．一举成功，因而便命名为"虎渡桥"。

传说二："五祖运神力"说。有一天，安溪清水岩五祖清水祖师正在吃饭，忽然将筷子叉住，大汗淋漓，徒弟惊问何故？五祖答曰："江东桥民工抬石桥梁的箩绳三股断二股，如不及时抵住，后果不堪设想。"片刻之后，五祖微笑曰："石桥梁已经安位落座，吾无忧矣!"原来江东桥修造正处关键时刻，幸亏高僧及时出手发力相助，方才化危为安。

两个传说增添了神秘的色彩：江东桥梁石最重的一块超过200吨，是用什么办法、什么工具将如此重的石梁运至江边，架上桥墩？长期以来是一个谜。以至于林语堂晚年在回忆家乡的文章中这样写道："留给我印象最深的是漳州的'虎渡桥'。"

诚然，江东古桥最珍贵、最具历史研究价值的也是两百多吨重的古梁石。2007年6月2日，九龙江北溪洪灾泛滥，江东桥几度危难。所幸的是那些古梁石没有被冲毁，否则这座国家级文物也就失去了意义!

至于为什么改名江东桥？据龙海市政协文史委的林陈力老先生提供的资料称，1928年开拓漳（州）嵩（屿）公路时，把石梁桥改为简易的钢筋水泥桥，鉴于古桥位于九龙江北溪和西溪交汇处，在北溪的最东面，故更名江东桥。

传说未必可信，但谜案却迄今未解。我国桥梁专家茅以升曾发表的《中国石拱桥》一文中说："我国劳动人民在建筑技术上有很多创造，在起重吊装方面更有意想不到的办法，如福建漳州的江东桥，修建于800年前，有的石梁一块就有两百来吨重，究竟是怎样安装上去的，至今还不完全知道。”英国剑桥大学李约瑟博士亲临考察后，在《中国科学技术史》一书中写道：“在宋代有一个惊人的发展，造了一系列的巨大板梁桥，特别是在福建省。在中国其他地方或国外任何地方都找不到能和它们相比的。”并评价“江东桥是一个有趣的历史性问题”。

这是桥梁建筑中的伟大创举，中外建桥史上的一个奇迹。历史留下的谜案，姑且让它继续存在下去，这或许更能激发今人探访的兴趣。

关于江东鲈鱼的传说

鲈鱼产于长江东面，准确地说盛产在松江，又名松江鲈。松江鲈实际只有两鳃，由于前鳃盖骨后缘游离突起似一鳃孔，故又称“四鳃鲈”。苏轼在《赤壁赋》中有“松江之鲈，巨口细鳞，乃鲈鱼之上品”的美誉。江东鲈鱼嘴阔鳞小，身长体肥，色银白，背有黑点，体征与松江鲈鱼相似。要说江东鲈鱼的特质，产于咸淡水接合部，因此肉嫩而雪白，味鲜而不腥，为他处鲈鱼所不及。

那么，松江鲈鱼怎么跑到了九龙江上？这就又引出了有关鲈鱼的两段传说。

传说一：宋代漳浦忠臣高东溪高中进士，官居江苏省松江道（今上海市松江区）。松江的鲈鱼天下闻名，高东溪每次吃到鲈鱼，便会回想起一首闽南童谣：“渡口无堵，万年艰苦；过渡空担，回家空肚；买鱼无钱，钓鱼无步（办法），一手空空，忧忧愁愁。”真实描写高东溪小时家庭生活非常艰苦，想吃鱼没有办法，只有望江兴叹。如今当了官，吃到这么美味的鱼，便想起自己的母亲。一次回家探母时，便用船舱养了许多鲈鱼回龙海。其母得知，便上船舱看鲈鱼，对高东溪说：“这么远路来的鱼，我真舍不得吃。”想了想，其母又说：“不如把它放回江中，让更多的百姓今后有好鱼吃。”

传说二：古时有当地一书生，得中科举，受命到外地任职，家母双目失明，因不能事母尽孝，甚为牵挂。后到江苏任职，特地买来一条松江鲈鱼，把竹简书信塞入鱼口，托渔船捎回江东，让其母品尝。船至九龙江，船工四下打听，未找到其母，乃将鱼放入江中。后被一渔民捕获，见鱼口竹简，为书生的孝心感动，遂想方设法找到其母。其母见鱼，不忍心吃它，放归九龙溪流，让它繁衍生息，造福子孙后代……

两段传说的都是一个孝字！故有重阳节买鲈鱼孝敬父母一说。

在浩如烟海的古诗词中涉及鲈鱼内容的诗词是鱼类题材中数量最多的，形成了一种特有的“鲈鱼文化”。

关于古桥与鲈鱼的联想

“江南石桥，虎渡第一”是古人的评价。鲈鱼亦有“江南第一鱼”之美誉。两个“第一”有内在关联吗？当地应当怎样将两个“第一”做出品牌呢？

中国是桥的故乡，“闽中桥梁甲天下”。江东古桥是我国古代十大名桥之一；近年又被《世界之最》书籍列为世界最大的石梁桥，足见江东古桥的成就及其历史价值。并与泉州的洛阳桥、晋江的安平桥、福清的龙江桥合称为“福建四大石桥”。如今，四大古桥均列为国家级文物。

然而，当我盘桓在江东古桥上时，一种落寞惆怅的心绪涌上了心头。除了一块标有“全国重点文物保护单位：江东古桥”的牌子外，再也看不到一点有关江东桥的宣传文字；桥的两端矗立两座亭子，旨在阻挡机动车通行，再也没有一点保护的痕迹。听说桥的这头属于傍山镇管辖，桥的那头是角美的辖区，当角美成立台商投资区后划归漳州市单列管理，江东古桥日渐被冷落了！

早在20世纪70年代，江东古桥可是承担着国道的角色。1993年，将324国道改弯取直，在江东桥下游不远处，新建了一座钢筋混凝土公路桥，江东古桥才作为了观赏桥。1995年开建厦漳高速公路漳州境段时，又在其下游新建了一座“长州北溪特大桥”。

鉴于双车道江东大桥成为国道线上的“卡脖子”地段，建设新江东大桥已列入了议事日程。2012年11月2日，按一级公路、双向六车道的标准设计新江东大桥正式动工建造，总投资10.8亿元，将于2015年建成通车。新桥设计理念秉承了江东古桥的古风，桥梁整体造型将与古桥神似，采用筏形基础连续梁桥型。此外，将在桥墩上方设立 9 对华安玉龙形雕像，暗合“九龙江”之意，大桥外观整体古朴、大方。

如今四座大桥在九龙江北溪河段依次排开，遥遥相望，成为江东一大景观，既有桥的过去，又有桥的现在，还有桥的未来，喻示着时代的进步。在加速厦漳泉同城化的今天，桥的概念，不仅是缩短了距离，还拓展了眼界，超越了观念！任何发展与进步都不能割断历史，只有珍惜历史的遗存，才能更好地瞻望未来。这也就是将江东古桥列为全国重点文物保护单位的意义所在。

虽然江东古桥的肇建与江东鲈鱼的传说都始于宋代，但是，当地鲈鱼餐饮的兴盛绝对得益于江东古桥。在国道 324 线江东桥头段，几十间或大或小的“江东鲈鱼餐馆”沿公路两侧开设，即便国道改线后，慕名而来的客人还是络绎不绝，生意异常火热。“为尝鲈鱼脍，驱车往江东。”不失为真实的写照。

我采访了江东古桥边上的“江东鲈鱼馆”，三十多年前从简易大棚下的四五张桌子开始经营，如今已拥有 5000 多平方米的三层餐厅。一条鲈鱼做出了二十多个品种的菜肴，其中“江东清炖鲈鱼”已列为中国菜谱福建版，“鲈鱼粥”入选“中华名小吃”。

不论是“古桥文化”，还是“鲈鱼文化”，都是龙海市不可多得的宝贵资源。再加上与江东桥毗邻的邺山讲堂、瑞竹岩、万松关、石室岩、聚奎岩、仙亭岩、云洞岩等，若是能够将它们整合为一，布列成形，连成一片，打造成一个集考古、休闲、娱乐、旅游、教育于一体的综合性项目，必将成为龙海休闲旅游的新亮点。

客家族谱，在两岸对接中延伸

2007 年盛夏，时在《政协天地》杂志社任职的我，组织过一次“闽系客家祖地行”的专题策划活动，到访过设在上杭县图书馆的客家族谱馆，印象深刻。一个内陆山区县从自身特有的资源出发，以客家族谱为载体，深入挖掘内涵，开展族谱文化研究，吸引了海内外客家人特别是台湾地区客家人前来寻根谒祖，进行族谱对接，增进了两岸人民的文化交流。

时隔六年之后，重访客家族谱馆，见到馆长严雅英。让我诧异的是族谱馆从县图书馆分离了出来，有了新馆并更名为客家族谱博物馆。新馆位于上杭 2011 年 1 月新建成的瓦子街上。

在步入客家族谱博物馆门口之际，四块金色的牌子引起了我的注意。台湾联合大学客家研究学院、华南理工大学客家文化研究所、赣南师范学院客家研究院、龙岩学院客家学研究中心等四所高校分别在此设立了“客家族谱教学研究实践基地”。由此可见，客家族谱馆这些年搜集之全、研究之深、影响之大，这使我想到抵杭的第一天，县委书记邓菊芳在介绍县情的一句评价：“上杭客家族谱博物馆是全国收藏客家族谱最多的公共图书馆之一。”

从“谱牒室”到“族谱馆”的由来

20 世纪 90 年代初期，随着海峡两岸冰封解冻，两岸人员交往交流日渐频繁，已有台湾地区的客家宗亲前往上杭寻根祭祖。

1993 年的一天，一位台湾大学的华教授，因族谱佚失，来到了上杭县图书馆，请求帮助寻根，可当时馆里并没有收藏族谱。为了适应两岸关系的新变化，上杭县有关部门业已开始台情调查。时任图书馆馆长的严雅英毫不犹豫地答应了台湾乡亲的请求。

下乡调查没有交通工具，怎么办呢？严雅英的丈夫时任县法院的副院长，她就搭丈夫下乡时的便车。没想到，搭便车还搭出了便利。在蛟洋镇贵竹村，当地的老百姓见有戴大盖帽的人来要族谱，二话不说，就从家中的牛圈中找了出来。当严雅英见到《闽汀华氏族谱》时，不禁悲喜交加——喜的是功夫不负有心人，族谱的主人在“文革”期间把族谱藏在牛圈里，才使得这套华氏族谱免受湮没；悲的是清代、民国两个版本共计 34 册的华氏家谱竟已发霉长蛆。面对破损严重的族谱，一种抢救、挖掘、保护散失在民间珍贵家族史料的责任感涌上了严雅英的心头。她和村民商量，把族谱带回馆里，即向县财政申请了一万元修复经费。严雅英迄今还清晰地记得，这些族谱送到省图书馆，修复一页是 1.7 元……当严雅英把修复一新的族谱复印件交到台湾大学华教授手里时，华教授感动得老泪纵横：“我总算找到自己真正的根了!”在完成了台湾乡亲托付的同时，严雅英还复印了两套送给了贵竹村的华氏后裔。

这件事在严雅英心中产生了很大的触动：族谱对于印证海峡两岸客家血缘关系、维系两岸同胞亲情还具有如此重要的作用。从此，严雅英开始广征客家族谱，走上了搜集研究族谱之路。

上杭县图书馆从那时起成立了“姓氏谱牒室”。当年的上杭县还是国家级贫困县，图书馆的经费捉襟见肘。再额外增加族谱业务谈何容易？可是，令人难忘的是，当年筹建之初，就得到了台湾乡亲的帮助。台胞周德光先生原想为家乡教育事业尽一点绵薄之力，当听说“姓氏谱牒室”的困难后，就捐献了 10 万元人民币，添置电脑和复印件等设备。

在台湾地区客家乡亲的帮助下，“姓氏谱牒室”发挥它的功能，开始为海内外客家裔孙寻根谒祖及客家研究学者提供服务。台湾郑氏修谱委员会、长汀台湾同乡会长郑健先生找上门来，希望提供郑氏入闽始祖的有关史料，一来二去为台湾郑氏联修族谱接续了祖脉；台湾《环球郭氏族谱》主编郭行健先生来电咨询关于“上杭中都祝三郭氏族谱”源流概况，热情答复为郭氏后裔解疑释惑……客家族谱馆于 1997 年、2000 年先后在龙岩市举办“闽台渊源关系族谱展”、“客家族谱展”，2006 年参加上杭县的“‘寻根与认亲’客家族谱选展”，在此期间还举办了“客家族谱文化学术研讨会”。在族谱展期间，吸引了台湾乡亲的关注。一位八十多岁的郭达元老先生在孙女搀扶下找到郭氏族谱，在找到自己的名字时，激动地说：“看啊，我的名字也在族谱上面！真没想到家乡父老乡亲还惦记着我……”台湾客家姓氏研究会理事长林瑶棋先生说：“我从事姓氏研究二十多年了……开展族谱文化研究旨宏义远、功绩可期。”

第十六届世界客属恳亲大会决定2000年11月在龙岩市举行，这将极大提升闽西在客家人心中和海峡两岸的地位。严雅英感到机会到了，不失时机地向县委、县政府提议，将“姓氏谱牒室”更名为“客家族谱馆”，县里当年5月批复同意。在不给钱、不给人的情况下，严雅英决定将现有图书馆辟出400多平方米，作为“客家族谱馆”，带领员工开始大量搜集闽、粤、赣、台、川、桂等客家地区的族谱文献。对客家族谱的研究和追溯，不仅进一步加深了海峡两岸客家同胞同根同祖的认同感，而且还拓展了上杭县图书馆生存发展的空间，走出了一条以特色藏书体系建设县级图书馆的道路。从2002年起，县里每年拨付两万元作为族谱馆的购谱经费。族谱馆基础设施也在逐步完善，如今电脑、复印机、扫描仪、数码照相机、数码投影机等一应俱全。县图书馆以有为求有位，连续获得文化部颁发的“全国文明图书馆”、“文化设施管理先进单位”、“国家二级图书馆”和福建省文化厅颁发的第二届“福建省十佳图书馆”等荣誉称号。

随着上杭县客家族谱馆影响越来越大，2007年，上杭县委、县政府决定将购谱的经费增至20万元（如今又增至30万元），并于2008年投入2000万元开工兴建占地面积1500多平方米的新馆，将“客家族谱馆”工程列为为民办实事项目之一，2009年年底投入了使用。斯时上杭客家族谱馆累计已收藏闽、粤、赣客家地区客家族谱及相关文书契约、祖图等大量珍贵资料，共有117个姓氏，1600多部，1万余册。

这些年来，族谱馆接待来自台湾等地的客家人士60多批，5000多人先后来到上杭参观、考察客家族谱，开展族谱寻根与学术交流活动。

二度赴台展示族谱引起的反响

上杭县客家族谱馆是因台湾而设，因台湾而兴。论及族谱馆成立至今的影响，莫过于两次赴台湾展示对接。

2009年3月18日至4月27日，应台湾客属社团的邀请，首次海峡两岸客家族谱文物展先后在台北、台中、高雄、苗栗四地举办。上杭客家族谱馆整理出上百件国家二级、三级和一般文物，包括1950年以后的新修谱85姓124种197册，88姓氏展板129幅和60个姓氏多媒体电子读物，还有丁、邓、丘、江、李、陈、何、林、郭、黄、游、蓝、廖等80多个与台湾有直接联系的姓氏族谱一并赴台展出。

2010年5月5日至10日，在台湾为期一周的闽台姓氏族谱展上，117部205册旧族谱，6幅祖图，37部64册现代族谱，涵盖了闽台两地有着共同渊源的众多姓氏。上杭县客家族谱馆再度参与了其中的活动。

客家族谱在台湾地区展出期间，唤起民众追根溯源的热潮。台中市政府官员在致辞中说："台中市106万人口中，有20多万客家人，这次族谱展非常重要，对市民追根溯源非常有意义。"台湾中华海峡两岸客家文经交流协会理事长饶颖奇先生指出："这次族谱展出是对'台独'分子、'去中国化'的人最有力的痛击。"

两岸宗亲一谱牵。一位读大学的萧维中同学陪同他的父亲来参观，在展板上找到迁台祖的姓名后，很高兴地指着展板上的名字对父亲说："阿爸，我们这支在这里!"一位现住台北市的赖锦铢先生是赖氏入闽上杭始祖赖标的后裔，他带来家族史料，要求工作人员帮助他理清先祖从南靖迁广东海丰再迁台湾的世系。他说："有人讲这次族谱展出于统战，我是不信他们的，寻找上祖，寻找根是我们后人的责任。"他用手机拍下了赖姓展板。家住上杭县城东门中华路的76岁老人赖培兼拨通了失散六十余年、现居台中的二哥赖培崐的电话，禁不住泣不成声……为他们牵线圆梦的，正是在台湾巡展的上杭客家族谱展。

了却了魂牵梦萦的心愿。祖籍广东蕉岭三圳镇龙虎村的涂文奎（桃园县客家会总干事）说，昨晚做梦，祖宗叫他今天来参观族谱展。果然在这展出的广东翁源《涂氏族谱》中接续他保存的手抄本族谱中的遗漏部分。桃园县宋氏宗亲会总干事宋海清、宋增雄叔侄，随带着宋氏族谱资料，急匆匆从桃源县专程赶到高雄客家文物馆参观展览，并寻求族谱对接。当他在族谱资料中查阅到其上祖谱系与其台湾宋氏谱系完全吻合，成功对接时，心情非常激动地说："终于找到了，终于对接上了，几十年的心愿终于得以实现了。"

见证了对祖地、祖先的认同。高雄市《汉声日报》执行副社长曾福祥先生在全面观看曾氏展板、电子读物和族谱资料后说："自打我开始记事的时候，就听父辈们讲，我们家上祖是从福建上杭迁徙来台湾的。今天，老家上杭来人在高雄举办族谱展览，可喜可贺。我一定动员全家人和更多的高雄客家人前来观看展览，让他们更清楚地了解我们的上祖是谁，是从什么时候，什么地方搬迁来台的。"桃园县桃园市丰田大郡幼稚园的 120 余名小朋友在谢月玲园长和老师们的带领下，也来参观展览。在祖图展室，谢园长声情并茂地向小朋友们说："我们的祖宗来自中国内地，这些都是我们在大陆祖先的阿公阿婆，没有祖宗就没有我们，我们要尊祖敬宗，不要忘记根本。"作为长者对小朋友进行慎终追远、勿忘祖先的教育，其场景令人动容。

增加了两岸乡亲的互动和互信。曾两度回大陆寻根问祖并到上杭客家族谱馆查阅族谱资料的陈运昌，带着堂兄陈运栋所托著作《客家人》《台湾的客家人》以及林为恭家族发展史、林为恭家族家谱等部分绝版书籍，委托族谱展览组工作人员带回上杭，赠予客家族谱馆。在闽台宗亲交流和姓氏族谱展上，福建省 9 个设区市的宗亲联谊会代表向台湾宗亲赠送了 17 姓的 21 部族谱。

从"博物馆"到客家缘文化中心的跃升

采访期间，让我深切感到，客家族谱已成为上杭县的又一张闪光的名片。从姓氏谱牒室到客家族谱馆、从客家族谱博物馆再到客家缘文化中心，客家族谱在海峡两岸交流对接中不断扩大延伸。

变化的不仅是名称，还有内涵；变化的不仅是数量，还有视野。

2011 年 10 月客家族谱馆更名为客家族谱博物馆。何谓博物馆？“博物馆（记忆＋创造力）＝社会变革”，这是 2013 年“国际博物馆日”的主题，2013 年还是上杭县创建客家族谱室开始搜集、研究族谱工作的 20 周年。20 年，从无到有，积少成多，如今馆藏的已不局限在族谱，还有契约、祖先图、地方志、神明崇拜图等。

准确地说，馆藏有 149 个姓氏 2900 多部 2 万多册客家族谱、2 万多份民国以前客家契约、近百幅客家祖图和客家神明崇拜图、1000 多件客家地方文献资料（含客家文书、药书、医书、账本、道教手抄本、清刻本地方著作等）、客家民俗器物及客家方志等，其中，馆藏民国以前客家族谱 5000 多册，涵盖了闽台客家百家姓、开基始祖族谱和完整的少数民族雷、蓝、钟等姓族谱，已基本建成以客家族谱为中心，涉及客家宗族文献、民俗器物文物为一体的藏品体系。

博物馆留存的不光是历史记忆，还有人的创造力。

上杭县客家族谱博物馆多年来从客家风物、姓氏源流、客家民系的形成和发展、人口播迁、客家精神、客家习俗、客家信仰等方面开展研究。精心挑选出 60 位与台湾客家渊源关系清晰、血缘关系密切的姓氏，悉心采编这些姓氏的上祖世系、族谱族规、宗祠祖墓、名人逸事、裔孙派衍等方面的图文，为的是台湾客家宗亲到闽西时有谱可考，进而有根可寻，有祠可拜，有墓可祭，以此促进海峡两岸客家的亲情和交流，为两岸同胞的认同融合做贡献。

台湾现有客家人 450 万，大都从闽西直接或辗转迁去，闽西是客家民系形成的地方，是客家人的祖居地。这些年已有台湾李、丘、张、江、吴、黄、游、饶、钟、熊、罗、魏、练等十几个客家姓氏宗亲七八千余人次回闽西寻根谒祖。

在上杭期间，我还参观了正在建设中的客家缘文化中心。那天天气炎热，但建设工地车水马龙，更加火热。

客家缘文化中心位于上杭县城市中轴线——上杭大道南端，背靠石壁寨，面朝汀江，总规划用地面积为 46.39 万平方米，总建筑面积约 18.67 万平方米，总投资 15.38 亿元，建设期为 2011 年至 2015 年。项目主要由客家族谱博物馆、文化中心（含演艺中心、影视城、科技馆、文化馆、青少年活动中心）、图书馆、展览馆、档案馆、客家缘酒店及广场等建筑群体组成。

毫无疑问，客家缘文化中心是上杭县的文化新地标，而客家族谱博物馆则是客家缘文化中心整体片区的领军项目。拟投入 1.6 亿元，建设占地面积 3 万平方米，主体建筑面积 2.7 万平方米，集收藏、展示、研究、交流和服务等功能为一体，目前主体工程已经封顶，2014 年 8 月前建成。投入使用后将成为全球客家人家族史料收藏中心，客家民系迁徙、形成和发展展示中心，客家学研究交流中心，客家人祖源对接中心，成为客家人守护、传承、运用祖先珍贵文化遗产的基地。我注意到在其中心前多了两个字“全球”！如今，国际上许多城市都在打“客家牌”，但族谱则是上杭客家缘文化中心的“核心竞争力”。

“一个人一生能够做成一件事，足以欣慰！”这些年，严雅英出版了《闽台客家血缘关系》《客家族谱研究》等著作。其中《闽台客家血缘关系》作为龙岩市赴台参加 2006 年 10 月底在台北召开的第二十一届世界客属恳亲大会馈赠台湾客家乡亲的特别礼物。

当我问严雅英客家族谱博物馆新馆一旦竣工，有什么新的打算？如果说她当年搜集、研究族谱未曾有梦，那么，在当下人人热议“中国梦”的时候，她的未来梦想是什么呢？

严雅英未加思索地回答道，朝着全球客家人家族史料收藏中心这个目标迈进，不仅反映客家人的家族历史，而且传承客家人的优秀文化，促进更多的人对中华民族的根、祖、脉的认同。同时，积极着手将客家族谱申报世界记忆名录。

族谱是记录一个家族的发展和历史、以特殊形式编撰而成的，与正史、地方志构成中华民族历史大厦的三大支柱之一，具有独特的、其他史籍不可替代的文献价值。世界记忆名录关注的是文献记录，一旦入选将不仅是世界客家人的集体记忆，还是全世界各族人民的共同记忆。客家族谱关乎客家人的认祖归宗，关乎海峡两岸的交流对接，还关系到民族团结和中华民族的伟大复兴。

让我们预祝客家族谱申报成功！

凝望客家母亲的雕像

走进“客家首府”长汀县，伫立在一尊高达20.35米的花岗岩雕像前，将客家母亲深情地凝望。她头戴凉笠，手握船桨，赤着双脚，宽绰的裤裾迎风飘起，给人前行的动感；她身体健硕，仪态端庄，神情安详，客家服饰的元素透着客家女的勤劳与善良；她背负着孩子，一只手臂弯曲将一朵小花摆弄在孩子的眼前，侧过头去含情地打量，母性之光、慈祥之光在这一瞬间定格绽放……她让每个路过的人或停下脚步，或抬头仰望，在注目中浮想联翩，在盘桓中心潮荡漾！

一

凝望客家母亲的雕像，将我的思绪拉回了十几年前。1999年11月下旬，为了迎接第十六届世界客属恳亲大会在龙岩市举行，我有机会参加福建省政协闽西客家文化视察团，平生第一次走进长汀。视察结束后，我写了一篇随访记在《中国政协》杂志上发表。我在文章里写道：“当我伫立于汀江岸边的客家母亲园，端详着由姚美良先生发起倡议捐资雕塑的‘客家母亲’像，她显得那么端正、秀丽。一条源于龙门洞的汀江呵，千百年来，曾是客家人赖以生存、发展的血脉，它曾是闽、粤、赣边界的主要航道，也是沟通汀州客家文化与潮汕海洋文化的重要渠道。”

14年后，当我再次走进长汀，凝望客家母亲的雕像时，我发现客家母亲长高了、长壮了，得到了更多人的依恋和爱戴。

长汀从1995年起每年都举行一次公祭客家母亲河大典，这次我采访了长汀县第十五届人大常委会主任、汀州客家联谊会会长、汀州客家研究中心主任李文生先生，不仅让我对公祭客家母亲河的来龙去脉了解了更多的细节和故事，而且使我对客家母亲的雕像也有了更深的解读与感悟。

李文生先生如数家珍自豪地说，截至2012年，长汀共举办公祭客家母亲河18次，共吸引全世界38个国家和地区的31.5万人前来参与。“百川归海，不背其源”。如果说汀江作为“天下客家第一江”已成共识，那么，公祭客家母亲河的活动影响如此之大，最应当铭记的是已故的姚美良先生。

1995年5月，海外游子姚美良作为顾问带领150多人的寻根谒祖团来到长汀。不来则已，一来就难以割舍。姚先生掩饰不住动情地说，我一直在寻找客家先祖的足迹，到过世界许多地方。长汀之行，姚美良日后有感而发写了一篇散文《梦里寻她千百度》，称长汀就是他多年来寻访的梦中之地。

客家人重视“崇先报本，启裕后昆”，这与客家人历史上“处处无家处处家”的生存状况不无关系。客家先祖们衣冠南渡，筚路蓝缕，经过千余年的播迁繁衍，用勤劳与智慧创造了灿烂的客家文明。姚美良是广东大埔人。在海外出生，为了从小汲取民族传统文化教育，父亲把幼年的他送回了故乡。爱国爱乡的情怀从小就在心中植入，长年在外漂泊使寻根谒祖的意识日渐强烈。遗憾的是，时隔多年之后，我没有找到姚美良的那篇散文，不了解他的情之所系，他为什么就认定长汀是客家人的祖地、梦中家园？

是因为汀江吗？是，又不尽然。但凡文明发源地大多与水有关。汀江，发源于长汀与宁化两县交界处的上坪山，汇众山之水于一溪，“天下水皆东，唯汀水独南”。按八卦所示，南方属丁，故名“丁水”，后丁水合“汀”字，故名“汀江”。汀江之所以被喻为客家人的母亲河，是因为汀江孕育了客家人，繁衍了客家民系，饮水思源，长汀至今还保留了独具魅力富有客家文化特色的客家民俗、客家服饰、客家建筑、客家饮食、客家宗教和浓郁的客家风土人情。

是因为古城吗？是，又不尽然。长汀是著名的唐宋古城。悠久的历史给长汀这块神奇的土地留下了许多珍贵的文物古迹，积聚了深厚的文化底蕴。巍峨耸立的唐代城楼三元阁，唐代大历四年（769年）修建的汀州古城墙，宋明时期大规模扩建至4119米，城墙像一串璀璨的宝珠，从卧龙山顶分东西蜿蜒而下，合抱于汀江之滨，素有“观音挂珠”之称，把长汀城点缀得独具一格，分外美丽，现保存下来的古城墙将古城门及其古城楼——朝天门、五通门、惠吉门、宝珠门联结在一起。古城墙已成为国家历史文化名城的标志性建筑。还有风格独特的城隍庙、云骧阁、南禅寺、刘氏家庙、李氏家庙等众多古迹见证了这座历史文化名城厚重的文化内涵。是客家铸就了历史文化名城之魂，是客家孕育了汀州文明。

是因为风情吗？是，又不尽然。中国有两个最美丽的山城，一个是湖南凤凰，一个是福建长汀。路易·艾黎当年的一句评价如今已是闻名遐迩。长汀民风淳朴、山清水秀，融人文景观与自然景观于一体。“一川远汇三溪水，千嶂深围四面城”，城内卧龙山，一峰突起，不与群峰相连。构成了挂壁城池、城内有山、山中有城的独特格局。山城枕山临溪，犹如一颗璀璨的明珠，镶嵌在汀江之畔。要我言及最感念的还是汀州河畔，绿树倒影，古墙流水，客家姐妹提桶挎篮三五成群聚在河边，挽腿卷袖挥舞着不知从哪个年代传承下来的洗衣棒，有节奏地拍打着要洗的衣物，那才是汀州最有情调的地方。

也许是综合因素触动了姚美良的内心吧，他决定在长汀这块圣地上祭祖，举行世界客属公祭客家母亲河大典。之所以会萌生这样的动议，是因为在来长汀之前，当年的 4 月 5 日清明节，姚美良先生应邀参加了黄帝陵祭祀大典，心灵受到了圣洁的洗礼、强烈的震撼！他希望通过祭祖活动把世界上的客家人团结起来，把长汀与世界连接起来！

公祭客家母亲河，要有载体。母亲河让人想到了女性的形象，想到了黄河岸边那尊硕大的黄河母亲的塑像。汀江即为天下客家第一江，应当也必须塑造一尊客家母亲的塑像。

时任县委宣传部部长的李文生想到了长汀籍画家谢成水。他们是中学同学，谢成水 20 世纪 70 年代毕业于福建师范大学美术系，1984 年应敦煌研究院之聘到莫高窟研究敦煌艺术，现任南京师范大学敦煌研究中心副主任、艺术研究中心主任兼教授。谢成水接受任务后，专心致志构思了三幅设计画稿：或坐或立或行，但主体都是客家平民。李文生将设计画稿传给了在国外的姚美良先生。家乡和海外各位同仁所见略同，一致选择了这幅行进中的劳动母亲的形象。她似乎正要登船远航，又似乎是在江边等待丈夫的归来。寓意深刻，富含韵味，给人以无限想象空间。更重要的是她把客家人的精神内涵展示无遗。

雕塑创作延请厦门大学艺术系著名雕塑家李维祀教授担纲。怎样将平面设计转化为立体雕塑，李教授来到了长汀寻求灵感。为了给李教授一个直观的视觉，谢成水从老家南山镇谢屋村的邻家妇女中挑选了一位，让她背着孩子当回模特。

姚美良先生捐资15万元，长汀县政府投资80万元，在长汀县城南五通桥边，在三面环水的半片街头，修建一座客家母亲园。整座园占地1500平方米，因势造型改造成一艘木船的形状，象征客家人从闽西客家祖地出发，乘船南下广东再漂洋过海到南洋及世界各地艰苦创业的历史。而矗立船头的正是这尊高达5米（含基座）端庄、质朴和娟秀的客家母亲的雕像。

二

凝望客家母亲的雕像，回访客家母亲园的旧址。十几年的风吹雨蚀，塑像的风采远不如我早年见识的模样。在塑像基座的背面几位主创人员的名字和姚美良亲笔题写的“客家母亲”四个字仍依稀可辨，只是念及姚美良先生和李维祀教授均已仙逝，物是人非不由得让人黯然神伤！接着环顾周边环境，也被夜市的大排档不断侵占，遗弃的夜市垃圾随处堆放，更让人心里很不是滋味。

随着公祭客家母亲河大典的影响越来越大，海外来宾越来越多，扩大空间、提升档次，已摆上了当地党委、政府的议事日程。李文生告诉我，福建省人大常委会副主任、时任龙岩市委书记张健率先提议，重新规划建设公祭广场。世界客家母亲缘广场项目一经确立，长汀选择了一块风水宝地——梅林作为建址。当地的居民热情配合，涉及152户的征地拆迁工作，毫无怨言，纷纷外迁。世界客家母亲缘广场背靠蓊郁的南屏山，密植的香樟树东接梅林大道，西邻汀江，公祭广场、汀州客家博物馆、客家大剧院依次排开，巍然壮观。

世界客家母亲缘广场，占地150亩，总投资3.5亿元。为了迎接2010

年9月9日在长汀举办的2010年海峡客家旅游欢乐节暨第十六次世界客属公祭客家母亲河大典，客家母亲缘公祭广场、客家母亲雕像于当年8月5日吉时落成。客家母亲缘广场的建设，将极大地提升长汀作为世界客家首府的地位，成为海内外客家乡亲旅游观光和客家文化寻根的重要场所。

公祭活动结束后，年逾七十岁高龄的姚美良哥哥姚森良老先生把儿子姚国泰，侄儿姚国华、姚国润叫到了跟前，动情地嘱咐道：总有一天，我老了，走不动了，你们要把公祭客家母亲河的活动接着办下去，把客家文化的旗帜扛下去！

我没有机会亲身感受公祭客家母亲河的盛况，但通过介绍，不难想象第十六届祭祀大典庄严肃穆的情景：击鼓鸣钟升祭旗，主祭人就位更衣、沐圣水，向客家母亲雕像敬献花篮，点燃公祭圣火，上香，全体人员向母亲雕像行三鞠躬礼，诵读祭文。除了学习借鉴了黄帝陵公祭活动的经验外，还强化客家文化元素，增加了舞蹈《客家母亲河颂》、千名少儿朗诵《汀江客家母亲赋》、大型乐舞敬拜《源远流长》、点燃公祭圣火等，丰富了活动内容……

圈点第十六届祭祀大典的最大亮点之一，是千名少儿配乐朗诵《汀江客家母亲赋》。“汀江母亲、客家亲娘……汀江母亲、客家亲娘……”一咏三叹，抑扬顿挫，韵味绵长。这是长汀客家人、福建师范大学原党委书记邱炳皓先生应邀创作完成的，邱老曾感慨：“七十老翁强作赋，真有点吃力，不过我还是尽力了。”“全出于奉献，别无他求。”2010年7月，暑热难挡。邱老把自己关在书房里，查阅大量客家资料，精心构思，反复沉吟。历经二十多个日日夜夜，四易其稿，终于完成了1800多字的《汀江客家母亲赋》。

当李文生拿到《汀江客家母亲赋》时，咏读再三，热血沸腾，拍案叫绝。再看到邱老为了创作此赋，足不出户，全力以赴，两手臂和脖子上都被捂出的痱子，神情憔悴，李文生感动地说：“邱老，非常感谢您，我们要开点稿费给您。”不料，邱老闻后非常生气地嚷道：“要给我稿费，我就烧了它！”

拳拳赤心，天地可鉴！

三

凝望客家母亲的雕像，再度回到客家母亲缘广场。公祭广场变大了，母亲塑像变高了，变化的不只是外观，还有内涵。一般人也许不会留意，当年是“母亲园”，如今已更名为“母亲缘”，一字之改，别开洞天。“母亲园”充其量只是一块园地，“母亲缘”则是内在境界的提升。有缘千里来相会。血缘、地缘、文缘……亲情、乡情、友情……祖地、原乡、精神家园……千丝万缕，一个缘字悉数概括！李文生告诉我，这个“缘”是由原中共福建省委副书记、省客联会会长林开钦提议改的。

让我感慨的是，一年一度的公祭客家母亲河业已成为文化品牌。品牌塑造的背后又有多少默默无闻的奉献、可歌可泣的故事呀。但最让人动容的是坚持和守望，十几年只做一件事，不断打造、不断完善、不断进取，这种锲而不舍的坚守，是出于文化自信和文化自觉，更是来自一种信仰的力量！

当问及客家文化未来发展的方向时，李文生思路清晰地答道：一是重塑汀州客家博物馆，二是继续打响“海峡客家”品牌，三是将公祭活动申报国家级非物质文化遗产。

早在1993年，为迎接汀州千年庆典活动，在长汀县博物馆内特意布置陈列了客家专题展览，成立汀州客家博物馆。整个展览馆占地700平方米，共分为4个展室5个部分。展馆全面展示了汀州客家从唐开元二十四年（736年）置汀州以来，客家民系在汀州成熟发展的历史，展现了客家先民在汀州这块广袤的沃土上生息繁衍，并遍及世界各地，使汀州成为中国客家大本营和客家首府的历史过程。是一部记载汀州跨越千年发展的悲壮史诗，是一部反映客家人艰苦创业的交响乐章。也正是这个展览，铸就了无可争辩的长汀历史文化名城的历史地位，也为日后连续十八届公祭客家母亲河奠定了坚实的基础。

18年的公祭客家母亲河活动，不仅只是创立了一个传承、弘扬客家文化的载体，而且通过这个平台，再一次验证了没有客家就没有长汀历史文化名城，就没有汀江文明。因此，在新建设的汀州客家博物馆，将以客家孕育、形成、播迁、发展各个方面，更多地吸纳这些年研究成果，在原汀州府范围内阐述客家源与流，全方位诠释汀州文明、汀江文明，展现历史文化名城的厚重人文和深远影响。汀州客家博物馆项目得到上级部门高度重视，列为福建省重点工程项目之一。目前光是陈列小样就做了 3 稿，长度达到 106 米，展线将有 1100 米。设计效果和陈列方案得到了福建省客联会专家学者的充分肯定。预计在第二十次公祭客家母亲河大典之际开馆展出。

随着海峡两岸关系的变化，近年来从长汀进而到龙岩，一直都在打造“海峡客家”品牌，通过这一平台整合客家文化资源，扩大两岸客家文化交流合作。这些年已有台湾李、丘、张、江、吴、黄、游、饶、钟、熊、罗、魏、练等十几个客家姓氏宗亲七八千人次回闽西寻根谒祖、追根溯源。中国国民党荣誉主席吴伯雄、台湾“中华海峡两岸客家文经交流协会”理事长饶颖奇、台湾世界客属总会理事长邱镜淳等台湾政要都相继率团回乡省亲谒祖，亲身感受祖地乡亲的浓浓亲情。

令人欣喜的是，2010 年 5 月 5 日，海峡两岸共同举办第十六届世界客属公祭客家母亲河大典签字仪式在台湾圆山饭店举行。客家文化促进了海峡两岸交流与融合，加深了台湾现有 450 万客家人同根同源同文的共识。

如今，公祭客家母亲河大典已列为国台办重点规划对台交流项目。深入挖掘客家文化在两岸交流中的巨大潜力，进一步促进海峡两岸客家的深度交流交往。目前福建省有关部门积极争取将闽西客家祖地申报为国家级海峡两岸交流基地。

为了在更高起点上，推进公祭客家母亲河活动常态化、制度化，长汀县委、县政府还拟将祭祀活动申报国家级非物质文化遗产，从制度建设上发力，将文化传承下去。

一个民族的觉醒，首先是文化上的觉醒。保护文化遗产，就是留住历史记忆，呵护人类未来。一位大师曾说过，“了解过去的 1000 年，是为了更好地建设今后的 500 年。”

徜徉在客家母亲缘广场，场内水景、花坛遍布，景致怡人。这是一个敞开式的花园广场，已成为当地百姓休闲、娱乐和接受客家文化熏陶的重要场地。在客家母亲圣洁之光的庇护下，人们尽情享受着和谐、宁静和幸福的生活。广场的滨江配套了6米宽的堤顶路、木栈道、亲水平台，为人们亲近、感悟客家母亲河汀江提供了便利；已经封顶的客家大剧院，将成为弘扬、创新客家文化的又一重要载体；广场四周后续将建有文化长廊，拟塑18位客家历史名人雕像；在景观亭内，《汀江客家母亲赋》也镌刻其上，这一力作将在客家人中世代相传。至此，我的耳畔仿佛传来稚嫩的童声："汀江母亲，客家亲娘。手掬汀江水，脚踩袍衣地。喊一声母亲，唤一声亲娘！养育之恩，如日昭昭。春晖乳汁，永世不忘。馥郁长留，天地共长。殊勋伟业，百世流芳。"

在飘荡的忽远忽近、时响时轻的天籁声中，我再一次将客家母亲的雕像深情地凝望……

春舞枝：舞出春天的美丽

2013 年 5 月 17 日，在省政府第六会议室内，气氛热烈。省长苏树林分别与基层农业企业负责人和农业科研管理人员代表面对面座谈，听取大家对进一步发展现代农业的意见和建议。在与会的代表中，有蔬菜、茶叶、花卉、养殖等农企负责人。福建春舞枝花卉有限公司董事长肖裕长是作为花卉企业的代表。

让肖裕长感触尤深的是，2013 年 5 月 8 日上午，省委书记尤权率领有关部门领导一行来到清流县，调研设在嵩溪镇的春舞枝花卉有限公司。尤权书记对公司花卉电子商务平台经营模式，表示赞赏："这种花卉运营模式，上游有产品，下游有客户，特别是对于带动当地农民致富是一个很好的模式。"希望更好地发挥电子交易平台作用，完善电子商务化的送花流程，扩大鲜切花的种植面积，促进清流花卉产业不断发展壮大，进一步带动农民增收致富。

2012 年 7 月 19 日下午，省长苏树林带领省直有关部门负责人考察了春舞枝花卉有限公司。在山区小县，一家花卉企业居然用超前的发展理念和全新的鲜花速递电子商务运作模式，其成长性和发展态势都留给考察组一行深刻的印象。

更让肖裕长欣慰的是，就在省政府座谈会两个月之后，中共福建省委九届九次全会在福州召开。会后，出台了中共福建省委、福建省人民政府《关于进一步支持省级扶贫开发工作重点县加快发展的若干意见》《关于加快推进现代农业发展的若干意见》。他愈加感到：两年前他选择回家乡福建投资，这步棋走对了！

引进龙头，带动发展之招

2011 年底，准确地说，2012 年初，究竟是哪一天，肖裕长已记不清了。但他却清晰地记得，第二天就要过年了。是夜，清流县委书记梁奕章从清流赶到福州约见肖裕长。抵达榕城时已是夜里 10 点 30 分，他们在一家茶馆见了面。肖裕长说最初只是出于礼貌，答应见面。但见面交谈后，却被梁书记的事业心和诚意所感动，更被他的人格魅力所折服。

梁奕章先介绍了清流县花卉产业的状况，鲜切花种植面积将近 8000 亩，兰花 500 亩，苗木也发展到 4.2 万亩，成为福建最大的鲜切花种植基地。基地建起来，但却缺乏强有力的市场拉动和物流体系作支撑，对地方经济的长远发展形成了制约。应当坦承，清流花卉产业遇到了瓶颈。2011 年底，时任省委书记孙春兰到清流考察时，希望清流发展花卉电子商务平台，进一步提升花卉物流配送水平，促进花卉这一富农产业健康发展。要打破瓶颈，必须引进一家龙头企业，他真诚地希望春舞枝能到清流去发展。如果能在福建最大的鲜切花种植基地，辅以鲜花电子销售平台，改变不仅是清流县花卉产业发展状况，而且将是福建花卉产销的历史。

春舞枝花卉有限公司是以花卉种植、花卉旅游、花卉深加工、全球配送、电子商务、花店联盟等为一体的新型综合企业。现有属下 10 家企业：国内 7 家、国（境）外 3 家，花卉基地面积 1 万多亩，是花卉行业的龙头。早在 2008 年，作为云南春舞枝花卉有限公司董事长的肖裕长就考察了清流县花卉情况。出于交通等综合因素的考虑，没有进一步合作。

那一夜，前后坐了一小时，相谈甚欢。肖裕长发现，梁奕章有关发展花卉产业的一些理念，不时让他怦然心动。多年在商场打拼，也可说是阅人无数，作为地方主官，能够放低身段，寒夜来访，更重要的是，梁书记一番话将他的内心撩拨得炽热，并在发展花卉产业上取得了许多的共识。梁奕章最后说："您只要上清流来，要什么条件您都可以提。"肖裕长也干脆地回应："您只要真想发展花卉产业，我什么条件都不需要。"两个男人在豪爽、坦诚的笑声中，彼此伸出手来有力地一握，结束了那夜的谈话，却开启了一个县域经济的未来。

春节过后，肖裕长就挥师南下。云南春舞枝在清流成立福建春舞枝这家全资子公司，并把办公地点定在嵩溪镇鲜切花基地。清流县委、县政府专门抽调骨干队伍，在短时间内帮助春舞枝企业做好线路改造、硬件设施安装配备等前期各项工作。2 月 3 日，春舞枝“12580”等鲜花电子商务平台入驻清流正式运行，随后，又建立了全球鲜花速递网服务平台，清流花卉迎来了新的销售模式和市场。从此，每天都有成千上万条鲜花销售信息和订单从全国各地汇聚到清流县来。

当地一位种花大户阳松平很有见地地认为，春舞枝公司入驻清流，并不是直接帮助当地卖了多少花，关键是直接提升了清流花卉的知名度，一个名不见经传山区小县，让全国许多花卉经销商慕名来买清流的花。

对于清流花卉的知名度，可能更多的还在业界；而 2013 年中一则看似与花无关的新闻，则让更多的普通人津津乐道。

2013 年 7 月 29 日，淘宝根据 2012 年一整年的淘宝网及天猫的成交数据，发布了《县域网购发展报告》。报告显示，在 2006 个县域地区中，从年人均花费来看，福建清流县最高，2012 年淘宝用户人均花费达到 2 万元。

哇，怎么是清流？为什么是清流？人们以往认识清流，更多的是从毛泽东的《如梦令·元旦》“宁化、清流、归化，路隘林深苔滑”。如此偏远的小山城，怎么会得风气之先，成为淘宝用户人均花费最高县？让人匪夷所思！

清流引进春舞枝，当地花卉业通过电商实现了华丽转身，促进了清流传统农业向现代农业转型升级，促进了花卉产业的发展壮大；电子商务同时也改变清流人传统的消费观念，刺激了当地百姓的网络消费。

网络消费还带动了第三产业的蓬勃发展。清流网购一族海量的购物吸引了中通、申通、汇通、E 邮宝等知名物流公司的入驻。目前，这些公司全都在清流设立了分部。“清流花卉”在百度、谷歌等知名搜索引擎上的点击率由原来的不足 5 万增加至 80 多万，呈几何级数的增长。清流花卉通过电子商务平台，已实现“全国买、全国卖”，如今每天的交易额都在百万元左右。

榕城的那一夜，肖裕长承诺公司进驻清流后，每年完成税收 500 万元。结果是，2012 年 10 个月，公司完成营业收入将近 2500 万元，缴纳税费 600

多万元；2013 年 1—7 月完成营业收入 9500 万元，缴纳税收 880 万元。更重要的是，带动了基地和农户发展，促进财税和农民“双增收”，光是花农年均收入已达到 2 万元。

延伸链条，做强产业之道

2012 年 11 月 2 日，一个普通的日子。对于春舞枝而言，具有里程碑的意义；对于清流县来说，也将记录县志的一笔。国家级清流台湾农民创业园海西花卉电子交易中心暨福建春舞枝总部大楼举行隆重的开工仪式。

设立全资子公司，只是一种投石问路的话，那么，不足 10 个月动工兴建总部大楼，这固然可以表明肖裕长的魄力和眼力，也足以见证清流的创业环境和发展潜力。

发展总部经济是当下经济发展的一大趋势。然而，环顾总部经济选择不难发现，当晋江、石狮一些民企，企业做大后，大多是把总部设在基础设施、商务人居环境更加优渥的厦门、福州等地，而春舞枝反其道而行之，却把总部从大城市昆明迁居到小县城，这固然有企业运行成本上的考虑，但更多的在于拥有得天独厚的资源延伸上下游产业链。

春舞枝总部大楼拟投资 2 亿元，占地 50 亩，建筑面积 76000 平方米，包括花卉交易区、精品展示区、电子商务平台、现代信息中心、物流配送中心、冷藏保鲜库、检测检验中心、技术培训中心等。海西花卉电子交易中心 1 号楼已于 2013 年 6 月 19 日建成投入运营。总部大楼将于 2014 年 8 月建成。届时春舞枝花卉公司所有经营业务将汇集清流，辐射全省、全国乃至全世界。

在建设总部大楼的同时，春舞枝还启动了 5000 万元投资，分别在嵩口、赖坊、长校 3 个乡镇各建设一个千亩以上的“玫瑰谷”，打造花卉观赏基地。并在此基础上，兴建提炼玫瑰精油及玫瑰系列食品深加工企业，努力打造全省最大玫瑰产业基地，最终实现“看花、吃花、喝花、穿花”的产业构想。

要做事情很多，四面出击受困的必然是资金。在清流县协助下，2012 年 9 月 20 日，春舞枝公司团队来到上海参加中欧资本高峰会。为了给与会代表留下更加美好、更加直观的第一印象，春舞枝公司赞助了峰会所使用的鲜花。花是无国界的语言，也是最亲近的媒介。鲜花撬开了严谨、刻板的德国人的口。

在了解了春舞枝公司基本情况、盈利模式和未来发展计划后，欧洲投资银行高管对春舞枝企业“基地＋电子商务＋实体花店联盟”的运作模式给予了高度的评价，他建议春舞枝公司尽快到德国上市。与此同时，德交所有关负责人也真诚地邀请春舞枝团队于年内赴德国考察，尽快熟悉欧洲资本市场的运作方式，让更多机构投资者认识春舞枝企业。

2012 年 12 月，肖裕长一行应德交所邀请，赴法兰克福考察资本市场及荷兰考察花卉市场，商谈赴德上市事宜。经过几轮商谈切磋，已确定 2013 年 11 月春舞枝公司在德国主板挂牌上市，这将成为全国第一家花卉上市企业。

对此，梁奕章书记认为，省委书记尤权在省委九届九次全会上指出，加快发展现代农业，就是要坚持用工业化理念发展农业，用先进适用技术提升农业，用现代经营方式拓展农业，着力推进农业集约化、专业化、组织化和社会化，全面提升农业现代化水平。清流县将按照抓工业一样来做花卉产业，抓龙头、铸链条，推动花卉产业从传统种花、卖花的模式，向研发、种植、深加工、市场平台建设转型，大力培育现代农业生产经营主体和新型流通业态，打造完整产业链，建立和完善龙头企业与农户的利益联结机制，让农民群众从农业生产的各个利益环节受益。

当春舞枝总部大楼动工之际，清流县进一步明确规模化、产业化、特色化未来的发展之路，并把春舞枝作为引领花卉产业的龙头。龙头固然有带动的作用，但舞龙的精彩还在于整体。为此，清流县力争到 2015 年花卉苗木种植总面积达 7 万亩，实现产值 10 亿元。打造海西最大的鲜切花种植基地、打造福建最大的苗木培育基地、打造全国最大的鲜花电子交易平台。

培育品牌，取胜市场之要

2013 年 5 月 24 日，春舞枝与日比谷花店在清流县举行项目签约仪式。

这是春舞枝企业“基地＋电子商务＋实体花店联盟”经营模式的进一步地推进，进而在发展上借鉴国际品牌的经验。

日比谷花坛株式会社，是日本家喻户晓的连锁花店。创办于 1872 年，历经 140 多年的发展，已经发展到 190 家直营花店及 1500 家加盟店，同时还开办了网络销售业务。引进日比谷花坛，把基地、公司、营销、花艺等结合在一起，是锦上添花，让春舞枝的花枝舞得更加迷人、更加招人！可以想象，当 1000 家统一品牌、统一 LOGO（标志）又造型各异、缤纷多姿的春舞枝花堂装点在全国各大中城市，那无疑是“美丽中国”的一个亮点。

其实，早在春舞枝成立之初，在建立网上销售平台的同时，肖裕长就在谋划实体花店联盟的事。因为他秉持着这样的理念：未来中国花店将是小店向大店发展，大店向连锁发展，连锁向品牌发展。

品牌培育从服务开始。春舞枝公司曾与中国花卉协会零售业分会，多年前就谋划合作开展的年度中国花店发展论坛。而 2012 年度会议放在哪里召开？肖裕长颇为踌躇。

2 月 10 日，肖裕长甫一进驻清流，就向县委、县政府领导汇报发展论坛和联盟大会的事宜，初定在深圳或上海等地召开。

梁奕章书记当即表示：清流花卉产业有基础有规模，又是国家级台湾农民创业园，把大会放在清流召开，对于提升花卉产业、宣传清流是一次难得的机会。县委、县政府将会全力支持，参与主办，有什么问题和困难，我们来克服解决！

经过紧锣密鼓的筹备，4 月 18 日，2012 中国花店发展论坛暨全球鲜花速递联盟大会隆重开幕。三天会议，精彩纷呈，高潮迭起，美不胜收。既有“全国电子垃圾换鲜花”时尚公益活动，又有九龙广场上的人体花艺秀，还有首届春舞枝杯花艺设计大赛，更有全球鲜花速递联盟的成立。联盟以特约连锁经营模式为手段，整合了全国几千家花店为基础的鲜花物流配送网，实现了全国鲜花无缝终端网格配送，为进一步拓宽了清流花卉产业销售领域，开启了一个良好开端。

小县大论坛的成功举办，在清流花卉史上又记录一项“第一”——第一次承办 700 多人的全国性会议，其中花店论坛就吸引了全国 600 多家花卉实体店主和数十家花卉市场经销商到场，大大提升了清流花卉的知名度和影响力。春舞枝正是通过举办花店发展论坛、花艺大赛等活动，逐步将清流确立全国花卉产业的制高点。清流花卉产业也在实践并推行“政府搭台、企业运作、面向全球、合作共赢”的新理念。

从天下花盟到与日比谷花坛的签约，在推进实体花店战略上又进了一步。春舞枝公司在全国各地号称有上万家网络花店和8000多家实体花店，建立了全国2800个县级以上城市无缝式配送网络，是全国唯一可以承诺“4个小时内将鲜花送达全国所有县级以上城市”的企业。同时，公司又与美国最大的鲜花连锁销售商合作，将花卉配送业务扩展覆盖到全球185个国家和地区。但是，不论是线上交易，还是线下结算，买的都是品牌。只有品牌才有价值，只有品牌才能取胜市场。春舞枝公司挑头组建天下花盟，与全国各地的那些花店的关系是松散的；而与日比谷花坛合作，则是借鉴日比谷花坛的运营模式，未来三年在全国一二线城市布局1000家标识统一的春舞枝花堂，共同打造实体花店的知名品牌。两者关系是不同的，前者只是生意、业务的关系，是借船出海；而后者则是股东、战略同盟的关系，是造船出海。

春舞枝不仅在积极实施扩张战略，而且极力打造公司的知名度、美誉度，列举一例足以证明。

第八届中国花卉博览会于2013年9月28日在江苏省常州市武进区精彩绽放。花博会被誉为中国花卉界的“奥林匹克”，而本届有“五个最”——最大规模、最长展期、最多参展单位、最多异型建筑、最多花卉品种。花博会期间，一项最重要的赛事是“中国杯”花艺大赛。之前，福建花卉界尚无人问津。为此，春舞枝很看重这一赛事，厉兵秣马，举办了“中国杯”花艺大赛的赛前培训，遴选出两名选手进军“中国杯”。据透露，每位选手公司分别给20万元，进行赛前培训。

这不光是为名次而战，为荣誉而战，也是为品牌而战。只有品牌才可能走得更远。花无百日红，企业却有“百年老店”。

特色篇

蓝色经济东山行

在福建省最南端的一片蔚蓝的海面上，坐落着一个岛屿。它位于东海与南海交汇处，面向台湾澎湖列岛，有着天然的渔业良港和丰富的渔业资源，生活在这个岛屿的人们，祖祖辈辈望海为田、耕海牧洋、以渔为生。

这个岛屿是东山岛。“不审天下之势，难应天下之务。”把东山置于国际、国内、省里三个层面中来考察来审视，在国家鼓励东部地区率先发展和支持海峡西岸经济区建设的两大机遇中来谋划东山的战略定位、发展思路、产业布局，可能更有助于我们从全局和战略的高度提升认识、谋划未来，跳出岛屿看东山、跳出陆地看海洋、跳出海洋看世界，增进发展蓝色经济的紧迫感和责任感。

蓝色经济，又称海洋经济，是一个全球通用的概念。它以海洋经济的发展为主线，主要包括海洋渔业、滨海旅游业、海洋交通运输业、临港工业、海洋生态产业等。

2010 年 6 月，我们走进入东山岛，但给我印象深刻的还是一幅巨型的宣传广告牌——“日出东山，心的海洋”。在充满诗情画意的蔚蓝色调的画面上，标注着这两句话，颇能吸引我们一行的眼球。如果说“日出东山”好理解，那么，“心的海洋”指向是什么？当然，东山岛的海滨、东山湾的碧波足以使人放松心灵、愉悦心灵、涵养心灵，但把这两句话挨在一块儿，的确需要一番解读。接待我们的东山县宣传部的同志说，此“心”与“新”同音，亦可从“新”的角度进行诠释。一经点拨，使我茅塞顿开。不妨从“新”认识东山吧。

新定位新取向

在东山期间，我们来到刚刚落成的东山县文博中心展示厅，观看这里展示的4D技术制作的《东山岛发展战略规划》。这个规划采用国内首次运用的沙滩海浪造影、重点区域二次升降、多媒体演示等多项前沿技术，制做模型沙盘面积289平方米，打造了全国一流、省内最先进的演示效果，全面展示了科学合理的产业布局、高品位的城市建设、便捷畅通的交通网络、独具魅力的生态效果。其规划成果曾获省评比一等奖。的确让我们叹为观止！

在海西建设风生水起的大潮中，抓住国务院出台《关于支持福建省加快建设海峡西岸经济区的若干意见》和《关于加快发展旅游业的意见》的重大机遇，用“先行先试”的大政策，用“解放思想”的金钥匙，东山县委、县政府领导以世界眼光、战略思维谋划未来，充分认识优势、发挥优势、创造优势，于2007年底提出建设国际旅游海岛城市的新定位和前景目标，确定了从“优秀旅游县”到“旅游强县”、从“旅游强县”到“国际旅游海岛”这一“两步走、两跨越”的发展路径。

在采访中，我深切地感受到，东山县委、县政府十分重视先谋后动，规划先行。打造国际旅游海岛，规划是龙头，是核心，更是生产力。国际旅游海岛建设要开阔视野，开阔思路，开阔胸襟，舍得花钱，聘请国内外顶级策划师全方位参与策划。一场“东山岛发展战略规划国际竞赛活动”拉开了帷幕，斥资1800万，全球近百家顶尖城市设计研究院专家聚集东山，寻求东山建设国际旅游海岛的定位，凸显优势，突出特色，为的是给美丽富饶的东山湾留“遗产”、不留“遗憾”。不仅有前瞻性、独特性、可行性的总体规划，而且还有生态绿化规划、土地利用规划、旅游产业发展规划、市政建设规划、新农村建设规划等，形成以全岛发展战略规划为统领的规划体系。同时邀请龙永图、傅克勤等著名专家学者亲临东山指导点拨发展旅游的思路；组织了6个考察组，分赴15个省17个全国旅游强县考察，博采众长，集思广益，寻找旅游强县发展的好模式好机制。在规划的制定中，着眼长远，树立“一百年干一件事，一百年创一个品牌”的思想，最终形成、出台了推动旅游大发展的《东山国际旅游海岛建设行动计划》（共有9大类100小项）。在高起点规划的同时，施行高标准建设。近3年来，投入景区和基础设施配套建设资金达20多亿元。2008年，东山以902分高分通过“全国优秀旅游县”验收。

新转型新跨越

在东山采风期间，另一项重点的参观内容是即将落成的东海岸保税仓储物流中心首期工程。令我大感惊讶的是，这个总投资5.1亿元人民币的项目，投资方居然是一家民营企业。

东山县委、县政府积极实施《“9+2”纲要》，做出了“一体两翼”的战略格局。其中“一体”是打造国际旅游海岛永恒主题，而“两翼”则是建设海洋经济强县、海峡文化名城。“建设海洋经济强县”，作为推进国际旅游海岛强有力的物质支撑。那么，海洋经济之“强”又体现在哪里呢？

众所周知，东山经济技术开发区是国务院1993年1月批准设立的全省3个开发区之一，面积10平方公里。建区以来已形成水产品、食品加工、金属塑料制品等产业。尤其是近5年来发展比较快，经济总量进一步增大。但从总体上看，开发区现状存在“产业散、项目小、水平低”等问题。

如何对该开发区进行调整提升、转变发展方式？县委县政府认为，东山的定位和前景目标是国际旅游海岛，但发展旅游需要工业提供必要的支撑，“无工不富”、“无工不强”。因此，通过科学谋划，提出了新的思路：统筹发展工业，发挥资源优势，把开发区打造成项目带动、产业聚集的重要平台。重新“谋篇布局”。以“一区”经济技术开发区为统领，着力做精做强“四个园”：一是特殊高档玻璃产业园，面积3100亩；二是海峡两岸水产品加工园，面积1500亩；三是闽台海洋生物科技园，面积1000亩；四是高端游艇制造产业园，面积600亩。使“一区四园”布局成为开发区新的发展格局、新的增长方式。

“一区四园”是由原来处于东山岛中心的开发区向北部、南端岸线突围拓展，整合了东山岸线、硅砂、海洋、旅游的最优资源，统筹发展，“一张图”规划，“一盘棋”推进。以大项目为龙头，着力提升三大特色主导产业档次。特殊高档玻璃产业，以旗滨玻璃项目为龙头，延伸产业链条，突出高附加值、高科技含量的玻璃深加工配套产业；海洋生物科技产业，扶持海魁、融丰、腾新等大企业在境内外上市，推动水产品加工业向“精深化、规模化、多元化、品牌化、国际化”方向升级；游艇制造产业，加快引进制造企业落户，形成游艇产业园。

然而，最引发我兴趣的还是东山水产品加工产业。水产品加工业已成为东山的支柱产业。水产品加工产值占全县工业产值的50%以上；水产品流通占全县商品销售额的65%；在全县GDP增长因素中，渔业含加工业的贡献率达到60%，水产加工品出口创汇位居全省第一。如何把“强项做强，优势做优，特色做特”?

2007年5月，国台办正式批准设立海峡两岸（福建东山）水产品加工集散基地。为了与之配套，目前正在加快推进国家中心渔港、水产品综合批发市场、水产品加工区、物流保税中心、轻工业园等五大功能区建设。东海岸保税仓储物流中心于2008年6月动工，一期工程基本完工，是海峡两岸大规模商业物流冷库群。准备7月开业，预计一年吸纳水产品进出口量可达100万吨，货物值达100亿元以上。

东山县现有水产品加工企业230家。加工业起来了，但却受到加工原材料不足的制约。为了解决水产品原料不足的问题，2010年5月10日，东海岸保税仓储物流中心有限公司台湾办事处在高雄市成立。这是漳州民营企业在台湾设立的第一家办事处。台湾远洋捕捞业位居世界前列，出产的水产品在国际市场也占有相当份额。办事处甫一设立就从3家台湾企业采购价值1.2亿美元的海产品。更重要的是，目前已有30多家台资企业准备入驻东海岸保税仓储物流中心。从引进台资企业到进岛设立办事处，从以前把鱼卖过去到如今把鱼买过来，东山水产品加工业实现了华丽的转身。

新环境新观念

东山岛海岸线总长141公里，分布着大大小小7个湾湾相连的月牙形海湾，最负盛名的是马銮湾、金銮湾、乌礁湾。“天蓝水碧海湾美，沙白林绿岛礁奇”，这是东山优美风光的形象概述，素有“金海银滩”和“东方夏威夷”的美誉。

2008年初，东山县委、县政府贯彻落实科学发展观，在推进“建设国际旅游海岛”的发展战略中，确立了蓝色经济也是生态经济、绿色经济、循环经济的认识，把“海洋环境整治，海洋生态修复”纳入发展纲要中，积极实施《浅海滩涂养殖规划》《海湾海洋生态修复》项目，为水产养殖业可持续发展提供良好的海洋生态环境。同年5月，成立专门领导小组，着手开展马銮湾、金銮湾、屿南湾“三湾”和八尺门海域环境整治。首先，请来厦门大学、省海洋研究所专家，对整治方案进行论证，提供技术指导。接着，组织开展海域使用和海洋环境状况摸底调查。同步展开全方位、多种形式的宣传教育活动，为整治工作营造良好的氛围，取得上上下下的理解和支持。项目被列入福建省海洋与渔业局2008年的重点项目，获得资金上的支持。

经过一年多的努力，整治工作取得明显成效：清理马銮湾和东门屿景区海域筏式吊养达800余亩，八尺门海域整治1200余亩，并根据养殖容量合理压缩养殖规模和密度，落实养殖规划。今年以来日处理2万吨的双东污水处理厂、日处理1万吨的铜砵生物氧化塘两大治污工程相继建成运行，从源头上防止污水直接排海，使区域内海洋环境得到根本性改变。全县沿海村还建立47支环保队伍，专职清洁人员253人，定期清理海漂垃圾，并将收集的垃圾集中上岸转运处理，建立了长效保洁机制。数字固然说明成效，但数字的背后却是细致和艰辛工作的付出，更是思想观念上的深刻变革。

在东山县海洋渔业局了解到，根据连续6次的监测结果表明，东山湾海域环境的溶解氧、化学需氧量、石油类、悬浮物等监测指标已达到海水水质二类标准。无机氮、无机磷以及微生物指标中的粪大肠菌群和细菌总数等指标呈大幅下降趋势，其中，无机氮下降83%，无机磷下降48%，粪大肠菌群下降53%。2009年东山湾海水水质达标率为100%，达到《东山县县长环保目标责任书（2006—2010）》中规定的2010年目标值。马銮湾海水浴场在全国重点监控的23个浴场中水质最佳。

在海域整治的同时，生态修复及时跟进。东山县加大海洋生物多样性保护力度，加快实施全球环境基金资助和联合国开发计划署支持的“中国南部沿海生物多样性管理”项目、生态养殖和污染海区的生物修复项目。目前，在海区内种植红树林 14 万株，60 多亩；在潮间带养殖菊花心江篱 1846 亩，在海上吊养龙须菜 170 亩，有效地降解和吸收了海水中的氮和磷；在海区增殖放流黄鳍鲷、双斑东方鲀等鱼苗 4 万余尾，长毛对虾 2000 多万尾，中国鲎苗 5000 多只，有效改善区域内海洋物种的数量和结构，恢复生态环境功能。通过建立东山珊瑚省级保护区，保护海洋生物栖息、繁殖、生长、索饵的重要场所，保护海洋生物多样性，同时与旅游结合，发展海洋生态旅游业，并成为国际开展海洋基因库研究和开发基地。

在“海洋环境整治，海洋生态修复”中，避免了“陆是陆，海是海”的传统做法，而是统筹发展，海陆并进，营造“爱我东山、建我东山、美我东山”的浓厚氛围，着力打造一张靓丽的“生态名片”。明确建立“一年 1000 万，5 年 5000 万元”的投入机制。持续推进“一带、两轴、四廊、九线、十三园”的城区绿化，滨海 30 公里防护林改造，400 座山体绿化，将田园、乡村、水系共同构建成独具特色，令人神往的生态之岛。持续开展家园清洁行动，6 个镇 49 个行政村通过省市考核验收，全省家园清洁现场会在东山召开。由于实施“海岛景观生态建设与社会经济可持续发展示范工程”，东山县先后荣获“联合国海洋生物多样性保护区”、“全国生态示范县”、“国家级可持续发展实验区”、“全国首批生态农业建设试点县”和“国家级风景名胜区”、“国家森林公园”等称号。

在东山海洋与渔业局的大门外有一幅巨型公益广告宣传牌，上有三句话：“拥抱海洋、感恩海洋、善待海洋。”接待我采访的何伟湃副局长深有感触地说，保护海洋意识，这几年我们坚持做到入校、入村、上街，海洋环境保护只有起点，没有终点；只有逗号，没有句号，关键在于倡导公众参与，持之以恒。如果每一个人都能把这三句话上升为一种文化自觉，那么，东山的明天一定会更美好！

东山在打造国际旅游海岛的同时，难能可贵的是，把发展蓝色经济与海域保护、生态建设通盘考虑，以最小最少的代价追求最快最大的发展。既要银海金山，又要绿水青山；既要靠海吃海，又要养海护海。海洋被称为地球上可供开发的最后疆域，开发海洋本是为弥补陆地资源之不足，如果不注重保护，“最后疆域”亦将不保。同时，东山的决策者也清醒地认识到，海岛历来是典型的生态环境薄弱区、脆弱区，是制约发展的“软肋”。为此，保护环境就是保护生产力，改善生态就是发展生产力。只有走产业生态化、生态产业化之路，只有生态良好了环境舒适了，才能吸引更多人过来休闲旅游、投资兴业，国际旅游海岛才有最终建成的希望。

东山最大优势在海，潜力亦在海，发展蓝色经济应当也必须走在全省的前头！

让我们祝福东山！

为了先行的纪念

——走进厦门经济特区纪念馆

阳春三月，走进湖里，为的是充分感受厦门经济特区30年的沧桑巨变。“三十而立”。作为厦门经济特区发祥地——湖里，再次成为令人瞩目的焦点。30年，湖里从一个初生的婴儿，成长为一个生机勃勃的青年；30年，湖里从一个小渔村成长为厦门新中心、海西新明珠，创造了厦门经济特区发展史上的奇迹。

当一栋栋高楼大厦拔地而起，一条条宽敞道路纵横交错，哪里去寻找历史的踪迹？承载光荣与梦想的地方又在哪里？还有什么能让我们去抚今追昔地感怀？非常欣慰的是，就在湖里区，确切地说，在湖里区原有的行政楼，开辟了厦门经济特区纪念馆，这是全国第一个经济特区纪念馆。从此厦门又多了一个重要的人文景观，又多了一个缅怀伟人、资政育人的原址，又多了一个以史鉴今、开创未来的新起点。

走进纪念馆，让人心潮澎湃、感慨万千；令人充满敬意、充满振奋！

一份政协提案催生的纪念馆

2007年是邓小平同志逝世10周年，也是湖里建区20周年。怎样纪念这位伟人，继续弘扬经济特区的精神？经济特区是小平同志生前的最佳创意之一，在小平同志设计特区的地方建设一座经济特区纪念馆也可以说是很好的创意。

在2007年厦门的“两会”上，有一份出自民革厦门市委员会关于设立厦门经济特区纪念馆的提案。该提案建议：鉴于湖里区行政中心已经陆续迁至新址，将现在的办公楼腾出来，搞一个大型的纪念馆，集纪念、展示、宣教于一体，建设厦门经济特区纪念馆。没想到的是，民革厦门市委员会的提案内容与当时的省委主要领导先前的设想不谋而合。筹建一个经济特区纪念馆，铭记历史，激励后人，把改革开放的胆识，干事创业的激情一代代地传递下去。

2007年底，厦门市委、市政府决定筹建厦门经济特区纪念馆，并拟定于2008年12月开馆，以此纪念我国改革开放30周年；

2008年3月，厦门经济特区纪念馆筹建工作正式启动；

在筹建过程中，市委、市政府高度重视，市委常委会、市委书记办公会多次研究审查筹建方案、陈列大纲；

时任市委书记何立峰、市长刘赐贵等领导多次深入建设现场指导，有力地推动了经济特区纪念馆的建设进程……

据纪念馆馆长曾莹介绍，整个筹建过程只用了9个月时间，在2008年12月19日隆重开馆。在筹建期间，筹建人员夜以继日加班加点，尤其在布展的那三四个月，每天几乎忙到夜里12点左右。纪念馆能够如期开馆，除了市委、市政府领导同志的高度重视，还得到了社会各界的热烈响应、大力支持。

2008年3月初和10月底，《厦门日报》《厦门晚报》等媒体分别发布了市委办、市府办的公告，向社会广泛征集厦门经济特区历史文物资料和历史照片。共同的历史共同回忆，集体的记忆集体积累。在寻找文物中重温创办特区时的峥嵘岁月，在回望历史中积累改革开放30年的精神财富。为了找回历史，想尽办法。厦华电子公司特地用“以旧换新”的方式，向社会公开征集该厂生产的第一批电视机作为展品。在公众广泛的参与下，共征集了一万多张照片和数百件实物，从中精选出一千多张图片和上百件实物展出，其余作为珍贵的资料收藏。

纪念馆分“小平同志视察厦门”陈列室和“辉煌岁月——厦门经济特区建设历史陈列”两大部分。“小平同志视察厦门”陈列室位于纪念馆西侧二层，是1984年2月9日邓小平同志题写“把经济特区办得更快些更好些”光辉题词的纪念旧址。“辉煌岁月——厦门经济特区建设历史陈列”以特区初创和邓小平、江泽民和胡锦涛同志先后视察厦门经济特区为标志，共分为厦门经济特区开创阶段（1981—1984 年）、发展阶段（1984—1991 年）、争创新优势阶段（1992—2005 年）和新一轮跨越式发展阶段（2006—2008 年）。陈列以珍贵的历史图片和史料实物，结合场景、模型制作和多媒体声光技术，讲述厦门经济特区的故事。当一幅幅图像、一件件资料，把凝固的历史在纪念馆中永远地呈现于我们面前时，它们就不再是一个个简单的故事、一个个平面的人物，而是全方位地展示厦门经济特区建设 30 年来取得的辉煌成就。

尤为难得的是，整个纪念馆的建设经费严控在 1200 万元以内。较之当下那些动辄过亿、甚至上百亿的所谓文化标志性工程，1200 万元可谓少矣。在 1200 万元中，还要拿出一部分用在楼房的修缮、加固上，因为这是一座建于 1983 年的预制板结构的楼房。对此，市领导明确表示，建经济特区纪念馆是为了让大家更好地记住厦门经济特区艰苦创业的历程，记住特区人顽强拼搏的精神。纪念馆不是面子工程，修缮要按“修旧如旧”的原则操作，以达到既还原历史，又节省开支。

走进朴素的纪念馆，在历史图片和史料实物的见证下，历史的一幕幕再次鲜活地展现在我们的眼前。仿佛是在穿越时光隧道，往日的情景再度重现——

1980 年 10 月 7 日，国务院批准在湖里 2.5 平方公里范围内设立厦门经济特区。这是一块传说中凤凰栖息过的热土，成为厦门经济特区的发祥地。湖里，位于厦门岛西北角，东、西、北三面临海，港区开阔，水深不淤，海岸线长，地理位置优越，是建设经济特区的理想之地。可是当时，这里是一片荒芜之地，小山丘的周边，唯一蕴含生机的是一大片地瓜田。而当初经济特区管委会领导王一士、邹尔均，还有总工程师欧阳谦，就是蹲在地瓜地上铺展地图规划未来的。这幅由新华社记者李开远摄于 1981 年 10 月 2 日的历史照片，让人感慨唏嘘！

正是在这片当年还是“远郊”的土地上，正是有着一批怀揣火热激情的特区人，1981 年 10 月 15 日，随着一声开山炮响，厦门经济特区破土动工了，这就是被誉为开启厦门经济特区历史的“湖里第一炮”。

什么是经济特区？怎样建设经济特区？当初有一个说法，现在可视为笑话：湖里建特区时，社会上有人议论，深圳用铁丝网把特区与香港分割开来是不够的，厦门应该用围墙和土砖把湖里砌起来，把资本主义“圈”在里面；工人们进出要换衣服，防止把资本主义的东西带出来。

对于特区的建设，不要说社会上的议论纷纷，就是当年的直接参与者也是疑问重重。“我是带着一个大问号到特区工作的”，时任管委会副主任的邹尔均曾毫不掩饰当年自己对办经济特区的困惑。中央只给了5000万元启动资金，这是远远不够的。尽管困难重重，尽管带有困惑，但他们靠着一股英勇无畏的冲劲和改革创新的闯劲，凭借着先行先试、敢拼敢闯的精神，“杀出一条血路来”。不仅多次开创了厦门经济特区建设的“第一”：第一家外资企业落户、迎来第一个投资的台商、成立第一家外商企业招商中心……而且多次书写了中国对外开放的“第一”：创建全国首家中外合资银行——厦门国际银行、在全国率先利用国外政府贷款修建高崎国际机场、组建第一个地方航空公司、设立全国首家台商会馆……

筹建经济特区纪念馆的意义，正如馆内的一段文字所说明：“30个春秋，只是历史长河中的一瞬，但中国的改革开放，却开启了改变中国命运的新纪元，书写了中国现代化进程的新篇章。厦门作为中国最早设立的四个经济特区之一，肩负着解放思想、对外开放、科学发展、构建和谐及促进祖国统一大业的‘窗口’、‘试验田’和‘排头兵’的使命。30年来厦门始终按照邓小平同志‘把经济特区办得更快些更好些’的殷切期望，以‘先行先试，敢为天下先’的精神，锐意进取，开拓创新，形成了经济、社会持续、快速、协调发展的厦门模式，创建了一个展示中国改革开放巨大成就的靓丽窗口，谱写了建设海峡西岸经济区的壮丽画卷。”

一个精心复原的题词场景

当我们步入纪念馆的二层时，首先映入眼帘的是“小平同志视察厦门”陈列室——这是纪念馆最大的亮点。一尊小平同志手执毛笔、站立在桌子后的塑像，在射灯的映照下，栩栩如生，非常夺目，一种崇敬之情油然而生。这是1984年2月9日小平同志题写“把经济特区办得更快些更好些”题词的纪念旧址。这也是把厦门经济特区纪念馆设立在此的重要原因。

复原小平同志当年题词时的场景，筹建组可费心了。桌子是当年的，掀开桌布桌子表面的木质板已经翘了起来。桌布也是当年的，据介绍，特区艰苦创业初期，会议室的接待条件比较简陋，当邓小平同志要在桌子上题字时，管委会工作人员临时取下一块窗帘布作为桌布，上面还有挂钩。后来，这块窗帘布被管委会很好地保存着。甚至小平同志用过的笔、砚台等实物也尽可能收集齐全。至于旁边的沙发，虽不是当初坐的，但也是当时会议室里同一套的。这样的布置，既还原历史增大了教育性，又节省了成本的投入，建馆初衷在该馆最精彩处得到了充分的彰显。小平同志的硅胶塑像传神逼真，把人们的记忆一下子拉到 27 年前——

1984 年 2 月 9 日上午，小平同志来到了湖里新建成的经济特区管委会办公楼下，他下了车，环顾四周，只见厂房林立，道路畅通，正在兴建的工程呈现出一派热火朝天的景象。看到眼前如此壮观的场面，老人家欣慰地点点头。

在厦门经济特区管委会会议室里，管委会领导向小平同志汇报经济特区三年建设的情况。尽管地处前线，基础设施落后，尽管比深圳晚起步了一年，但在短短三年时间内就完成了 780 万土石方的平整工作，建成了 40 多万平方米的厂房。

为了增强印象，管委会的同志又请小平同志来到楼顶，虽然楼层不高，但放眼望去，湖里已是一览无遗，除了厂房，还是厂房，空地所剩无几，省领导迫切地对小平同志说："您看，我们一眼就望穿了，特区太小了。"

回到会议室，大家请小平同志讲话，小平同志点燃一根烟，不紧不慢地说："说好不讲了。"在厦 4 天，小平同志看得多、听得多，说得少。

小平同志在厦期间虽然没有发表太多的意见，但他对办好经济特区却是深思熟虑的。尤其从深圳、珠海一路走来，更加坚定他当初创办经济特区的决心。就在这间会议室内，邹尔均见到机会难得，就鼓起勇气请小平同志题词，没想到小平同志走到桌边，欣然挥毫："把经济特区办得更快些更好些"并且在 10 日离厦临上火车前，握着省市领导的手说："你们讲的两个问题，我带回去，让一线的同志来回答决定。"

小平同志回京后不久，1984年3月，中央决定把厦门经济特区从2.5平方公里扩大到全岛（包括鼓浪屿共131平方公里），并实行自由港的某些政策。同年5月，经济特区管委会与厦门市政府合并，原经济特区（湖里）正式定名为湖里工业区。1987年11月，国务院批复厦门市政府，同意在岛内新组建湖里区。湖里区作为一个新的行政区正式成立。

1984年初春，小平同志继深圳、珠海之行后来到了厦门，历史学家、经济学家们在评价小平同志这次南巡时，说是标志着一场特区办不办争论的结束，标志着经济特区试验期结束，使经济特区从此驶上了快速发展的航道。不日，中国对外开放扩大到沿海14个港口城市，一条环状开放带在中国的版图上形成。从这个意义上说，创建经济特区纪念馆，重温小平同志当年在厦门特区的视察和题词，使我们联想起胡锦涛总书记在邓小平同志100周年诞辰纪念大会上的评价，它道出了亿万中国人的心声："如果没有邓小平同志，中国人民就不可能有今天的新生活，中国就不可能有今天改革开放的新局面和社会主义现代化的光明前景。中国共产党人和中国各族人民永远怀念小平同志。小平同志永远活在我们心中！"

一艘"鹭江号"驶向纪念馆

在参观"小平同志视察厦门"陈列室后，我们通过专门的阶梯直接通往一艘重新整修过的交通艇。熟悉厦门特区历史的人都知道，这是著名的"鹭江"号，它既是厦门经济特区发展的一个标志，也是厦门经济特区建设成就的见证者。

"鹭江"号可谓是来历不凡，身价不菲。随着厦门港口建设和开放工作的发展，为了适应接待外宾和上级领导同志的需要，中央、省委决定拨出专款、专材建造一艘交通艇。1978年由厦门造船厂自行设计建造完成。"鹭江"号先后接待过包括邓小平、江泽民、胡锦涛在内的党和国家领导人就达100多位，还接待过尼克松、西哈努克、李光耀、荷兰女王等许多外国贵宾。

2004年"鹭江"号退役，停靠在东渡海天码头。2006年8月18日晚，"鹭江"号从海天码头起吊，经过跋涉后，放置于市文化艺术中心，供游人观赏。为了更好地保护“鹭江”号，2010年市委市政府决定将它第二次搬迁至经济特区纪念馆。这也是特区纪念馆开馆以来，接受体量最大的一件文物。“鹭江”号长26.4米，宽5.8米，高9.4米，自重就有76吨。2010年6月1日实施搬迁，市里之前专门召开了涉及园林、交警、公路、文化、电力、电信、广电等十几个有关部门的协调会。动用了全省唯一一辆牵引车，这辆牵引车自重53吨，可载重420吨，光车轮就有96个！为了减少扰民影响，实施夜间作业。是夜，11点10分起程，前面4部警车开道，后面4部警车押后。第二天的凌晨2点半顺利抵达目的地。整个搬运本意不惊动居民，未曾料到，却吸引了沿途群众和各家媒体记者前来观战，蔚然壮观，颇为轰动。

在专室内，我们见识了“鹭江”号交通艇退休船长吴兆雄捐赠的文史资料，包括十几本航海日志（时间从1979年8月18日至1994年9月17日）以及厦门市关于建造“鹭江”号的会议纪要、建造“鹭江”号专用交通艇合同、交接船协议书、技术证明书以及设计图纸等等。

在展柜翻开的航海日志上，这一页：“1984年第5航次；日期：2月8日；天气：晴，气温8—10摄氏度，东北风3—4级；能见度：良；记事：邓小平主席9：30登船，王震等中央领导同志（省委项南、胡平、江拥辉等党政军负责同志陪同）……”

记录的是简单的文字，播放的是昔日鲜活的影像——

1984年2月8日，邓小平同志乘坐在“鹭江”号上，一边眺望鼓浪屿的海上风光，一边听取省市领导工作汇报。项南在铺开的地图上汇报，厦门经济特区只有2.5平方公里，实在太小了，最好能把范围扩大到全岛。邓小平带着花镜察看地图后说：“我看可以。”项南接着说，现在台湾同胞到大陆都不是直来直去，要从香港或者日本绕道而来，这太麻烦，如果把离台湾、金门最近的厦门经济特区变成自由港，实行进出自由，这对海峡两岸中国人的交往，会起到很大促进作用。这时，小平同志深情地眺望着对面的金门，简略地说：“可以考虑。”

“鹭江”号只是一艘交通艇，但它寓意却让人回味无穷。从某种意义上说，厦门的改革开放正是从这艘交通艇开始扬帆起航的。据介绍，“鹭江”号拟在厦门经济特区创建30周年之际正式对社会公众开放。届时，想必将会有更多的人从这艘交通艇上解读出更多更深的内涵来。

“鹭江”号永久地停靠在厦门经济特区纪念馆右侧，“把经济特区办得更快些更好些”的追求却无止境。厦门经济特区纪念馆也将伴随着特区建设的进程不断补充、不断完善。“鹭江”号船头的五星红旗迎风飘扬，它作为厦门最大的当代文物将永远保留下去；作为经济特区建设弥足珍贵的文化遗产，它将时时启迪后来人。纪念是为了饮水思源，纪念是为了继往开来。

经国务院批准，厦门经济特区由全岛扩大到全市。也就是说，由30年前的湖里2.5平方公里到今天厦门市岛内岛外的1565平方公里。扩大的只是面积，提升的则是视野和思路，保持的永远是特区精神！厦门市委也表示，统筹城乡发展，推进岛内外一体化建设，在城市建设上提升岛内，拓展岛外，努力实现行政区划、经济特区、台商投资区“三区合一”。合并的只是布局，整合的则是资源和优势，追求的永远是“更快更好”！

绿色之都

走进永安，走进绿色之都。

永安依山傍水，放眼望去盎然的绿色铺天盖地。仔细辨析，绿色中有墨绿、青绿、深绿、蓝绿、浅绿、明绿、暗绿……每一种绿在秋日澄净的天空下愈加显露着各自的魅力，至纯至真，透明透亮，让人联想起朱自清笔下的描写绿色的佳作——《绿》。

福建省森林覆盖率 63.1%全国第一，而永安市森林覆盖率则达 83.2%，木材蓄积量 2210 万立方米，全省的第一，是我国南方 48 个重点林区县（市）之一，是一座名副其实的“绿都”。日前，由省绿化委员会、省林业厅授予的“福建省森林城市”荣誉称号中，永安是全省 4 个城市之一。

走进永安燕城，走进中国最绿的省份、福建省最绿的城市，感受绿、感慨绿、感悟绿……

绿色家园　生态优先

家住在永安市后洋溪社区的张先生，退休后，每天几乎都会来到绿色葳蕤的龟山公园晨练。踏着晨曦，伴着草木的苏醒，舒展着浑身的筋骨，会让他感到一天的心情都很舒畅。他说，自从市委市政府 2011 年创建省级森林城市以来，又投入近 2000 万元巨资对龟山公园举行改造，把森林引进城市。目前已完成一期工程改造，二期建设正在有序推进。

永安城市人均公共绿地面积 10.8 平方米，位居全国前列。永安市并未因此而满足，2011 年初决定申报省级森林城市。永安市近年来单以绿色荣誉计，已先后获得全国绿色小康县市、全国绿化模范县市、国家园林城市和海西十大空中最美家园等一批国家级、省级光荣称号。再争取一块省级森林城市的牌子，应当说并不困难。但永安市委市政府却以此为契机，多一块牌子不只是多一项荣誉，而是作为自我施压提升衡量工作的标杆。

为此，市委、市政府把创建省级森林城市列入重要议事日程，摆上突出位置，制定了《永安市创建省级森林城市工作方案》，进一步细化量化工作目标和任务，将创建工作分解到具体责任单位，各职能单位按照任务分解，各司其职，密切配合。

在创建森林城市的过程中，为了响应省委省政府提出的实施“四绿工程”（绿色城市、绿色村镇、绿色道路、绿色屏障）的号召，永安市结合前几年工作的业绩，逐步形成了“点上绿化成景，线上绿化成荫、面上绿化成林，环上绿化成带”的城市绿色生态圈，既保护了生物多样性，又美化了城市生态环境，实现了“质”的提升。目前，永安市城市建成区森林覆盖率达27.02%，绿地率36.71%，人均公共绿地面积16.08平方米。

点上绿化成景，把“点”做靓。重点推进东坡森林公园、九龙竹海公园、将军顶森林公园、龟山公园景观改造等一批城市公园、景区绿地建设和景观改造工程，提高城市绿化水平。其中，东坡森林公园位于永安市城郊，规划总面积794.8公顷，森林植被以人工林次生林为主，建有西峰山琴院、板栗园景观群、沿江滨文化景观大道等文体休闲类公益项目，累计完成投资3000多万元；九龙竹海森林公园，规划总面积2万多亩，建有竹林生态小区、竹海景观、竹神睡石等旅游景点，已成为集生态旅游、观光、健身、休闲于一体的竹子现代科技园区。

线上绿化成荫，把“线”做长。永安市境内有“一江两溪”即燕江、巴溪、后溪河，为此，系统规划了两岸绿地，并将“一江两溪”绿化整治列入2011年市委、市政府为民办实事项目来抓。同时抓好城市主干道的绿化配套，追求“绿随路建、有路皆绿”，通过实施种植多排行道树、多种乡土珍贵树种和建设城市林荫景观道相结合的做法，因路配树，因景配绿，做到栽大苗、建大绿、成大荫。近两年累计完成沿路、沿溪、环城一重山造林绿化8960亩，境内高速公路绿化96公里，国省道绿化139公里。

面上绿化成林，把“面”做大。重点实施退耕还林工程，倡导全民义务植树活动，加大城市风景林地、防护绿地和生产绿地建设力度。虎形山、北陵、莲花山等风景林地全面实现封山育林。全市新增绿色乡镇3个、绿色村庄48个，全市11个乡镇已有10个通过省级生态乡镇验收。贡川镇、安砂镇已申报国家级生态乡镇。

环上绿化成带，把“质”做优。采用了宜林则林，宜草则草方式，因地制宜种植多排绿化树，合理搭配各种季相植物，形成环绕城区的绿化林带。严格落实城市绿化管理规定，严禁任何单位和个人擅自改变绿地规划使用性质。大力发展城市立体绿化，增加城市的绿化量和绿视率。注重古树名木保护，经常性开展古树名木普查鉴定、建档挂牌和复壮保护。积极开展“绿盾行动”、“长剑行动”，打击破坏森林资源的犯罪活动，确保林区治安稳定。

永安市遵循“将森林引入城市，让城市拥抱森林”的理念，围绕“林在城中，路在绿中，房在园中，人在景中”的绿化目标，积极开展创建省级森林城市活动，并于当年9月23日通过了省级森林城市的验收。通过验收是预料中的事，怎样坚持生态优先的理念倍加珍惜、倍加爱护绿色家园，则需要持续作为，不断提高标准。

在龟山公园晨练的张先生，是个有心人。他说，新的市委书记到任后将原先永安建设成为“宜居宜业”现代化区域中心城市改为“怡居宜业”，一字之改，富有蕴含。说到“怡”，让人首先想到的是“心旷神怡”，永安用生态优先的理念构建绿色家园，不仅只是适宜居住，而且是诗意地栖居和生活。

一个城市是否怡居，很大程度取决于环境，这就是永安市为什么花大气力引入森林营造的“绿肺”。拥有“绿肺”的城市能产生美丽，生发力量。城市“绿肺”能把六合之气和人的灵气都融进了自然，透出的是从容、安适、舒心和怡然。

绿色发展　低碳抉择

2011年11月5日，在中国重汽集团福建海西汽车有限公司重卡新总装配450米长的生产线上，一辆崭新的红色“海西福泺”重卡汽车正缓缓下线。福建海西汽车项目自2010年11月6日启动以来，仅用一年时间，就完成了中重卡新总装生产线的建设、安装和调试，实现了第一辆汽车下线，充分展示了全体建设者高效的工作作风和良好的精神风貌。

青山绿水，是永安最靓丽的一张城市名片；优良生态，是永安最突出的一大资源优势。但是，这张名片、这一优势会不会成为制约永安发展的一个"包袱"？至今仍为永安人引以为自豪的83.2%森林覆盖率，是出于1996年全国二类资源调查的数据。十几年来，永安不可能固守着这方青山绿水而不思进取。要发展，是否就要付出牺牲环境的代价？永安市的发展实践证明，"鱼和熊掌可以兼得"。永安市县域经济实力连续17年位居福建省"十强县（市）"行列，是"十强县（市）"中的唯一的山区县（市），并在去年全省首度开展的县域科学发展评价中入选"十优县（市）"。

发展是硬道理，生态保护是硬任务。经济增长可以与生态建设同步，既要"金山银水"，更要青山绿水。为此，林业部门硬性规定，凡是建设占用了一亩林地，就必须补偿一亩非林地，确实做到占一补一，确保现有的森林覆盖率。在经济社会发展中不仅挖掘了"金山银水"、保护了青山绿水，而且逐步确立了"青山绿水就是金山银水"的理念。

永安市选择了绿色发展，低碳经济的路径。低碳经济是以低能耗、低排放、低污染为基本特征。发展低碳经济的路径无非是两条：一条是节能减排，一条是增加碳汇。

为了融入全省在更高起点上科学发展、跨越发展，在实施"五大战役"中，永安市这一两年引进了一批投资10亿元以上重大生产性项目，如中国重汽海西汽车、建新橡胶全钢轮胎、汉华纺织科技园、大帝新材料及新越金属材料等，并有一批如永林林板一体化、万年旋窑水泥、安砂旋窑水泥、福建众塑全生物可降解PVA薄膜等项目相继竣工投产或部分投产，为永安市今后的发展增添后劲、壮大实力。作为环境保护的执法部门，永安市环保局坚持"进一步解放思想，树立服务项目第一"的理念，将履行环保职能与项目建设紧密衔接。对新开工的项目，坚持区别对待、有保有压，把好环保关。坚持开发与保护并重，实现经济与生态双赢。

中国重汽海西汽车项目就是永安市环保局高效服务经济发展的一个典型

事例。该项目2010年“9·8”签约，2011年1月1日实现资产交割，3月8日进场施工建设。半年时间，13万平方米的厂房就拔地而起，新厂区建设和生产经营两大战场同步推进。在如此的高效建设中，不乏环保局的一份助推。为确保项目早日投产，永安市环保局实行重点项目保障制，派专人全程协助项目环评审批跟踪服务。主动登门服务，提前介入，现场办公。通常需要耗时半年的环评审批，半个月就完成。2011年5月17日，该公司重卡商用车生产基地项目环评通过了省环保厅批准。

在做好环境评价服务的同时，永安市环保局还认真落实减排目标，推进清洁生产，污染物排放总量明显削减。完成2010年度城市环境综合整治定量考核工作，顺利通过省、地环保部门的考核检查，并取得全省县级市第七名的好成绩。截至2011年最新数据显示，永安市环境质量按功能区基本达标。市中心的环境空气质量保持在国家二级标准内，河流水质和饮用水源水质达标率均为100%；新污染源得到一定程度的控制。

赢得如此优良的环境质量，不光是节能减排，还有森林碳汇的功劳。众所周知，植树造林有利于吸收二氧化碳，扩大森林覆盖率就是有效增加碳汇。增汇是减排的有效措施，通过植树造林达到增加森林碳汇。永安市自2002年以来先后建立了23个义务植树基地和多个市级造林绿化示范片，有效地推动了全民义务植树活动深入开展的同时，还通过林改来激发和调动广大林农造林育林护林的积极性。

“要让山绿起来，更要让人富起来！”永安市自从2003年5月在全省率先实施集体林权制度改革以来，做到“山有其主、主有其权、权有其责、责有其利”。通过林改，确立了农民作为林地承包经营人的主体地位，形成了责权利相统一的集体林经营管理新机制，广大林农从漫山的青翠中、从辛勤的劳动中收获了致富的希望。据永安市林业局提供的数据，2010年全市农民人均林业收入比2003年翻了一番，全市林竹产业每年约可吸纳农村劳动力5.76万人，占全市农村劳动力总数的60%以上。全市林业总产值从2003年的16.6亿元，增加到2010年的75.7亿元，涉林产值占全市工农业总产值的四分之一左右。

在完成了“明晰产权、承包到户”的林权改革第一步后，永安市继续将改革向纵深推进。被列为全国唯一的林业改革与发展示范区，集体林权制度改革继续领先全国。选择森林资源资本运作、采伐管理制度改革、林业合作经济组织建设、林业管理体制创新等四个方面作为改革试验重点，进一步解决林权到户经营单位变小后，林农发展林业的钱从哪里来、树要怎么砍、单家独户怎么办等林农最关心的热点、难点问题和管理职能怎么转变、服务工作怎么加强等林业部门迫切需要解决的问题，通过持续探索、创新、突破，建立起林业又好又快发展的长效保障机制。通过100万亩生态公益林保护、200万亩商品林科学经营、100亿元林业产业升级、和谐林区建设等四大工程建设，促使产业生态化、生态产业化，以发展示范促进资源增长、农民增收、生态良好、产业升级和林区和谐，将永安林业推向科学发展的新阶段，真正实现了“绿起来、活起来、富起来”。

永安市绿色发展的实践再次说明，造林就是造福，增绿就是增收。只有当广大老百姓从生态环境的开发和利用中获得收益和实惠，他们才会更加自觉地保护环境，促进生态良性循环，“生态优先、低碳抉择”战略也才具有实质意义。

绿色学校　环保教育

秋日的一天，永安市一中的同学们在老师的带领下，驱车来到位于上坪乡的九龙竹海秋游。九龙竹海2008年被评为“国家级森林公园”，据介绍是全国唯一以竹为主的“国家级森林公园”，赏心悦目的是竹林的神韵，激荡内心的是对家乡的自豪感。走在竹林幽径，孩子们的身心被绿色浸淫：目光被染绿了，心和血液也被染绿了。竹林摇曳多姿，不仅带给人不同的视觉享受，而且从竹笋到竹制品的形成包含着丰富的科学文化知识，满足了孩子们寓学于游，增长见识的需要。

俗话说，“十年树木，百年树人”。永安市为了可持续发展，永葆青山绿水，更加重视青少年的环保教育。

多年来，永安市教育局按照国家环保总局、教育部关于“绿色学校”表彰及管理办法以及《福建省绿色学校发展规划（2006—2010）》的要求，充分利用创建“绿色学校”这一载体，把环境教育作为实施素质教育和优化校园环境的切入点，进一步唤起全体师生的环保意识、规范师生的环境行为，使可持续发展“从观念走向实践”。每年利用宣传“爱鸟周”、“地球日”、“环境日”、“水日”等与环境保护有关节庆日，传播环保知识。每年的“植树节”都组织师生植树，绿化、美化和净化校园。通过创建活动，唤起青少年对环境教育重要性的认识，培养对美好环境认真负责的精神，并化为爱护环境、保护环境的自觉行动，为创建可持续发展的良好环境尽力尽责。截至2011年，永安市已有6所省级“绿色学校”，9所三明市级“绿色学校”。

永安一中是创建“绿色学校”佼佼者。多年来坚持开展环境教育综合实践活动，极大地提高了学生的动手实践能力和创造性思维能力，取得了可喜的成果。2004年4月，阮欣同学参加省环境新闻大赛荣获一等奖；罗春和、黎梦婕、罗华明同学的《揭开安贞堡无蜘蛛、蚊子之谜》在第十八届全国青少年科技创新大赛中荣获福建省一等奖，该研究成果先后在福建电视台拍摄的专题节目《发现档案》——《镇宅的夜行者》和中央电视台《走近科学》——《壁画中的密码》播出；2006年3月，《今天小制作，明天大手笔——生态城市的构建》等两个作品，在“全国青少年科技创新大赛”中荣获全国二、三等奖，永安一中还因此获得了“全国青少年科技创新大赛优秀组织奖”的殊荣；2008年12月，在第二届“未来杯”全国中学生创意设计竞赛中，永安一中选送的“城市之肺”——环保公交作品获全国二等奖……所有这些奖项都充分说明了该校学生的创新精神、探究品质、合作意识和实践能力得到了长足的发展。永安一中因此在2002年7月被评为“永安市绿色学校”；2003年5月被评为“三明市绿色学校”；2004年4月被评为“福建省绿色学校”，同年12月被国家环境保护总局、中华人民共和国教育部授予“全国绿色学校创建活动先进学校”，2007年9月国家环境保护总局宣传教育中心为学校颁发“校园环境管理项目成员学校”牌匾，2007年12月被福建省建设厅授予“省级园林单位”。

绿色学校的教育成果看得到的是这些荣誉，看不到的是孩子们日渐丰沛的心灵。都说森林是盛产童话的基地，那美轮美奂的《白雪公主与七个小矮人》《绿野仙踪》《森林中的圣约瑟》《林中小屋》《三根绿枝》等，是文学大师留下的经典，更是森森绿林激发人类无尽的想象。都说环保事业是“功在当代，利在千秋”的事业，那么，从孩子做起，从身边的小事做起，从现在做起，在每个孩子的心田上播撒绿色种子、绿色梦想，就是着眼长远、着眼未来。从某种意义上说，这才是真正的可持续发展的理念。

在2011年7月召开的中共永安市委第十二次代表大会上明确提出：“建设森林永安，提高园林绿化工作水平，力争‘十二五’末，城市建成区绿化覆盖率达46%以上。”绿色之都届时要更绿、更靓、更怡居宜业。

柚都工业潮声急

——平和工业园的观察与思考

汽车行驶在省道官九线上，透过车窗，浓郁茂密的植被令人赏心悦目。愉悦中让人感叹平和的生态优美。

介于省道官九线的漳州与平和之间，位于文峰镇的黄井村。半个多小时的车程，汽车在一栋四层的小楼前停下，这就是平和工业园区管委会所在地。这与我过去到访过的工业园区有反差，一般的工业园区，大都有气势恢宏的门牌坊，表明你进入了一个视野开阔、标准厂房一字排开的特定区域。但在管委会办公楼的一层过道墙上，一幅由湖南城市学院建筑规划设计院编制“一区多园”总体规划图，却吸引了我，驻足良久。

工业园区的回顾与展望

福建平和工业园前身为平和县文峰工业区，始建于1999年3月，2002年8月被漳州市人民政府确认为市级工业园区，2006年经国家发改委、省人民政府审核批准升格为省级工业园区，总体规划面积4.85平方公里。园区的开发面积由创立初期的0.58平方公里扩展至3平方公里；初步形成了机械、汽配、陶瓷、纸木制品为主的产业集群。

平和工业园区由于区位、交通等客观原因，走过了一条曲折的发展道路。引进的企业都比较小，参差不齐，同为工业园区，不能与毗邻的南靖县相比，甚至与华安县还有差距。2011年全区实现规模工业产值16.6亿元，上缴税收刚突破2000万元。

尽管平和工业园区的经济总量尚比较小，但在县委县政府的强力推动下，想方设法打造“暖冬”环境，帮助企业提高效益、加快发展。今年园区开局良好，主要经济指标呈现快速增长的态势。

平和工业园区之所以表现出强劲的发展势头，这与漳州市委市政府、平和县委县政府关心与支持是分不开的。

2011年12月28日，漳州市委书记陈冬一行深入平和工业区检查指导工作，当听取了工业区管委会的工作汇报后，了解到工业区由于快速发展，征地资金短缺成了制约发展的瓶颈时，当场交代市财政等部门要加大对工业园区的资金帮扶力度。随后市财政调剂了3000万元，作为工业园区征储工业用地的资金，解决了制约工业园区快速发展的燃眉之急。

据管委会纪工委书记吴振坤介绍，县委书记沈金水，县长黄劲武一年来多次到工业园区调研、检查工作，帮助园区解决了许多难题。区位、交通至今还是平和县的短板，不仅尚未通高速公路，而且境内没有一寸铁路，甚至连一条国道都不曾经过。因此，平和工业园区发展的困难则不难想象。但是，园区历任领导积极进取，想方设法，觉得园区距离建设中的龙厦铁路南靖草坂货运站不到5公里，如果能打通工业园区和货运站之间的道路，园区的交通将会得到极大的改善。这一建议得到了陈冬书记、沈金水书记、县长黄劲武的支持。

2012年2月1日，县委书记沈金水带领有关部门，就西蝉至南靖货运站连接线的建设工作开展调研。他指出，西蝉至货运站连接线的建设将大大拉近了平和与途经南靖的龙厦铁路之间的距离，使今后平和每年高达百万吨产量的蜜柚，可以通过铁路货运销往全国，将大大提高蜜柚外运能力，降低运输成本；同时，也将进一步增强园区招商引资吸引力、竞争力。据了解，西蝉至货运站连接线西起西蝉路口，东至龙厦铁路的南靖货运站，总长4.725公里，途中设计1154米长的大湖隧道一座，计划投资1.03亿元。吴振坤说，大湖隧道尚未动工，就有客商前来洽谈。这与其说是客商捕捉商机的敏锐，不如说是政府改善投资环境赢得了商机。

项目是园区的生命线。园区党工委、管委会贯彻县委县政府要求，全力推进项目建设，把项目落地作为第一大任务来抓，确立“投产企业抓扩规，在建企业抓投产，协议企业抓开工”的工作思路，全力促进落户企业建设进度。为了确保项目落地，管委会狠抓服务，强化项目跟踪落实，提高资金到位率、开工率和投产达产率，形成了项目“储备一批，开工一批，投产一批”的良性机制。一是实行领导干部挂钩项目制度。每个项目落实一名领导挂点，带一个专门班子进行全程帮扶和服务。从项目洽谈、进场、出图、放线施工、投产等环节中，做到环环相扣，保证工作效果。二是落实项目跟踪服务制度。在工作中，本着抓两头，促中间的办法，瞄准建设快与慢的企业，通过对照找出存在的问题探索解决的办法。同时，针对企业落户的情况，采取确定专人负责办证、办照、供水、供电等工作。三是实行项目建设督导制。园区党政办、监察室专门负责督导，每周向党工委、管委会领导通报各企业的建设进度、存在的问题，每周例会各项目挂钩领导汇报企业进展情况，挂钩领导经常深入一线现场解决项目建设过程中的各种问题，采取“倒逼法”对所有项目列出“倒计时表”，一周一通报，一月一督查，促进项目早竣工，早投产。

园区目前上下“一切围绕招商引资，一切服务招商引资，一切服从招商引资”，形成人人想招商、议招商、重招商的氛围。采取以情招商、以园招商、以商招商、产业招商、展会招商等多种方式，努力拓宽招商引资的新领域。大力实施“回归工程”，建立平和籍在外知名人士档案数据库，加强与厦门、福州、泉州、东莞平和商会的联系，吸引在外发展的乡亲返乡创业。充分利用平和县克拉克瓷产地的地域影响力和丰富的陶瓷资源两大优势，把陶瓷产业作为工业园区一个主导产业，在产业链中找准定位、搞好项目对接和产业链对接，加快聚集和扩张，着力打造漳州环保陶瓷产业园。亿元以上项目从无到有，目前已有11个，实现了历史性的突破

“一区三镇”的布局与理念

设置工业园区（开发区）是20世纪90年代的发展县域经济一个通行的模式，在节约土地、集聚要素资源、引进外资等方面发挥了不可替代的作用。为此，我专门致电省外经贸厅，了解有关工业园区建设情况。目前，全省共有省级以上各类开发区90个，其中位于县（市）区域范围内的工业园区（开发区）52个，除了8个县（市）目前尚未批复设置省级开发区外，其

他各县（市）均至少有1个省级开发区。一些县域工业园区经济已成为当地工业发展的重要载体和引擎。比如与平和前后时间设立的龙海、长泰、南靖工业园区的产值、税收收入、利用外资三项指标占当地比重为50%～80%，外贸出口均占90%以上。在新时期的条件下，在更高起点上实现县域经济的科学发展、跨越发展，把目光只局限在开发区（工业园区）上，显然是滞后了。

其实，单独建设工业园区的模式，这些年也在困惑平和工业园区的发展。比如，园区远离县城，由于没有公交配套，员工上班非常不便，也导致了企业招工难。

放眼国内先进地区，在工业园区的开发理念上已有变化。主要表现在以重大产业集聚区（工业园区）建设构筑新城区。兴办重大产业集聚区，一定要转变理念，跳出过去单纯办工业园区（或是开发区）的模式，在加快引进发展特色产业的同时，把产业发展与城镇化发展结合起来，同步规划、同步建设、同步发展。

产业集聚区不仅仅集聚产业，还集聚人口、资金、知识，工业园区不仅是企业集中地，还应当是一个功能完备、生活便利的城镇。按照这样的新理念，国内先进地区在开发新区时，是将集聚人口规模，完善就业体系，促进新区从工业新区向综合新城镇转变。对此，先行一步的有福建省的宁德东侨开发区、三明金沙园等。

在平和县委第十二次党代会上提出“强化工业园区集聚功能，培育全市重要制造业基地”的战略部署，新一届平和县委县政府在谋划平和工业“二次创业”时，审时度势，几经筹划，目光已不再局限在平和工业园区，而是提出“一区三镇”（即工业园区、文峰镇、山格镇和小溪镇）工业走廊布局。这不光是因为“三镇一区”有一定的工业基础，具有带动效应。“一区三镇”2011年规模工业企业达63家，完成规模工业产值53.1亿元，工业税收1.19亿元，分别占全县的63%、75.9%和74%。产业集群初步形成。而且这个走廊区域依托平和城关，有利于进一步提升城镇化的程度和水平。应当说，这是具有战略眼光的，也是契合先进发展理念的。

在这样的大格局中，县委县政府整合园区资源，积极谋划实施“一区多园”的运作模式，拟对大坂洋工业集中区、宝丰工业集中区、文美工业园等3个工业集中区并入平和工业园区，并对各园区实施统一领导、统一管理、统一规划，实现各园区功能互补，统筹发展。目前规划文本已经编制完成并通过评审程序，区域环评及其他扩区整合工作正按县委、县政府“三镇一区”的工作部署，有序推进。

平和工业园区也在快速跟进，把工业用地储备作为推进项目建设的先行工程。在抓好建设用地报批工作的同时，围绕项目建设用地储备，积极推进征地拆迁工作。如今讲求“和谐征迁”，为此，园区干部只有放弃节假日和晚上休息时间，深入农户，反复、细致地做被征地拆迁群众的思想动员工作，用百折不挠的耐性和对事业的热心感化群众，取得群众配合与支持。2011年已完成庵埔、寨仔、田中央、东山新征用土地820亩，这是园区有史以来征地最多的一年。今年第一季度完成工业储备用地征收400多亩，有力地保障了落地项目的用地需求。

在做好土地征用的同时，平和工业园管委会还在不断完善基础配套设施，不断提升园区的承载功能。通过BT融资（建设一转让）、垫资开发、贷款开发等方式创新园区建设投融资平台，重点建设了“一堤、二厂（场）、三路”配套工程，打造功能齐全的生态园区，为工业园区新一轮跨越发展奠定坚实的基础。“一堤”：即黄井溪防洪堤；“二厂（场）”，即污水处理厂、垃圾填埋场；“三路”，即南区二号路、北区中联路延伸段、安埔水泥路。为了绿化美化工业园区环境，投入30万元引进保洁公司负责园区及区内企业日常卫生清洁工作；在厂区、公共绿化带种植晃伞枫、香樟、桂花、垂叶榕、巨尾桉等树种近3万棵，绿化公共绿地300亩；建设3个农民和员工休闲公园；投入50多万元在南区主干道两旁和公园安装路灯及公园景观灯，实现园区净化、绿化、美化、亮化。2011年，园区投入5218万元完善基础设施，投资额超过“十一五”期间园区基础设施投资总和。

园区主任赖敏生表示，用城镇化的手段推进工业园区的建设，就是要超前建设园区水、电、排污等基础设施，为今后三年发展奠定基础；同时，不断完善配套设施，全面提升园区居住、商贸、交通等服务功能，坚持“高起点、高定位、高规格”建设市政综合体，力争使公共绿地达到30%以上，形成具备商务、研发、流通、文化、娱乐等多功能的发展格局，聚集人气，以人气带动商机，努力把工业园区建成美丽的花园式现代化工业城。

从一个工业园到“一区三镇”，从4.85平方公里扩大至18.33平方公里，不只是一个扩张的概念，而是一个整合的概念、统筹的概念，更是贯彻落实科学发展观的具体体现。县委县政府提出的“规划引领，城镇带动”的理念，在“工业兴县”中避免了全面开花，处处冒烟，有所为有所不为；“产业新城，城镇新区”的理念支撑了“一区三镇”工业走廊发展，以新城建设带动产业集聚，产业集聚促进新城建设，想必在平和也有生动的实践。

生态工贸大县的抉择与思考

在更高起点上谋划科学发展、跨越赶超中，新一届平和县委县政府提出了建设“特色农业强县、生态工贸大县、文化旅游名县”战略目标，应当说切合平和的实际，也符合全县人民的热切期盼。

圈点“生态工贸大县”，不难发现，“生态”前置在“工贸”的前面。生态是平和的优势，更是漳州的未来。漳州市2011年提出未来5年将投资2000亿元建设“田园都市、生态之城”。其中“以水为脉”打造水城，漳州6条主要河流有5条发源于平和，素有“五江之源”之称（广东韩江、漳浦南溪、鹿江、云霄漳江、诏安东溪）。平和县森林覆盖率69%，高于全省平均水平6个百分点。保护平和这片青山绿水，就是保障漳州下游的生态安全，就是打造“田园都市、生态之城”。发展是硬道理，生态保护是硬任务。经济增长能否与生态建设同步？

作为笔者，非常理解当地政府发展工业的良苦用心，基于财政分灶吃饭的体制，为了提升经济总量，晋升县域经济的名次。没有工业，县域经济发展就没有后劲。县政府还出台了《扶持企业发展若干意见》，全力服务企业发展。但是，在“工业兴县”中怎样保持良好的生态环境，则不免让我有些担心。对于平和工业园先前开办的小造纸厂，我就直言不讳地表示异议。赖敏生也承认，最近有几家化工企业有意向落户工业园区，但从环保的要求、从产业的政策上权衡，最后还是拒绝了。由此可见，建立项目准入与退出机制，在工业园区建设中同等必要。

既不能固守生态优势而不思进取，又不能为了发展而破坏环境保护。优美的生态环境是我省的一大优势，也是一张最为亮丽的名片。随着科学发展观深入贯彻落实，我省上下都更清醒地认识到，环境是经济持续发展的基础、区域竞争的利器。有优美的环境，就有吸引力，就能形成“凹地效应”，汇聚项目、资金、技术、人才等生产要素。优美生态、良好环境，也是人们幸福感的重要来源，直接关乎人民群众的切身利益，是群众安居乐业的必然要求，也是保障和改善民生的一大着力点。

因此，对于平和这样一个河流源头、生态优美的区域，在积极争取生态补偿的前提下，一定要坚持“环境优先”的导向，大力发展绿色经济。绿色经济是一种以保护和完善生态环境为前提，集绿色生产、消费和服务等为一体的新的经济发展模式，结合当地生态环境优势，坚持协调可持续发展，努力探索一条科技含量高、经济效益好、资源消耗低、环境污染少的新型工业化路子。多在农副产品的深加工、旅游的衍生产品上寻求出路。不但要大力发展节能环保产业，而且要运用绿色技术，加大对传统产业升级改造，以促进经济活动的全面绿色化，确保资源的支撑力和环境的承载力，把独有的生态优势转化为后发优势、竞争优势。

“与时俱进谋发展，柚都工业潮声急”。令人欣慰的是，在平和县发展工业的大潮中，县委县政府业已明确提出：严守产业政策和环保政策两条底线，严把工业项目引进质量关。并以节能减排为重点，对工业园区进行生态化改造。县委书记沈金水特别强调，在产业发展中我们将严格实行“五禁五限”（一是禁种巨尾桉，限种蜜柚树；二是禁沿路面山矿产开采，限河沙开采；三是禁饮用水源周边乱种、养殖，限水电站及水库养殖；四是禁工业重度污染，限农业农残污染；五是禁九龙江流域蓄养，限养殖），努力推进“绿色平和”建设，保持森林覆盖率居全市前列。

城市建筑的“泰宁示范”

一位与我同行泰宁的作家感慨道，若干年后，有人前往泰宁不再是为了大金湖，新徽派建筑将成为泰宁县旅游的新名片。

泰宁县城市规划建设在保护古城的同时，新区建设延续古城文脉，提炼和运用泰宁古民居的造型元素、传统符号和地域特色，历史传统与现代气息交相辉映，人文建筑与自然山水相得益彰，在福建省县级城市建设上应当说独树一帜。

对此，我姑且称之为城市建筑的“泰宁示范”。

整体大于部分之和

进入泰宁县城，映入眼帘的是齐刷刷的粉墙黛瓦、飞檐翘角的屋宇，随山形地势高低错落，层叠有序，蔚为壮观。先是关注沿溪对岸的松光花园，接着跨桥进城，目光所及基本上都是统一的建筑风格，简朴典雅而不失清新明快，古韵犹存又不乏时代特色。

泰宁建筑风格具有江南民居一般建筑风貌的韵味和闽西北木构建筑的传统元素，与古徽州、与徽派建筑有着某些相同之处。由于徽派建筑极富声誉，因此，人们也就把它俗称为“新徽派”建筑。

见此景观，但凡初来乍到泰宁的人都会有疑问，泰宁与古徽州有什么关联吗？

众所周知，徽州是一个古老的地理概念。它位于皖、浙、赣三省交界处。传统意义上的徽州，包括绩溪、歙县、黟县、祁门、休宁，以及现在划归江西的婺源。徽州四周群山环绕，处于一个相对封闭的地理环境当中，逐渐发展成为一个相对独立的地域社会，独立的民俗单元，形成了具有自己独特风俗、民情的徽州文化和徽派建筑。

徽派建筑是中国古代社会后期成熟的一大建筑流派。明代中叶以后，随着徽商的崛起和社会经济的发展，徽派园林和宅居建筑亦同步发展起来并跨出徽州本土，在大江南北各大城镇扎根落户。徽派建筑的工艺特征和造型风格主要体现在民居、祠庙、牌坊和园林等建筑实体中。

那么，泰宁历史上为什么会选择徽派建筑呢？泰宁与徽州文化又有什么关系呢？我带着这些问题首先采访了泰宁县县长郑剑波。

这位长期以来主抓旅游，历任泰宁县副县长、常务副县长、县委副书记，同时兼任过景区管委会主任，可以说是“泰宁示范”的亲历者和见证者。没想到，一见面他就对“新徽派建筑”表示异议，认为泰宁建筑是“闽西北风貌，泰宁特色”。但却承认泰宁与徽州文化的历史渊源关系，只是列举一二，就让我茅塞顿开。

泰宁县城历史悠久，素有“汉唐古镇、两宋名城”之美誉，明清时期的民居、寺庙、桥梁、古井、古塔、古街巷、古城墙遍布城区。并拥有保存完好的建于明朝末期和清朝中叶的民居尚书第和世德堂等古建筑群。1988 年，尚书第建筑群被列为全国重点文物保护单位。2001 年 6 月，与尚书第紧邻的世德堂并入尚书第建筑群被列为第五批全国重点文物保护单位。仔细考察尚书第建筑群，其“布局之工，结构之巧，装饰之美，营造之精，文化内涵之深”，为国内古民居建筑群所罕见，与徽派古民居建筑难分伯仲。

徽派建筑最鲜明的风格是传统民居，它集中地反映了徽州的山地特征、风水意愿和地域美饰倾向。而尚书第有着明代“江南第一民居”之名声，鉴于其主人明末兵部尚书兼太子太师李春烨当时的历史地位，选择徽派建筑风格也算是珠联璧合。

再者，我只知道其一，徽剧北上，演变为后来的中国国粹——京剧；却不知道其二，徽剧南下，与泰宁当地话、赣剧曲调融合，转化为国家级首批非物质文化遗产——梅林戏。

“泰宁示范”始于 1999 年状元街的方案设计。借助“粉墙、黛瓦、坡顶、翘角、马头墙”等江南民居的建筑特点，提炼出闽西北木构民居建筑门牌楼、吊脚挑廊和檐廊骑楼等独特的造型元素，以灰白色调为主，使其避免了与徽派建筑的类同感。

经过一年零九个月的施工，一条被誉为“古今时空一线牵”的旅游商贸街于2002年6月宣告建成。它那浓郁的闽西北风貌、泰宁特色，与尚书第建筑群互为呼应，相映成趣。2002年11月，省建设厅授予状元街为第一个“小城镇优秀试点建设工程”的荣誉称号。

从此，泰宁县城大规模城市建设管理拉开了帷幕。提出了新城开发与古城保护并重原则，规定县城所有新建建筑都要采用这种“新徽派”建筑风格，并对不能拆除的原有的建筑进行立面改造，以形成和保持自己的特色。

徽派建筑一个特点是“无山无水不成居”。回首审视泰宁城关地理方位，四周群山环抱，芦峰山楔入城中，杉溪自西向东穿城而过，有“山在城中、城在山中、水绕城转”之说。结合特有的地形和环境，泰宁确立了“山水景观城”定位，其四面群山环抱，三川绿水长流，两宋历史名城，一线中轴贯通的城市风貌特征，与徽派建筑的建设特点亦有契合之处。泰宁这种“新徽派”建筑风格不是生搬硬套，而是有着历史的根和文化的魂。在统一中求变化，在变化中融统一，并且这种建筑风格已向景区和新村建设延伸。

整体大于部分之和。是整体让我们兴奋、让我们震撼；也是整体背后的执着与坚持，让我们感悟、让我们深思！

规划让泰宁走得更远

改造一条街容易，形成一个小区独特风格也不难。“泰宁示范”的意义在于整体，而整体的力量在于规划。

是什么支撑着泰宁一路走来，目标始终如一？我在泰宁县住建局找到了答案。在寻找答案的过程中，总有一种力量、一种坚持不时让我感动。

分管规划建设的张文副局长介绍说，《泰宁县城总体规划》于1993年编制，1995年3月经三明市人民政府正式批准实施。十几年来，泰宁县城建设严格执行当年编制的总体规划。更为难得的是，每年年初泰宁县委常委会都要专题研究城建工作，把城乡建设作为县域经济的重要支撑，把旅游兴县作为最终的发展目标。“无规划不建设”、“先规划后建设”已成为泰宁县历届县委、县政府的自觉行为。

泰宁城乡规划重在“一张蓝图绘到底”，好在“一个地方一张图”。多年来，泰宁县历届领导始终坚持“自然、生态、宜居”城镇化格局，始终朝着同一个方向持续推进，从未因领导的变更而变更。当地群众说，泰宁的历届领导都在跑同一场接力赛。铁打的规划流水的官，一任为一任打基础，一任接着一任干。在规划引领下，各届领导只是着眼于财力状况，着眼于发展实际和要求，量力而行确定阶段性目标，通过持续建设的累积效应，才形成了今天的城市面貌。

为了与时俱进的发展需要，妥善解决规划与建设不相适应的矛盾，泰宁县也对县城总体规划进行了及时调整。为了“量身定做”符合泰宁实际的规划，县委县政府先后投入近千万元，委托同济大学、上海交大、浙江大学、天津大学、省城乡规划设计院等三十余家权威规划设计机构，高起点编制或修订城市总规及六十余项详规。目前泰宁 30 平方公里规划区面积 90％都完成了功能片区控制性详规，为泰宁县城市建设绘制了宏伟蓝图。

泰宁是山区财政转移支付县，财力并不富裕，但在规划上却舍得投入。为了更好地发挥规划的龙头引领作用，真正体现科学性和前瞻性，不仅舍得花重金聘请高资质单位做规划，而且同一个规划往往多花几倍的钱，同时聘请几支队伍分别来做，为的是好中选优，博采众长。

规划来之不易，关键在于执行力。为了保证规划的严肃性和权威性，泰宁县采取了两条措施。一是在泰宁县第十五届人民代表大会第四次会议上，《泰宁县人民政府关于提请审议确定旅游城市建筑风格的议案》获全票通过。决议指出：为彰显古朴厚重的历史文化，提升精致和谐的泰宁古城品牌，县十五届人民代表大会第四次会议经认真审议，同意将“新徽派”建筑风格确定为泰宁城市建筑的主体风格予以传承和推广。二是建立健全城乡规划委员会制度，明确城区重要地段、重要区域、重要节点等重点建设项目的选址和工程规划，都必须经过县规划建设委员会审议才能立项施工。

在城市规划建设中，既要细化规划，又要优化设计。泰宁县力求将规划做到最细，就连一张广告牌也要纳入规划中来。坚持精品打造，对城市重要节点的标志性建筑建设，以节点的突破带动城市整体形象的提升。同时，加大对古城周边的整治与美化，在建筑涂料、外墙处理等细节进行统一实施，对尚书街、状元街、和平中街等古城范围主要街道的商店网点招牌、户外广告、公交站牌以及旅游标识系统，都进行统一规划和设计，使之与古城风貌相得益彰。

泰宁依托历史文化和自然生态两大资源，突出城市个性特色，坚持高起点规划、高标准建设，高效率运作，通过规划的引领和调控作用，促进城乡空间品质的提升，旨在打造一座山、水、城、文化共生共融的精品旅游城市。

理念比方法更重要

做任何事情，方向比努力更重要，理念比方法更重要。理念是行动的先导，只有思路正确，事情才能做得好。

理念之一："把城区当作景区来建设"。泰宁是旅游资源大县，因旅游而兴，也因旅游而美。在以县城为中心的方圆 30 公里范围内，泰宁目前已拥有世界地质公园、"中国丹霞"世界自然遗产、中国十佳魅力名镇等 2 块世界级、15 块国家级旅游品牌，已成为我省继厦门、武夷山之后的重点新兴旅游区，并开始在海内外扬名，这些年旅游人数和旅游总收入每年以 20%以上的速度增长，旅游人数是当地常住人口的十几倍。根据泰宁"十二五"规划，到 2015 年，旅游接待量要达 350 万人次以上，以旅游为主的第三产业增加值超 40 亿元。郑剑波县长接受采访时亦表示，随着旅游向广度、深度拓展，必须打造泰宁处处是景，追求"城中有景、景中有城、城景交融"效果。为此，县委县政府前些年就明确提出"泰宁城区既是为泰宁人民居住而建，更是为广大游客游览而建"的理念，围绕"状元故里，江南名城"的定位，始终以游客的视角来抓城市建设，在全县范围内指向明确地推广新徽派建筑风格，在总体规划布局中求统一、在单体建筑设计中求变化。

理念之二："不求其大、但求其佳，不求其洋、但求其雅"。泰宁建成区面积不足 7 平方公里，发展空间有限，要想追求"大"，显然不可能。为此，扬长避短，另辟蹊径，“求佳不求大，求雅不求洋”。不仅大到城市重要节点、地标性建筑的主体规划、色彩风格、空间布局、立面风貌、设施配套和夜景工程等都严格把关、精心雕琢，而且小到城市主要街道的广告招牌都力求统一，精致别致，使每座建筑、每条街道、每处节点、每个角落都符合审美情趣。为了显山露水，严格控制城区建筑的体量、层高和密度，沿河铺设数十里亲水步道。同时，泰宁是一座古韵犹存的名城，若弃其特质而去求“洋”，势必导致不伦不类、不中不西、不土不洋。为此，在传承历史文脉上，严格执行城市建设“五不建”（不建罗马柱、大穹顶、玻璃幕墙、喷泉和文化墙）规定，在深度挖掘展示泰宁古城文化底蕴上追求“雅”。

理念之三：“不怕有缺点，就怕没特点”。城市如人，个性要鲜明，这对于把旅游作为支柱产业的泰宁来说更是如此。基于此，泰宁充分挖掘展示城市固有特质，围绕独有的地形优势，先后在三溪六岸修建了渥丹园、明霞园、黛林园、琴水园等12个高品位景园，着力建设“一城粉墙黛瓦，园林多彩多姿”。在景观公园中，将当地特有的红米石、丹霞石等材料，运用到城市园艺、小品和景观节点的设计施工中，形成特有的乡土特色。在当初状元街改造中，就采用了当地价格低廉、透水性强、耐磨防滑性能好的红米石铺设“盲道”的人行道，个性特点凸显。即便在城市绿化中，也充分体现地域性特色。选择泰宁土生土长、耐看耐寒的野鸭椿作为绿化县树，大力推广普及。如今人均公共绿地达13.4平方米，荣膺全国绿化模范县称号。

理念之四：“城市建在文化中，城市建出文化来”。文化是地域个性的重要载体。深厚的历史文化积淀是创造个性化、艺术化地域不可替代的宝贵资源，历史文化景观是地域个性构成的主要因素。将文化导入城建开发，泰宁县从初始就确立的理念。第一条街区改造，之所以命名“状元街”，是缘于泰宁历史上出现过“一门四进士、隔河两状元、一巷九举人”的人文盛况。在城市开发建设中，泰宁遵循“以古城文化为灵魂、旅游与文化相结合”的原则，积极倡导“少拆多改”的理念，融入当地的历史、宗教、戏曲、名人、古建、民俗风情等文化元素。一方面注重在开发中保护，全面启动古城修复保护工程，对城区古建筑进行分级保护，修缮修复世德堂、进士街等古遗迹，大力保护古街、古巷、古井、古民居等历史遗存，恢复古城原貌，重现流光溢彩的历史人文；另一方面注重在开发中传承，以续写历史的心态，提炼历史人文中的积极元素，去粗取精、推广应用，在空间的塑造、景观的设置、细节的处理上注重体现当地历史文化的厚重感，如对城区桥梁仿古改造成廊桥，新建状元柱、科举文化碑刻群、对联长廊等文化小品，建筑构件上广泛运用流传民间、极具传神的牡丹叶、蝙蝠形等图案，展现浓重的人文灵气和地方气息。保留历史遗存，也是保留地域特色。保护地域的文化遗存，并非是一种被动地对抗岁月的磨蚀，而是也包含着对地域人文遗存的挖掘与创新。今日之泰宁，每当夜晚，一幢幢具有泰宁独特风格的建筑在景观灯和轮廓灯的照耀下，映衬出“宁静而不失活力、素雅而不乏灵秀”的倩影，彰显小城璀璨厚重的文化底蕴。

理念之五：“城市建设不是铸造历史，便是制造垃圾”。建筑是物化的记忆，建筑是城市的历史。城市建设百年大计，建得好流芳百世，建不好则成为历史的垃圾。城乡规划的治理好不好，城乡建设的水平高不高，领导干部说了不算，专家学者说了也不算，最终需要根据其城乡建设的实际效果来衡量，接受老百姓的评议和历史的检验。为了保护历史古城，泰宁坚持的是立足实际、重视传统、突出民族的、乡土的、本地的特点，但绝没有摒弃接受先进的理念和科技，而是在城建中赋予与时俱进的时代内涵。放眼望去，那高低错落、层次丰富、简洁明快的立面造型展现了鲜明的现代气息。借鉴传统建筑的一些造型元素，绝非是把泰宁城区打造成一个仿古名城。不论是旧城改造还是新区建设，力争找到传统文化与现代生活的契合点。为了营造整体的古城风貌。外观上需要修旧如旧的，并不排斥运用绿色、环保、节能等新技术新材料，只是把现代建筑材料做成了仿木门窗等。泰宁县始终本着既对历史负责，又对子孙负责的态度，禀承“不干则已、干则一流”，多留遗产、少留遗憾的信念，无论是规划布局、风格塑造，还是节点策划、小品建设，都审慎对待，尽可能不留败笔和瑕疵。

从“微波城”到“网商创业城”

引　子

“鲤城区已经没有了工业用地”，走进鲤城采风，在听取区情介绍时，这句话给人印象深刻。也就是说，鲤城区作为泉州市的中心城区，今后发展工业不能再依靠增量了，而是要在存量上转型升级，优化创新，走内涵式增长之路。

根据分工，笔者采访的对象是“电子信息产业”和“网商创业园”。电子信息产业涵盖面广，单就鲤城区发展而言，已基本形成微波通信等10个颇具特色的产业群。而“网商创业园”则是运用电子信息技术搭建的新型商贸平台。应当承认，这两部分内容很难组合到一篇文章内。

笔者是带着困惑分别去采访的……

虚拟经营实体运作

变“先发优势”为“持续优势”反映鲤城电子信息产业该从哪里入手呢？在采访福建泰克通信有限公司董事长黄嘉鸿时，他有一句生动概括的话：“想微波，到泉州；想集成，到鲤城。”

鲤城的雷克、泰克、迈纬、铁通、泽仕通、火炬、万华、协高等龙头骨干企业生产的微波通信直放站销售额占全国市场份额近20%，微波通信设备功能模块销售量占全国市场总量的70%。就从强项入手，窥斑见豹，对鲤城区电子信息产业作大致的了解。

鲤城区拥有泉州市三分二的微波通信企业，为泉州赢得了“微波城”的美誉。原执教于南京工学院的庄昆杰教授20世纪70年代初回泉州进行微波射频功能模块的研发，成为泉州微波产业的奠基人。成立于1972年的国营泉州半导体器件厂，曾是“泉州工业一枝花”，也被业界人士称之为泉州微波通信的“黄埔军校”。

星火燎原，繁衍壮大。鲤城区2004年被科技部批准为“国家火炬计划（泉州）微波通信产业基地”，泉州因而成为国内第一个国家级微波通信特色产业基地，与成都、南京同为我国微波通信混合集成组件及微波通信整机开发与生产的三大基地；鲤城电子信息产业在2008年6月入选“中国产业集群50强”、获“最具竞争优势奖”，是福建省唯一入选的产业集群；以鲤城区为核心的泉州微波通信产业集群，2009年被列入国家创新基金扶持的首个产业集群试点；2012年初，该集群又被科技部列为国家首批“创新型产业集群试点”，福建省仅2个集群入围（另一个是“厦门海洋与生命科学产业集群”）。

历史积淀，基础雄厚。“微波城”名声在外，有着诸多先发优势，但也有其劣势，如同泉州市企业的“通病”——满天星斗独缺月。微波通信初期多为草根企业，体量较小，综合实力较弱，技术层面也普遍较低。

就鲤城区三大产业而言，电子通信较之纺织鞋服、机械汽配是新兴产业；就鲤城区电子信息产业而言，微波通信之于光电光伏却是传统产业。电子信息作为全区增长最快的产业，“十一五”期间年均增速高达44%。怎样将先发优势转化为持续优势？怎样将电子通信企业由“低、零、散”向“高、优、尖”蜕变？这是政府思考的问题，也是中小电子通信企业面临的问题。

在鲤城区“十二五”科技规划中，将电子信息产业列为重点打造的“两个百亿产业”之一，对其今后5年的发展进行了较为系统全面的规划。力争“十二五”期末电子信息业占工业比重达到33%以上、高新技术产业产值占规模以上工业产值比重达60%以上。

为此，鲤城区近年来充分发挥政府的协调引导功能，先后出面成功将国家级科研机构和高等院校引到鲤城布点设站，分别与中国电信科学技术第四研究所、西安国家无线电产品质量技术监督检测中心、中国电子科技集团第三十八研究所、中航雷达与电子设备研究院、北京航空航天大学电子信息工程学院、北京大学、北京邮电学院等科研部门与院校合作，建立了15个技术公共服务平台。依托这些平台，鲤城区政府引导辖区内企业与高校、科研院所成功对接了200多个项目。目前全区拥有国家专业实验室1个，国家技术研究中心3个，省市级行业技术开发中心19个，博士后工作站1个，福建省院士专家工作站2个，博士创新实践基地1个。

对于电子信息产业，打造公共科研平台有助于产业升级，更有助于增强企业自主创新意识。走产业集群之路，通过项目开发，产生聚集效应，提升技术创新能力并迅速达到产业化，应当说是泉州微波产业“二次创业”的题中之意。要让“微波城”名副其实，关键是增强企业的创新能力，让企业成为技术创新的主体。

进入21世纪，虽然企业与科研部门与院校合作不断增强，但大多是一厂一所“点对点”模式，这使得技术创新效率不高，共性技术供给不足等问题突出；随着国内市场竞争的日益加剧，再加上制造成本上扬、产品销售价格下降、市场需求量压缩等因素影响，制约了鲤城乃至整个泉州微波产业的进一步发展，也在撼动“微波城”地位……

2010年1月22日，福建泰克通信有限公司审时度势，发起成立了泉州数字微波通信产业技术创新战略联盟，秉持着“联合开发、优势互补、利益共享、风险共担”的宗旨，集聚了鲤城区27家从事微波通信的企业以及10个知名高校院所共同发展。联盟吹响了抱团作战的号角，搭建产业公共技术支撑平台，开展核心技术联合攻关，解决联盟成员在研发及产业化过程中的核心技术难题。

联盟只是一个松散型、无法人的非经济实体组织，给联盟内项目合作和实质性运作造成一定的困难。如何解决联盟管理松散、技术公共服务质量不高等问题？

在“泰克”公司采访时，该公司总工刘安然介绍“虚拟经营，实体运作”的模式让人觉得眼前一亮。

所谓“虚拟经营”，是借用、整合外部资源以提高企业竞争力的一种资源配置模式。寻找区域同行企业的合作机制，构筑合理的产业链，以期达到全方位“借力造势”的目的。“泰克”公司基于这种理念，站在一级市场供货商的位置，建立本地区企业的上游产业链，促进同行企业的有机合作，倡导并组建了以鲤城为核心的微波产业联盟。

所谓“实体运作”，是联盟内若干成员企业单位，联合注资成立了“联合微波（泉州）有限公司”。该公司采用股份制形式，实行股权与管理权分离的原则，聘请专业职业经理人团队管理，联盟内企业以股权的形式加入。用实体公司运作联盟，既形成产业技术公共服务平台，突破产业共性、关键、前沿核心技术，又能以经济形式协调集群内企业的分工和利益，减少内耗促进整个行业发展，以便在全国市场竞争中占得先机。

采访过程中，微波产业联盟理事长、泰克公司董事长黄嘉鸿有感而发：“联合微波将创新联盟这艘‘大船’实体化，联盟内企业抵御市场风险和分工合作能力将成倍增长。”

从单枪匹马走向深度整合，联盟“整体作战”优势开始显示。在此后每年福建省“6·18”科技项目成果交易会上，鲤城微波联盟及微波产业集群企业与科研院校众多项目成功对接：

微波产业联盟福建泰克与中电科第三十八所签订“利用北斗卫星进行资源管理和灾害监测的民用终端系统研发与产业化”共建协议；

微波产业联盟与中国航空工业第607研究所签约战略合作协议暨基于雷达、卫星微波技术的军工及民品应用产品开发；

“泰克”公司与东北农业大学签订战略合作框架协议暨智能城市建设的开发项目；

“泰克”公司与电信科学技术第四研究所签订关于“新型小型无线电监测站”的项目合作协议；

……

“泰克”公司转变生产、销售、研发一条龙的传统套路，走出了以科研、市场为主，生产、工程为辅的新路径，腾出手脚，把一些订单交给一些企业代工，集中精力，联合多个研究所展开产业前瞻性调研，启动部分共性关键技术及项目研发工作，联合攻克下游直放站这一高端市场，提高产品附加值。

至此，笔者才明白："想微波，到泉州"，是缘于"微波城"的名声远播；而"想集成，到鲤城"，如果没有"微波产业联盟"，技术集成恐难做到。

从最初的一家国营老厂撒下泉州微波射频的种子，到如今全区 110 多家电子信息企业的丛林，从当年的民营小厂、家庭小作坊云集，到泉州数字微波通信产业技术创新联盟建立……经历三十多年风雨，泉州微波通信产业走过了一段从简单复制到技术创新、从单打独斗到协同合作、从组织整合到技术集成的历史。从一个侧面反映了泉州电子信息产业转型升级的历程。

凝聚力来自影响力，影响力扩大了凝聚力。体制创新的效应，在省内外产生了积极的辐射作用，提升了联盟的社会知名度和影响力。中航工业雷达与电子设备研究院、福建省电子研究所、福建三元达、厦门胜华通信、龙岩恒一电子工程、三明中泰通信、泉州晶彩等十多家单位纷纷提出申请加入联盟的要求。2012 年 3 月 9 日，原市级产业联盟正式获批升格为"福建数字微波通信产业技术创新战略联盟"，联盟成员单位增加到 45 家。

泉州微波通信产业联盟在全省迄今 19 家省级产业创新战略联盟中是否开风气之先，未加证实；但鲤城区目前发起成立 3 个产业技术创新战略联盟，数量却是全省第一。

打造平台提升服务

变"产业优势"为"再造优势"2012 年 7 月 6 日，由泉州市政府授牌的"网商创业园区"在鲤城区开园。我们一行是在开园的第五天走进网商创业园区的。诧异地发现，它位于泉州市展览城辖区。

"泉州展览城"可算是前些年泉州标志性建筑。当年高速公路和高铁尚未通车时，人们大都是沿着国道 324 线（福厦路）前往厦门的，在途经泉州时，都会透过车窗望见泉州展览城。

展览城建于 1998 年，将泉州的会展业做得风生水起。此后每年 9 月 9 日举办的泉州商品交易会，尤其是第一届"9·9 商品交易会"热闹而火爆的场面，至今还深烙在泉州人的记忆深处。投资看厦门"9·8"、商贸数泉州

“9·9”，从此在业界不胫而走。

然而，时过境迁，由于种种原因，随后的几届商交会，外地厂商来得越来越少，而本地较为知名的企业也较少眷顾，商交会成了一些小商店库存产品的打折销售场所，最后于2001年不得不停办。

当区域性商贸交易会日渐衰退之际，会识“天象”、会看“风水”、敢走“夜路”、敢闯“激流”的泉州民营企业家，把握时代潮流，在毗邻泉州展览城的区域，创建网商创业园区，实现泉州展览城结构调整与功能拓展。这是经济转型升级又一生动的注解！

由鲤城区政府、泉州市信息化局联合向泉州市政府提出《关于在泉州展览城创建泉州市网商创业园的请示》，得到了市政府领导高度重视和及时批准。新加坡闽宏集团与华侨大学电子商务研究基地合作创建了泉州市网商创业园区。2012年首期投入5000万元，完成园区第一期建设，建筑面积共1万平方米，配套5万平方米仓储。目前已引进生产厂商150余家，网商400多家，并引进EMS（中国邮政速递物流）、申通、圆通等7家物流商，季洁等3家美术、摄影、装饰专业公司入驻。

电子商务是一种新兴的快速发展的现代商务方式，已显示出巨大的现代商业价值，可以预见21世纪人类将进入电子商务时代，这是时代的进步，也是社会发展的必然。泉州市长黄少萍曾指出，加快发展第三产业是“二次创业”所需，现代城市所系，民生改善所急，增长潜力所在。鲤城区委书记苏庆赐亦高度评价，泉州市网商创业园区是鲤城区引进的新兴电子商务信息业态项目，集散成群、集团推进电子商务业的发展对优化二产、提升三产具有重要的意义和作用。

正是基于这样的认识，当鲤城区政府搬迁至庄府巷原泉州市行政中心处办公后，原来租用的泉州展览城空置出2万多平方米的面积。鲤城区决定利用现有的办公楼宇，在此处创建泉州市网商创业园区，并以优惠的条件，吸引泉州乃至全国的品牌厂家的网商部、大型网商及相关服务提供商入驻。这是政府因势利导以实际行动顺应发展潮流、支持网商创业。

走进网商创业园一楼产品展示厅，再度诧异地发现，整个展厅陈列的只是各式各样的鞋子。接受采访的网商创业园区运营总监蔡敏解释说，我们是从最具优势的产业做起，今后还要陆续开设运动服和休闲服、茶叶等优势产业展示厅，建设精品展示厅正是网商创业园的一大特色。通过整合和建设线下实体店、精品展示厅，线上一体式综合服务平台，为网商提供集采购、仓储、配送、客服、培训、融资为一体的综合性服务，解决便利的网上交易和繁杂的线下业务之间的矛盾。

众所周知，鞋类和服装是泉州市传统优势产业，也是当前泉州最具有特色和竞争力的产业。2011 年鞋类和服装类这两个产业产值都超过千亿元。有一个形象的说法，泉州生产的鞋占到世界的十分之一，也就是说，全世界每 10 双鞋子中就有 1 双是泉州生产的。

近年来，随着企业营销理念和消费者购物方式的变化，电子商务也快速进入泉州传统产业，涌现出环球鞋网、淘鞋网等一批具有产业特色的电子商务企业。消费者也从最初的“淘便宜”到“淘方便”再到“淘品牌”转变。

蔡敏讲述了一家外贸企业成功转型网商品牌的故事。一位台商郭先生在台商投资区经营一家外贸鞋企，由于外贸市场利润越来越低，线下打品牌成本太高，利用网商平台扩大销量，并塑造品牌已经成为外贸企业转型的普遍做法。于是，郭先生就和淘宝网、京东商城等电子商务平台联系，谋划如何扩大自己的品牌“铁豹”在网络上的销量。

其实早在 2008 年，在外贸市场遭遇金融危机冲击之时，斯波帝卡负责人吴诗辉曾经尝试过线下专卖店，打算走传统渠道做品牌，但并不成功。最终他看中了网商平台，通过进驻淘宝网，把自己的产品打造成“淘品牌”。2011 年，他塑造的男装品牌斯波帝卡的销量已突破 2 亿元，成为淘宝网男装品牌前三名。据了解，相比原来外贸 10%—20%的毛利率，斯波帝卡在转型做网商品牌后，获得了 30%以上的毛利率。

无独有偶。目前年销售额超过 1 个亿的石狮淘品牌格男仕也是成功转型的一个案例。2010 年下半年，以外贸代工为主的凯尔制衣打造了自己的线上品牌格男仕。由于坐拥成熟的服装产业链优势，格男仕能够实现“短、平、快”开发产品，在服装的成本、品质、设计上都具备一定的优势，上线仅一年多，就成为颇有名气的“淘品牌”。

在“淘品牌”风生水起之时，传统品牌企业也并没有作壁上观。从 2009

年开始，361°、特步、匹克等就相继成立了自己的网商部门。目前已有近七成鞋服企业涉足电子商务。

不少传统品牌在触网之初是把电子商务作为“清库存”的手段，不过，这种认识正在改变。2011 年 11 月，特步与某网站进行了第一次网络专款的尝试。一款以“步步庚心”为主题的特步韩庚专款潮鞋，在一个月内销了 2 万双，最高售价达到 379 元一双，一度超过了特步在线下的新品价格。网络特供款最终要体现品牌价值。据了解，七匹狼、九牧王等企业也通过开发网络特供产品，有效避免了网销对线下产品价格的冲击。

是丰富的产业资源、充足的货源孕育了泉州电子商务业态的成熟。2009 年 10 月 27 日挂牌成立了福建省首家网上商城——“幸福网店商城”。目前泉州市企业、个人在淘宝网上的开店数已超过 7 万家，在福建排名第一，全国排行第五。据介绍，每年每家店的营业收入可以达到数百万元甚至上千万元。作为全国最大的鞋服生产基地，泉州与杭州、广州、成都并列成为全国电子商务四大产业基地。

同时，是日益壮大的电子商务催生了一个新的服务综合体。2011 年，泉州市电子商务交易总额达到 482.5 亿元，其中网络零售总额达到 72.3 亿元，同比增长 37.6%。2011 年，在全国地级以上城市网上发展指数排名中，泉州排在第十六位，居福建省首位，是全省最大的网络零售聚集区和网购供应地。泉州的网商从业人员越来越多，确实急需一个重要的服务综合体。较之先进地区，泉州电子商务发展亦有软肋：经营产品同质化，缺乏特色；配送物流体系不完善；缺乏专业人才、观念落后等。

在泉州服装业界被公认做得较好的网购男装品牌古由卡总经理吴仕艺曾表示：“目前在‘淘品牌’中，只要是涉及夹克、衬衫、休闲裤等这些品类的产品，拿货基本都集中在泉州及周边地区。不管是从产业链优势、品牌优势，还是资金优势来看，泉州传统企业在网商领域都大有可为。”在业内人士看来，目前在网络零售领域的竞争仍然集中在一些中小卖家身上，“线下传统品牌还未真正意识到网商的价值，‘老虎’和‘狮子’还未真正入场。当在资金、人才、供应链、品牌知名度上都更具优势的线下品牌大举进军网商领域时，游戏才真正开始。”

面对发展潮流的挑战，与其届时被动接招，不如提前主动应对。有了天时地利人和，网商创业园呼之欲出、应运而生。

网商创业园创建，不光是顺应潮流，不光是集散成群，更在于电子商务模式上的创新。拿蔡敏的话来说，一般电子商务产业园区做的是“二房东”，更多的是“傍名牌”。而网商创业园不仅自己做房东，而且还要提供相关服务；主要是为三四线品牌企业做代理运营商，也就是助推中小民营企业“二次创业”，更重要的是致力于探索建立中国特色的电子商务生态圈。

谈到服务，网商创业园作为管理服务机构，一方面积极争取政府的优惠政策，比如房租补贴、培训补助等。任何一项事业的发展都离不开政府的扶持。为此，网商创业园成立之初，就成立了市、区两级政府组成的网商创业园区领导小组。另一方面向商务平台争取优惠政策。开园当日，就与京东网、拍拍网、淘宝网签署一系列战略合作，包括共建原产地频道、泉州品牌专场等多项长期合作内容。再则，争取金融信贷支持，与工行、建行等金融机构建立合作关系，中国工商银行泉州市分行同意给予 2 亿元信用额度授信。此外，还有第三方服务和线下管理等。比如与华大、泉州理工等院校签订学生实习、人才培训合作协议。

泉州市网商创业园的建设，闽宏集团一期直接投资 5000 万元，带动创业园网商实现总投资 3 亿元，并带动快递业 500 万件的业务需求。首期拟引进品牌网商 300 家，中小网商 1000 家，提供 1 万个就业岗位，计划年销售额 80 亿元。

蔡敏在介绍网商创业园第一期建设情况的同时，还描绘了未来的蓝图：“我们计划在 5 年时间里将园区建设成千亿产业集群。”也就是说，网商创业园是将泉州优势产业（比如鞋服产业）转化为再造优势。是将泉州展览馆精彩转身为一个新的“楼宇经济”。通过创新电子商务模式，引导信息流、资金流、人流、物流四流合一来整合区域品牌，借本地资源来共同创业、共谋发展。

按规划网商创业园二期将筹建海西电子商务总部经济基地，建设年限为 5 年，占地 100 亩，建筑面积 40 万平方米，总投资 13 亿元，计划入驻培育 5000 家网商，提供 10 万个就业岗位，实现年销售额 500 亿元，利税 2.5 亿元，同时需求仓库面积超过 20 万平方米，并带动整个物流、仓储、配套产业链 1000 亿元产值，形成“电子商务区、总部经济区、电商孵化区、精品展示及配套服务区”四区合一的功能集中、区位独立、布局科学的海西网商家园。

那将是名副其实的网商创业城！

并非结尾

采访结束了，从“微波城”到“网商创业城”，觉得还有话要说。前者是通过组织架构的创新，把相关的企业联合起来，增强创新的整体实力；而后者则是通过打造电子商务产业基地，创新运行模式，联合泉州众多企业品牌抱团拓展第三产业。一个是协同联合，行业聚集，一个是平台集合，空间集中，两者异曲同工，殊途同归，都是集团推进，都是创新驱动，为的是在发展中促转变，在转变中谋发展。

通过不同业态两个亮点的描写，让我们看到了内在的关联之处：在调整经济结构、转变发展方式，“全面协调可持续”的时代背景下，从泉州市到鲤城区、从政府到企业、从传统产业到新兴产业正在发生一场变革，人们逐渐摒弃了“宁当鸡头，不做凤尾”传统观念，开始“握指成拳”，聚小为大、聚散成群、集弱成强，以追求更多的效益，以赢得更大的成功。“创新引领、转变提升”正在成为政府官员和企业家的自觉行动，“抱团发展、互利共赢”可喜局面正在形成。

现代山水茶都的嬗变

2011年的岁末，披着冬日的暖阳，我有机会再次走进安溪。临近县城之际，一条宽阔的8车道进城公路，让我眼前一亮。这不是记忆中的入城情景。司机说，这是2010年通车的东二环路。一句漫不经心的回答，让我怦然心动。几年未访，安溪又长大了！

十年前安溪县城一条36米宽的大街，曾轰动一时。据介绍，2002年初，总投资1.8亿元的城区西二环路动工，不到十年，东西二环路合围，安溪城区面积由原来的6.8平方公里扩大到25.5平方公里。在安溪的逗留，让我感受了大通道铺就大开发、大发展带来大变化。

“中国茶都在安溪”的验证

安溪是铁观音王国。要论变化，一定离不开有关茶的观念嬗变。

临行前，我做了点“功课”。一份材料上说在21世纪初，为了打造铁观音茶叶的集散地，安溪大手笔建造了全国茶叶批发市场——中国茶都。从此业界内外都知道“安溪有个中国茶都”，经历了十年的打拼，安溪已独具“全国最大产茶县、最高茶叶品牌‘安溪铁观音’、最大茶叶市场‘中国茶都’、国字号茶检中心、最快速茶叶仓储物流线、最先进茶叶包装、最成规模茶机具制造、最庞大茶叶销售大军”等带“最”的优势，安溪茶叶市场培育顺理成章地向“中国茶都在安溪”发展。

从“安溪有个中国茶都”到“中国茶都在安溪”，这是观念的提升。

只有认识不足，才会有再上台阶的动力。县委、县政府决定，为了还原安溪茶叶生态自然本色，进一步加大力度推进生态茶园的建设；在管理模式上进行创新和突破，进一步总结推广华虹联作制、举源合作社、珍田合作社等一批典型示范；全面强化闽茶的质量安全监管工作，进一步推行茶叶身份追溯体系管理，实现“生产有记录、信息可查询、流向可跟踪、责任可追究、产品可召回”，以确保市场上流通茶叶的质量安全。

从“安溪有个中国茶都”到“中国茶都在安溪”的观念转变，需要更开阔的视野和更包容的心态。安溪曾在推广铁观音上不遗余力，大手笔运作。3年16个城市的“铁观音神州行”，最大的成效是在业界留下了一句神话：“无安（溪）不成市，无铁（观音）不成店。”想要打造“中国茶都在安溪”，一定不能只卖铁观音，欢迎其他茶类的加盟发展。

经济学上有一个“包容性增长”的观点，系由亚洲开发银行在2007年首次提出，这两年党和国家领导人在讲话中多次提到。有了这包容的心态，名称并不重要，关键是让茶企、茶商、涉茶行业入驻开行设市，统筹有形、无形茶叶市场建设，推动产业与市场互促互进，市场与产业共荣共兴，巩固提升安溪在中国茶市的影响力、聚集力。

观念一变天地阔。2009年，安溪县委、县政府为提升完善中国茶都的功能、延伸茶产业链，策划生成海西茶业基地项目，“中国茶博汇”应运而生。这是中国茶都的升级版，一经推出，即被列入省重点建设项目之一。

人的观念变化十年之间迥然不同。2000年春天，“中国茶都”一期采取“预售店铺，银行按揭”的形式预售，结果门可罗雀。如今“中国茶博汇”一期完成建筑面积15万平方米标准厂房和6万平方米会展中心建设，一开盘认购者就纷至沓来，已有150家茶企业正式签约认购入驻，还有200多家意向入驻。安溪作为中国茶都的产业集聚效应业已形成。2010年，首届海峡两岸（安溪）茶机具博览会在中国茶博汇举行，吸引资金超52亿元，即是证明。

安溪以“海纳百川”的胸怀，用好“安溪铁观音”中国驰名商标、原产地保护以及地理标志认证等无形资产，规范安溪铁观音市场，进一步强化品牌效应，扩大市场规模、完善服务，真正从“种茶—制茶—卖茶”的传统产业模式，向涉茶农业、工业、商业，以及会展、物流、教育、科研、文化、旅游等产业的全产业链发展，逐步实现“中国茶都在安溪”的宏伟愿景。

为实现愿景提供人才保障，以推进安溪经济社会持续发展和县域综合竞争力，2011年6月18日，安溪县与福建农林大学正式签订了《关于合作创办安溪茶学院的框架协议》。2011年11月12日，安溪茶学院举行奠基仪式，这是国内首家茶学专业本科院校。计划在2012年秋季正式招收第一届新生。招收的新生在福建农林大学就读一年后，将于2013年秋季正式进驻安溪茶学院。安溪茶学院占地1200亩，建设分两期进行，预计建筑面积20万平方米，需投入资金5个亿。

跳出茶叶做大茶产业，跳出安溪铁观音做大中国茶都，这就是安溪人的气度。气度决定高度。一方面成立铁观音同业公会，组建产业战略联盟，“抱团出击”；另一方面，搭建更广阔的平台，开门设市，广聚天下茶商。从“固本、培源、抢占高端”三个层面入手，把安溪铁观音打造成国际品牌，把安溪建设成为名副其实的中国茶都。

“一个产业崛起一座新城”的探访

重访安溪，县委、县政府勾勒未来发展的蓝图时，提出了建设“宜居宜业宜商宜游”现代山水茶都的发展战略。

我们一行随后穿行在安溪山水之间，不时议论“宜居”的话题。安溪“宜居”的因素是什么？为此，我请教了陪同的林小玲。她认为，安溪前濒蓝溪，后倚凤冠山，自古就有“龙凤名区”的美誉。一座城市，山水相映，龙凤呈祥。她为此写有一篇美文《满城风景半城湖》。但是，一座城市同时拥有山水并不鲜见，似乎代表不了安溪的特质。

那么，什么是安溪宜居的特质呢？

是茶。何谓茶？人在草木中。茶是草木的菁华。“饮罢佳茗方觉深，赞叹此乃草中英”。一个地方如果能够生长出“草中英”，那么，那个地方的纬度、气候、空气质量、土壤和水，一定有别于其他地方。能够生长好茶的地方，一定适宜人的居住。

优美的生态环境，不仅是保证茶叶品质的现实需要，也是贯彻落实科学发展观，推动产业与环境协调、和谐的应有之义。保护安溪的青山绿水，不光是为了生产好茶，而且为了安溪人的安居乐业。换句话说，只有还原茶叶自然生态的环境，才能更加适宜人的居住。

据介绍，石材行业曾经是安溪的传统支柱产业之一，主要集中在龙门、官桥一带，鼎盛时期，年产值超过 20 亿元，年纳税超过 1 亿元。但是，石材行业的粗放型增长方式，已经不能适应安溪科学发展的要求，特别是与安溪“宜居宜业宜商宜游”的目标定位不相符合。关停石材行业，关系到安溪经济社会的可持续发展，关系到晋江西溪上游的生态环境，势在必行。

石材行业的全面彻底退出，虽然暂时造成了一定的经济损失，却为安溪的新一轮发展腾出了环境容量和用地空间，有利于腾笼换鸟，转变经济发展方式，促进结构调整和产业的转型升级。

安溪县委、县政府前些年就提出“工业强县，茶业富民”的战略，在更高起点上谋划安溪的科学发展、跨越发展，除了做大做强茶业，还要在工业上寻找新的出路。

安溪茶业现有 60 万亩茶园，百万从业者，农民人均收入 56％来自茶业，涉茶行业总产值 92 亿元。为此，通过引导茶企回归、茶企上市，发展连锁、直销等现代流通模式，壮大茶机械、茶旅游、茶包装、茶饮料等行业，力争在“十二五”茶业总产值达到 200 亿元。

同时，充分发挥区位、人文、生态以及后发优势，把传统产业打造成产业集群，重点发展信息技术、文化产业、休闲旅游等新兴产业，推进安溪新一轮的科学发展。目前，信息技术、光伏光电、文化创意、休闲旅游、现代物流五大战略性新兴产业正在崛起，建材冶炼、藤铁工艺、食品加工、纺织服装、茶机具等传统产业转型升级正在加快，“5＋5”产业体系初见端倪。力争“十二五”期间，实现产值超亿元企业 100 家以上，形成 2—3 个产值超 100 亿元、5—7 个产值超过 50 亿元的大产业。

在安溪期间，我们重点走访了龙门镇和湖头镇。这两个镇分别被列为福建省首批和第二批小城镇综合改革试点镇。推进城镇化建设，是壮大县域经济很重要的一步。引进重量级的大项目、新兴产业项目，试点乡镇建设得到了强身健体；而小城镇的强势崛起，给安溪县经济注入一股新的活力，成了新的经济增长点。安溪小城镇建设特色在于依托产业支撑，在加快引进发展高端产业的同时，把产业发展与小城镇发展结合起来，同步规划、同步建设、同步发展。换句话说是，一个产业崛起一座新城。

在龙门，一座气势恢宏的标有“中国国际信息技术（福建）产业园”的门牌坊引人注目。连绵几公里的施工围墙不断延伸，整个产业园的规划建设范围初步显现。在施工围墙上写有“数字化是基地，云计算是保障，服务外包是主体，绿色生态是特色”，鲜明地将产业园的定位、功能表达得十分清晰。这是安溪第一个“国”字号大项目，规划用地5000亩，近期投资60多亿元人民币。产业园2011年11月14日奠基开工以来，整个工程正在有序推进。

龙门镇正借力国际信息技术产业园的建设，酝酿着一场前所未有的变化。对于龙门镇，我虽是第一次造访，却不陌生。早在20世纪80年代中期，我曾在科技报社做编辑，介绍过利用地热资源培育农作物的事迹，当初被誉为科技扶贫的“龙门模式”，那时的安溪还是国家级贫 困县。到了龙门，领略了丰富的温泉资源和良好的生态环境，同时兼备着地理、资源、交通的优势，龙门将自己定位为“现代科技新茶乡”，其“鱼跃龙门”之梦正在升腾。

抵达（湖头）光电产业园，尽管已是暮色四合，但施工现场火热建设的气氛，同样让我们也能感受得到。湖头镇书记林志煌介绍说，产业园首期启动区2011年10月18日举行开工典礼，占地5000亩，主要包括光电应用产业化、蓝宝石衬底、金属有机化学气相沉积系统（MOCVD）项目三大板块。整个产业园总投资150亿元，首期预计2012年6月建成投产后，可以创造就业岗位6万多个，带动形成一个年产值超500亿元的特大产业集群。（湖头）光电产业园是集生产基地、研发检验、教学培训、应用展示、商贸物流为一体的高科技产业园，对泉州市加快培育发展战略性新兴产业，调整经济结构和产业布局，拉动下游产业发展都将起到积极的示范作用。

湖头镇，“一代名相”李光地的故乡。湖头新城建设同样借助（湖头）光电产业园动工的契机，拉开了大开发、大发展的建设架势，在推动传统产业升级换代的同时，该镇全力布局高新技术产业、现代物流业、旅游业等战略性新兴产业，“传统工业重镇”正向“现代科技新城”转型。登临五阆山上，城在山中，山在城中，宰相故里崛起的是一座光电新城。

“飘香的土地”的寻觅

“现代山水茶都”是安溪的定位，它既是一个“宜居宜业宜商”的概念，也是“宜游”的概念。这回重访，我关注点之一是旅游。安溪县是在“十一五”期间才把旅游业作为重点培育的新兴产业之一。“十一五”期间，全县旅游总接待旅客量达到1300万人次，旅游总收入达51亿元。先后荣获“中国生态旅游大县”、“中国最具特色魅力旅游名县”、“中国青年喜爱的海西旅游目的地”三张国字号名片和“福建省新兴旅游县”等称号。

安溪置县已逾千年，钟灵毓秀，人文荟萃，旅游资源非常丰富。现拥有国家级旅游区3个，全国文物保护单位1处、省级文物保护单位5处。拥有国家4A级景区1个（清水岩旅游区）、3A级景区2个（凤山风景旅游区、洪恩岩旅游区），全国农业旅游示范点1个（中国茶都）、省级工农业示范点2个（魏荫名茶园、阆苑山庄），福建省三星级乡村游经营单位1个（尤俊农耕文化园），以及安溪文庙、李光地故居、志闽旅游园等一批特色旅游景区。

为此，安溪县委、县政府审时度势，于2010年9月出台《安溪县人民政府关于进一步推动旅游产业发展的实施意见（试行）》。突出茶文化、宗教朝圣、休闲度假、历史文化四个主题打好特色牌，以“两天零一夜”工程（即让游客玩上两天，住上一夜）为载体打好体验牌，大力实施“旅游即城乡，城乡即旅游”战略，打好生态牌等四个优先行动计划，有力推动安溪旅游向深度拓展。

其实，安溪发展旅游的底牌在于茶。

“安溪旅游指南”上，有两句话吸引了我的目光——“飘香的土地，旅游的天堂”。同行的人中有一位是诗人，他认为“飘香的土地”是诗歌的语言。在飘香的土地上诗意地栖居，这是何等幸福生活的情景！

安溪茶文化节之旅已列入中国三大茶文化黄金旅游线路。现代人是通过茶、通过铁观音来认识安溪的。高山赋清韵，岩壑育神骨。安溪独特的自然山水，不仅适宜茶叶的栽种，而且对于久居城市的现代人来说，也是富有吸引力的。邀三四个亲朋好友，到茶乡去，吸一吸新鲜空气，品一品上市新茶，泡一泡原脉温泉……当然，还有农家乐，尝一尝时令蔬菜、土鸡土鸭，放下心头的负累，这才叫一个乐活！

为了适应休闲旅游时代的到来，安溪实施了“假日安溪”的“2355”工程，重点建设安溪文庙、中国茶都等两个特色街区，湖头、感德、大坪等3个经典小镇，尤俊、赤岭、美庄、仙景、岭西等5个风情村落，八马、魏荫、华祥苑、中闽魏氏、凤山等5个茶庄园及旅游驿站。茶庄园是借鉴欧洲庄园的模式，具有品茗茶膳、观光旅游、商品贸易多种功能、吃喝玩乐一体化的庄园模式已被安溪引进，新概念孕育新商机，引导全国各地的安溪铁观音爱好者集聚安溪，形成安溪铁观音原产地生态体验消费热潮，激活安溪茶文化旅游产业。品牌添香，文化添韵。借助安溪人文深厚，依托茶文化的营造，相继举办了“中国安溪铁观音茶庄园旅游节”，“感德感恩·茶运绵长”、“‘飘香虎邱’茶文化艺术节”和摄影大赛等节庆赛事活动，突出特色，塑造亮点，显示魅力。“35%的茶产业在拉动65%的其他产业的成长，这是安溪茶文化的力量。”《人民日报》曾经在一篇报道中作如是评价。

做大做强茶文化、茶旅游产业，突出、打造和提升茶产业，是安溪县委、县政府的工作重点；而通过茶文化旅游契合现代人消费趋向，则是精明的商人把握商机的捷足先登。

我所认知的福建七匹狼集团，过去是以生产休闲服而闻名，这次到访安溪，才惊异地发现该公司正不惜巨资开发建设海峡茶博园。项目总规划面积25.1平方公里，总投资50亿元人民币，由铁观音茶文化生态园、茶主题社区、茶主题度假村、茶庄园、现代茶城（茶博汇）、山地体育公园、森林公园等七大功能区组成，旨在助推安溪旅游业的发展。目前，项目整体规划已全部完成，铁观音茶文化生态园和茶主题社区等一期工程已全面启动，雏形已经显现。

无独有偶。以生产卫生巾而扬名的恒安集团，麾下的福建连捷投资集团投资建设温泉世界，项目总用地7200亩，计划总投资35亿元人民币，三年建成，主要建设集度假旅游、生态农业、健康疗养及户外运动为一体的高端旅游综合体。他们看重的不光是龙门镇的地热资源，而是厦漳泉“同城化”后安溪旅游业潜在的高端消费市场。该项目于2009年11月份启动，现已投资 5.54 亿元，目前已完成温泉会所主体建设与装修。

当福建省这些著名的民营企业纷纷把投资转到了非主业上，我不知道，是飘香的土地成为招商引资的法宝，还是安溪在创新转型中创造的新优势？是企业家独到的商业眼光的胜出，还是转变经济发展方式带来的新变化？

安溪业已确定“全域茶都”的理念，致力塑造以茶为主题的城市特质、城乡形象，坚持“宜工则工、宜农则农、宜茶则茶、宜林则林、宜居则居”，最大限度地保护好自然景观，让“山、水、茶、城”协调发展，让人身处安溪，时刻都能感受到山清水秀、飘着茶香的现代山水茶都魅力。

泡好茶、泡温泉、泡氧吧……依托优美的生态环境、深厚的茶文化发展茶旅游，把安溪作为旅游的目的地，看重的不光是茶旅游的前景，而且是洞见了茶的社会功能——和。著名作家陈祖芬在一篇文章写道：“如果世界上更多的人坐在一起喝茶，这个社会就多一分和谐，这个世界就多一份和平。”

诚哉斯言矣！

以生态优先促发展领先

——集美灌口镇走笔

登临集美区“灌口小城镇综合改革建设指挥部”那座小楼的屋顶平台，方圆39公顷风景湖公园说不上尽收眼里，但水面碧波荡漾，岸边绿树掩映、步道迂回足以叹为观止。这是小城镇建设近两年成效的实景展示。当介绍到整个风景湖整治工程只用了七个多月时间，惊叹中就不光只因为风景的优美。而灌口小城镇建设的最大成效、也是与我省其他42个试点镇最鲜明的特色，是灌口镇被列入全国第一批7个“绿色低碳重点小城镇”试点示范镇，这也是我省唯一一个获此殊荣的小城镇。

这次来到集美，是在学习宣传贯彻党的十八大精神的背景下。从十七大首次提出生态文明建设，到5年后首次将“生态文明建设”表述独立成篇。生态文明建设“升格”，体现了我们党对生态文明建设更加重视，对生态发展规律的认识更加深刻，也顺应了时代的要求、民意的呼唤。

灌口小城镇在建设之初，就提出了“生态、自然、和谐、节约”的城镇发展理念，先后投资十多亿元，全面启动和建设中心城区生态圈工程、河流治理工程、大气污染防控等生态城镇建设系列工程。经过将近两年的建设，基本凸显了灌口小城镇规划的三大定位：厦门西大门，现代产业区，生态新城区。为我们进一步认识“绿色低碳”提供了一个样板。

从两张照片看门户形象

小城镇综合改革建设领导小组办公室的王进法递给我的名片背后，标明有集美区摄影协会常务理事。也正是这一爱好，为见证变化留下了说服力的佐证。

与王进法深度交流是从他提供的两张照片开始。

一张照片留下拍摄年月数字是2010年1月27日，画面是遗弃的垃圾，侵蚀了湖水，远处的高楼依稀可见；一张是风景湖建成之后，环境整洁，绿树成行，水天一色，远处高楼依然矗立。

这两张照片摄自同一地点——风景湖公园。如今已成为当地居民休闲健身的好去处。王进法告诉我，每当晚上，当地居民都会聚集在风景湖广场，妇女们跳广场舞，小孩子滑直排轮，老人三五成群聊天说笑，非常热闹。让人感动的是，当初只是初具雏形，照明等其他相关配套设施尚未跟上，老百姓就借着月光已经聚拢起来，受欢迎程度可见一斑。

灌口镇在小城镇建设上，是从中心区的风景湖入手，以点带面，逐步铺开。经过半年多的环境综合整治，风景湖公园绿化总面积达21万平方米，植被花草，树木绿化错落有致，把风景湖公园装点得四季如春。同时环绕着碧波荡漾的风景湖水面，一条近5公里亲水栈道沿湖而建，像一条黄葛色巨龙，盘旋在侧，好不壮观。风景湖公园已成为厦门岛外最大的城区生态景观公园。

厦门市是在小城镇综合改革建设第一批试点镇——同安区汀溪镇和翔安区新圩镇之后，在巩固扩大阶段性成果之上，于2011年1月新增两个试点镇——集美区灌口镇和海沧区东孚镇。旨在统筹城乡发展，实现岛内外一体化建设探索新路子。应当说，把灌口和东孚作为岛内外一体化建设的排头兵，指向很明确，扮靓厦门西大门。

提起厦门的美，但凡到过的人都有口皆碑。但说到岛外环境，则不敢苟同。拿集美区委书记倪超的话来说，是再生动不过了。

倪超在介绍区情座谈会上率真地说："我是厦门土生土长的人，集美30年前是什么样？那时候，就一座2条车道的海堤连接岛内外，一过海堤踏上集美，首先映入眼帘的是破旧的长途汽车站，大量的自行车和满地的甘蔗皮，这是我小时候对集美的最初印象。"

集美是厦门的城乡接合部尚且如此，那么，灌口作为集美的农村，环境的"脏乱差"就可想而知。

从元朝末年至明清，集美灌口一直以驿站和集市著称，这里是连接厦漳泉三地的重要通路，有“八闽重镇”的美称。借着岛内外一体化的东风，借着小城镇综合改革建设的东风，灌口正在重塑厦门新的门户形象。

为了绿化美化小城镇，灌口镇首先从生态环境整治入手。2011 年以来，在区委、区政府的支持下，灌口镇集中对深青溪、瑶山溪综合流域进行环境治理，清理了沿岸大大小小几百家养猪场，杜绝了源头污染，并在原来的养猪场位置种上树苗。此外，在风景湖南侧，一座日处理 5000 吨污水的再生工程已经建成。该工程通过中水回用，将处理后的中水通过管道“打”到风景湖的上游，实现节水循环和绿化灌溉，既实现了治污，又节约了成本。集美区、灌口镇环保部门还强化对扬尘、工业集中区废气等大气污染源的综合整治，对城区空气质量实行定期监测。灌口区域总体环境质量保持平稳良好态势，空气环境质量二级以上天数呈上升趋势。

空气环境质量改善很大程度上得益实施“四绿工程”。灌口镇是通过“点、线、面”的绿化美化，全面提升生态小城镇建设。

灌口镇人均公共绿地面积如今已达到 15.5 平方米，我不知道这个绿化水平在全省 43 个综合改革建设试点镇中是否最高，但据我目触所及，灌口变绿了、变美了。在王进法提供给我的一张厦门日报，上有“拍‘生态灌口’赢 5000 元大奖”征稿启事。

王进法是用两张照片对比，展示了“厦门西大门”的变化。如今通过大奖赛的形式，想必会捕捉到更多更美的“生态灌口”的精彩瞬间，记录一样的小城镇建设，不一样灌口建设成就，以及人们对幸福生活的美好感受。

从新增一万人看产业支撑

政府一项重要的工作就是造环境。当然，造环境（包括人文环境）不光是为了展示，城镇化也不只是圈地造房，那为了什么呢？我在想。

王进发补充了一个数据，很有说服力。2011 年 12 月全国第六次人口普查，灌口镇人口是 10.2 万，一年之后，常住人口增至 11.3 万。对此，集美区区长李辉跃解释是：“一个区域要发展，只有打造宜居的环境才能提升城市的吸引力，才能集聚更多的资金和人才，形成区域内生性的发展动力。”

一年新增一万人生动诠释了“环境也是生产力”。

灌口镇有着雄厚的工业基础，是厦门机械工业集中区所在地，聚集着汽车工业和工程机械等装备制造业170多家企业。城镇化必须与产业化同步推进，建设小城镇不能没有产业支撑。许多地方是困于缺乏项目，灌口考虑的是怎样使产业转型升级，实现经济发展与生态保护的平衡。为此，灌口镇依靠科技进步，积极开发和推广新技术、新工艺、新产品，努力增强生态产品生产能力。

2012年8月在杭州举行的第三届中国节能与新能源公交客车创新大赛中，由金龙公司研发的大金龙增程式电动公交车荣膺了“最佳车型”。据介绍，增程式电动车是一种介于混合动力车和纯电动车之间的新能源客车，购买成本相对较低，且有更高的节油效率和更多的续驶里程。这是灌口产业转型升级的一个缩影。作为灌口两条百亿产业链的龙头企业，大金龙把“节能降耗，产品低碳”作为研发的重要方向，三年来投入研发资金3.6亿元，研发出了纯电驱动、混合动力和天然气等50多款低碳节能客车，公司绿色节能产品销量占公司总销量的40%以上。

另一条百亿产业链是工程机械。通过支持企业节能改造、促进产业转型升级、引进环保项目等，实现产业发展与环境保护双赢。从2009年以来，厦门市政府、集美区政府重点支持三圈工业园区、汽车工业城节能节水技术改造、厦门环境保护机动车污染控制技术中心和厦工1.5万台挖掘机技术改造等数十项工程机械和汽车节能产业化项目，推进了新能源与节能环保产业的发展，有效地控制了企业的污染物排放。以三圈电池工业园为例，仅三圈工业园地埋式污水处理站每日处理污水200吨，每年可减少排污7万吨，并节水循环，将处理后的水用于浇灌绿地和清洁厂区，实现污水零排放和企业清洁生产。

绿色低碳不仅提高了产业质量，而且改善了产业发展生态。做强做大优势产业，扩大制造业规模，提升制造业发展水平。目前完成机械工业集中区二期建设，建成以机械制造业为主，配套生活居住为辅的综合性工业片区，推进后溪工业组团灌口片区和深青工业组团建设，打造以工程机械和汽车制造配套为主导的工业基地。同时加快发展生活性服务业，依托双龙潭景区，开发正新汽车主题公园项目，形成特色旅游品牌。全方位、大力度谋划集美物流业的发展，协助推进并基本建成中林物流园闽南车博会项目。

正因为环境优越，发挥厦工、金龙等龙头企业的"虹吸效应"，推行产业链招商和以商引商等多元化招商模式，引来越来越多的企业入驻，延伸了产业链；正因为产业驱动，引进国内外知名城市运营企业，同时运用"产、商、居"模式对镇区新城建设进行规模开发，吸引越来越多的劳动力加盟。

灌口镇从历史上的"八闽重镇"到现代的工业重镇再到目前建设中的"绿色低碳重点小城镇"，实现了精彩的嬗变、华丽的转身，促进了产业低碳与绿色发展的结合，获得了"国家新型工业化产业示范基地"荣誉称号。2011年，灌口实现社会生产总值282亿元，其中工业产值占268亿元，但灌口镇却在2012年3月通过了省级生态镇的验收，目前正在进行国家级生态文明镇的创建。

从排名第四看绿色发展

2012年8月21日，国家统计局中国经济景气监测中心、北京师范大学、西南财经大学联合发布了《2012中国绿色发展指数报告》，其中，在城市绿色发展公众满意度调查中，厦门在38个重点城市中排名第四。这固然与厦门一以贯之秉持的"生态立市"建设理念息息相关，也与诸多像灌口镇这样绿色典型的贡献分不开。

2011年8月27日，以国家建设部小城镇建设技术顾问、中建部建筑设计研究院总规划师高级教授任世元为组长的专家组一行到灌口进行"绿色低碳重点小城镇"调研和评估。对此，让王进法印象深刻的是专家组出人意料又在情理之中考察了两个地点。

一是考察始建于元朝末年的深青古驿站，它是目前国内存留不多的古代邮驿遗址之一。考察专家认为，如果一个地方政府能够很好地保护历史文物，那么就足以见识对环境保护的类同心；一是考察国家4A级双龙潭旅游生态运动风景区，在新建的华东最大规模的山地滑草场，是否有破坏原先的山体，是否有修复裸露的岩土。建设难免要兴动土木，生态修复表明尊重自然、顺应自然、保护自然。

绿色低碳重点小城镇建设评价标准非常严格，根据指标体系（7大类型、35个项目、62项指标）要求，专家组考察评估后表示，灌口小城镇建设符合国家“绿色低碳重点小城镇”的入选条件。据说，全国有18个乡镇列入考评，灌口镇得82分，全国第二名。2011年9月27日，国家发改委、财政部、住房与城乡建设部等联合发文，灌口镇获得全国第一批7个“绿色低碳重点小城镇”试点示范镇称号。

申报成功只能说明过去，未来建设未有穷期。

“务必要把低碳节能减排的理念贯穿于灌口小城镇建设的每一个细节，通过绿化、亮化、净化和美化提高灌口的人居环境和生活品质。”集美区委书记倪超如是强调。

如果圈点灌口试点示范镇建设成就的话，绿色发展理念是决定性的因素。镇党委政府从“既要金山银山，又要绿水青山”到“有了绿水青山，才有金山银山”发展理念的转变，将把生态文明建设放在突出地位。

随着灌口小城镇各项建设工程的快速推进和产业结构的转型升级，灌口不断深化以生态优先促发展领先的理念。在实施《灌口生态文明镇建设规划》的过程中，灌口在指导思想上做到了“三个坚持”和“三个优先”，即坚持把生态建设作为灌口发展全局的重要取向，优先统筹；坚持把绿色产业作为经济持续发展跨越发展的必然路径，优先发展；坚持把环境质量作为营造宜居家园的第一目标，优先建设。通过全方位的积极探索和实践生态镇建设，有力地推动了灌口经济建设和社会事业的又好又快发展。

因为理念先进，使得乡镇干部具有了国际视野。在建的灌口市民中心、体育中心和文化中心全部拟用太阳能光电建筑，将成为联合国建筑节能减碳项目在中国少有的案例之一。这是灌口镇人民政府与国家住房与城乡建设部科技发展中心签订“碳交易”减排合作协议。灌口市民中心建筑群建成后，它将可以到国际上进行碳交易。其意义不在交易的金额，而在于示范效应。

碳交易是为促进全球温室气体减排，减少全球二氧化碳排放所采用的市场机制。国际上始于1997年12月在日本京都通过的《京都议定书》。我国直到2011年10月底，才在北京、天津、上海、重庆、湖北、广东、深圳等

7省市进行试点。未曾想到，一个小小的灌口镇也抢了风气之先。灌口镇发展低碳经济，不光集中在太阳能光热、太阳能光电和新能源汽车运用上，还通过转型升级发展低碳产业，倡导低碳生活方式、提升百姓环保意识等。

以生态优先促发展领先。发展领先发展领先不光是表现在从2011年2月—2012年10月，灌口小城镇完成固定资产投资90.8亿元，在全省小城镇建设战役进度中持续位居前列；也不光体现在引进多少资金、引进多少项目上。而是自觉把生态优先理念渗透到经济建设的各方面和全过程。

比如，在灌口我第一次听到的“生态招商”一词，实际上是发展低碳产业，实行环保准入。镇党委书记刘光忠表示：“我们坚持引进‘零污染’项目。”灌口严格执行环保准入制度，实行环评一票“否决制”，也就是说，再好的项目环评不过关也“进不了门”。2012年“9·8”期间，灌口镇以绿色低碳高新产业为主导，提高招商层次，扩大选资视野，成功实现7个项目签约。引进了一批高技术含量、高附加值的节能环保型龙头项目，大力发展高新技术产业的软件信息产业、生物药业、现代物流业和生态旅游业。

2012年，灌口小城镇共安排续建、在建和拟建项目117个，总投资超过220亿元，力争全面提升灌口的综合实力和宜居魅力，将灌口镇从工业镇提升为绿色低碳的新家园。规划到2015年，灌口城市建成区面积将达到15平方公里，常住人口将达到15万人。

一个“产业发达、宜居亲和、功能完善、特色鲜明”的生态绿色宜居的灌口小城镇正向我们招手，更重要的是，它的示范效应开始显现和辐射……

建筑之乡的溯源与出路

放眼我国改革开放以来的城乡面貌，变化最突出的标志莫过于建筑。不论大气繁复，还是精巧简约；不论是高楼大厦的气势，还是栉比鳞次的恢宏；不论是地标式的绝世独立，还是保护性的修旧如旧，建筑之美总让人摄魂入魄、谓然唏嘘！

在感叹城乡面貌之变、建筑之美，我们首先想到的是建造师，以及在城市化进程中功不可没的农民工。是的，在我国目前2.6亿农民工总数中，建筑工是一支庞大的队伍。但是，许多人未必会想到由农民工成长起来的、组建起来的建筑企业，由建筑企业支撑起来的、发展起来的建筑之乡。

连江县曾在1999年被省政府命名为“建筑之乡”，笔者决定一探究竟。

一把瓦刀走天下

连江是福建省的“建筑之乡”，而马鼻镇则是福州市首届的“建筑之乡”。探访的第一站先选择马鼻镇。

马鼻镇素有“一把瓦刀走天下”之说，从事建筑业由来已久。这是因为人多地少，这块土地尽管平坦富饶，却养不活4.8万人。人均只有一分田，再加上缺少淡水，生活的窘迫使马鼻人不得不操起瓦刀远走他乡。当地人说，年轻人要么你会念书，由此改变命运；要么你不会念或念不下去，就学习瓦刀手艺，不然，你连老婆都讨不上。

“现如今马鼻镇已没有一个人再做瓦工了。”

在采访中兀地听到这句话，让我心头一愣，从“一把瓦刀走天下”到如今无人再操此业，这是“建筑之乡”的日渐衰败还是转型蜕变呢？

马鼻建筑业开始转向房地产业，并日渐热络。年轻人一入门就从管理做起，最不济的也先从建筑施工员做起。第一年跟班学习，放低身段，工资两千，第二年三千，第三年开始独当一面，薪资升至五千，第四年就是八千了。这时候翅膀硬了，就尝试单项承包（比如泥水或是水电安装），做起了小工头。再往前发展，就敢施工总承包。有了资本金，几个工头联合起来做房地产，或是自己拿地自己建。难怪马鼻人会说："会做的或是不会做的都是包工头。"

马鼻镇在全国范围注册的建筑公司和房地产企业已经超过50家，其中以黄如论的世纪金源集团和林尚德的闽发集团最为知名。蓬勃发展的建筑房地产业带动全镇外出劳动力近两万人。"建筑之乡"实质成为"劳务输出之乡"。

品牌还能扛多久

但凡建筑业都有历史传统，连江县也不例外。在连江县住建局，有关人员提供了一份材料，说是早在隋唐时期就拥有一批能工巧匠，他们以精湛的技术，建造了许多富丽宏伟的建筑。千年前建造的通济桥、宝林寺、瑞光塔以及明朝建造的"厦王里"、"山堂里"等见证了连江古代建筑工匠的智慧和建筑历史的久远。

新中国成立后，连江县建筑业得到进一步发展，1950年就成立了全县建筑工会，把分散的建筑工人组织起来，集体经营，形成现代建筑企业的雏形。

连江建筑业的快速发展是借助改革开放的春风。从此，该县建筑企业数量由少到多，生产经营由粗放到集约，施工队伍由弱到强，建筑产品从单一到多样化，施工技术从落后到先进，建筑市场从乡村、本县到全国各地，建筑业得到蓬勃发展。

1998年建筑企业有13家，建筑业产值约占全县国内生产总值的四分之一，税收占全县地税总收入的六分之一。既解决了大量农村富余劳动力就业问题又加快了城镇化进程，建筑业还可带动建材、家电等五十多个相关行业发展，养活了大约全县六十二万余人口的三分之一。1999年，把省政府授予的“建筑之乡”牌子扛了回来。

连江县能够获得“建筑之乡”，固然与历史传统、产业基础有关，更与县委县政府的倡导和扶持分不开。笔者在采访同时也在思考，随着市场竞争越来越激烈，“建筑之乡”这个品牌还能扛多久？

“中建”老板程平华见证了“建筑之乡”的历史。他在建筑施工企业打拼了三十多年，从水电安装工做起，拿他话来说是从奴隶到将军，业务熟悉，人脉资源广泛，是连江建筑行业的“大哥大”，颇具声望，不仅出任连江县建筑协会的会长，而且是连江县政协委员。

时任东岱建筑工程有限公司的董事长，程平华目光没有局限在一个乡镇、一个公司上，而是放眼业界、胸怀全省。

2003年，省政府出台了《关于加快建筑业改革和发展的若干意见》，以产权制度为核心的改革解放了生产力，极大地激发了企业活力。当2005年全省建筑业总产值突破千亿大关，建筑业增加值占全省GDP的6%以上，建筑业已经成为全省国民经济的重要支柱产业和富民产业，省政府抓住这个契机，乘势而上，扶持我省建筑业进一步发展壮大，2006年5月又出台了《关于进一步发展壮大建筑业的若干意见》，标志着我省建筑业进入提升发展新阶段。身为业内人士，程平华感到机遇来了。假借连江县政协十一届一次会议期间，他提交了一份《关于进一步扶持连江县建筑业发展壮大的若干建议》提案，得到了连江县委、县政府的高度重视。

2008年1月2日，连江县委、县政府出台了《中共连江县委、连江县人民政府关于进一步发展壮大建筑业的若干意见》，通过在建筑业企业融资、税收、人才建设等方面给予政策扶持，提高建筑企业家政治待遇，对建筑业企业晋升资质等级、创建优质工程给予物质奖励等举措，积极支持建筑业发展，提升“建筑之乡”品牌，推动建筑业提升竞争力和持续发展。

程平华找来了原始资料，省建设厅当年还全文转发了连江县的《意见》，并要求各级建设主管部门积极主动争取当地党委、政府及有关部门对建筑业改革与发展的重视支持，加大对建筑业的扶持力度，为建筑业发展创造良好的环境和提供优质的服务，努力推动建筑业实现新一轮跨越式发展。

这份文件对于连江建筑业的发展有着不可磨灭的意义。2008 年，连江建筑业产值只有 40.8 亿元，到了 2012 年，达到了 107.52 亿元，同比增长 28.56%，完成建筑业增加值 12.2 亿元，占全县社会总产值 12%。连江县住建局也因此荣获“十一五”期间建筑行业发展先进集体。

在成绩面前，连江住建局看到了严峻的形势、潜在的问题。县住建局一位科长不无忧虑地概况：建筑业产值很大，利润很低；责任很大，效益很低；发展空间很大，前途不容乐观。

时序更迭，建筑业在连江县已经摆不上位置，更谈不上作为支柱产业来扶持，进而也影响了“建筑之乡”的品牌。

作为行业主管职能部门，还是基于“打铁需要自身硬”。企业发展不平衡，目前全县只有两家一级资质企业，尚无特级企业，竞争力不强，资源有待整合；经营机制落后，说是进行了股份制改造，但其经营机制尚未能从根本上得到改变，还存在着“以包代管”的现象；人才匮乏，大部分企业安于现状，不图长远，在人才培养、科技创新上舍不得投入，人才建设跟不上现代企业发展需要，尤其缺乏有技术、懂经营、会管理、富有创新精神的高素质复合型人才。

为进一步发挥“建筑之乡”的品牌优势，加快建筑企业改革和发展，连江县住建局在“十二五”期间已从以下几方面扶持做大做强。概括地说，政策扶持、创新管理，营造环境，努力实现“三个转变”。一是横向拓宽产业领域，纵向延伸产业链，实现由“建筑业”向“建筑产业”的转变。目前已经拟就了《连江县人民政府关于进一步扶持壮大建筑业发展的若干意见》，从企业招聘人才，评聘职称，资格认证、技能培训、税收优惠、金融支持等方面提供政策上的扶持；二是实施龙头企业带动战略，推进企业规模扩张和联合重组，提高产业集中度，建立现代企业制度，实现“承包经营”到“现代化建筑企业”的转变。针对目前连江建筑企业大不强、小不专的现状，培育一批带动全县建筑业龙头骨干企业，催生一批有望成为新增长点的专业企业，提高专业企业在全行业发展中的比重。通过调整优化，逐步形成有总承包、专业承包和劳务分包等企业组成的承包体系；形成大中小企业、综合型与专业型企业相互依存、协调发展的产业结构。同时，按照市场需求、企业自愿、政府引导的原则，鼓励具有较强市场竞争力和综合实力的骨干企业为龙头，联合兼并科研、设计、施工等企业，实行跨专业、跨行业重组，形成一批大型建筑企业集团，从根本上提高全县建筑业的整体竞争能力；三是实施大市场战略，通过市场拓展，培养建筑企业家、提高综合素质，实现“包工头”向“企业家”的转变，把企业做强、把产业做大、把品牌做精。

比一比才知道

俗话说，建筑是“万岁之业”。“建筑之乡”大都有历史由来。但是，市场经济讲的是优胜劣汰，不创新，传统优势产业也会萎缩。

我省有8个“建筑之乡”：上杭、惠安、永泰、福清、闽清、龙海、连江、平潭。全国有多少个？业界人士一时也语焉不详。当年连江被评上时，是全国47个“建筑之乡”之一。那么，全国其他“建筑之乡”情形又如何呢？

程平华说那一年（2005年抑或2006年），全国“建筑之乡”联谊会在浙江省东阳市举行。程平华与连江县建设局领导一起与会。建设局局长当时还作为福建省“建筑之乡”的代表上台发言。东阳市是1994年被浙江省政府命名为“建筑之乡”，当年产值是50多个亿还是60多个亿？程平华记不太清了，而连江当年只有十几个亿。这让他很是感慨！

“士别三日，当刮目相看”。当连江县突破百亿大关时，东阳市是多少呢？2012年建筑业完成总产值1480亿元，连续第四年位列全国县级市首位。

1480亿元是个什么概念？福州全市2012年建筑业总产值是1442亿。总产值能够说明问题，却未必能够反映全面情况。

东阳市建筑企业在省外实现的建筑业产值已占总产值的70%以上。东阳市2011年有33家（次）企业顺利通过资质升级或增项，是浙江省年升级数量最多的县市之一。到2012年底，全市有特级资质总承包企业4家，一级52家，二级50家；一级建造师2157人，二级建造师2220人；近几年，东阳市建筑企业创造了百余项优质样板工程，获得了31项鲁班奖。工程竣工验收合格率继续保持稳定，一次性竣工验收合格率99%，建筑施工安全保持了零死亡。

东阳市从省级“建筑之乡”2011年升格为“中国建筑之乡”，看来是实至名归。

一比才知道。知道差距有多大，更要知道差在什么地方。那么，东阳市成功能够给我们什么启示呢？

启示一：一业为主、多元经营，在巩固土建优势的同时，充分利用现有专业资质资源，在发展工程总承包的基础上，不断延伸产业链，以施工主业为中心，向路桥、地铁、科研设计、建筑材料等相关领域和行业延伸，组建起集规划、设计、施工于一体的全方位、立体式总承包企业，成为东阳市建筑行业目前的一个特色。启示二：积极拓展市场，在北京、上海、杭州等地建立了年产值超5亿元的施工基地，又开辟了三十多个年产值超亿元的新基地。在巩固原有市场的基础上，积极开拓西部、东北等新的领域，有些企业已经开始涉足海外市场，跨出了国门，扩大了东阳市建筑企业在国际建筑市场的份额。启示三：东阳市建筑行业以人才机制创新、科技创新、经营方式转变、积极探索和充分发挥科技创新的力量等来助推企业转型。各企业充分发挥技术的引导与示范作用，建立技术研发中心，加大科研投入力度，开展新技术、新工艺、新设备等的开发与应用研究；行业内部实施组团作战，以集群优势开拓市场，建筑行业管理局和各建筑业企业互相沟通联合，实现优势互补，在人力或资质不够的情况下共同承接业务，共享成果。

连江县住建局远虑时有道理的。自已与自已相比，这些年有较大进步；但与先进县市相比，且不说东阳市，即便同为我省“建筑之乡”的惠安、上杭、永泰等县，差距也是明显的。多么可贵的忧患意识！要想不断提高“建筑之乡”这块金字招牌的含金量，连江县建筑业确实任重而道远。

骑行海沧的故事

“美丽厦门，骑行海沧。”这是电视台播放过的一个形象宣传片中的主题句。湛蓝的天空下，弯曲的滨海岸线，绿色的行道树，摇曳的鲜花，一条暗红色沥青混凝土铺设的专用道，这时，一群年轻的男女骑着有色彩的自行车，脸上洋溢着幸福的笑容，迎面驶来，逶迤而去……这个片子让人对海沧有了新的认识。

提到海沧，我们都并不陌生。它因台而设、因台而兴，是我国设立最早、面积最大的国家级台商投资区。港口是它的最大优势，海沧保税港区是全国唯一集出口加工、保税物流、现代港区“三位一体”的保税港区。在海沧设立台商投资区25年后的今日，为什么会以“骑行”这一独特方式作为海沧的形象代言呢?

早春二月，走进海沧。灌满我们耳朵的一句话是：“美丽厦门 共同缔造。”建立公共自行车出行系统，并不新鲜。在其他城市先期推广之后，厦门市作为第一个共同缔造的示范项目，通过建立“骑行”方式，不光是契合了当代低碳环保的出行方式，还生动诠释了“共同缔造”的执政理念。这是“骑行海沧”的不同之处。

不同之处的背后一定会有故事。

缘起：一份政协提案

2013年初在海沧区政协七届一次全会上，一份《关于建立公共自行车服务系统的试点的建议》提案，引起与会者的关注。

海沧区经济贸易发展局会后作了答复，其中有一句“海沧公共自行车系统一期计划于 9 月 1 日正式启用”，答复有明确的时间节点。

我在采访中了解到，厦门市委 2013 年 7 月启动编制《美丽厦门战略规划》，开启了“中国梦”在厦门的生动实践。实现“美丽厦门”战略规划的实施路径是——共同缔造，也就是发动全体市民包括外来人员在内的新厦门人的共同参与。

建设“美丽厦门”面临五大挑战，其中之一是交通压力巨大。截至 2013 年 10 月，厦门小汽车年增长率高达 25%，厦门岛私人小汽车拥有率达 3 户 1 辆。破解难题的方法之一，是打造“公交＋慢行”交通体系。

厦门市委明确将思明区、海沧区作为“美丽厦门 共同缔造”试点单位，为全市先行先试、探索经验。2013 年 8 月 1 日正式启动。

海沧区委、区政府随后则将公共自行车系统作为厦门市第一个共同缔造示范项目。民之所望，施政所向。正是充分吸纳民意，将老百姓的期盼与施政的方向完全契合。

我在区政协的办公室见到了该提案的第一提案人——海沧区政协委员、厦门北师大附校教师庄运武。问及怎么想到提交这样一份提案？

略带腼腆笑容的庄老师说，那是 2010 年暑假在参观了上海世博会后，顺便取道杭州游玩，杭州的公共自行车给他留下了深刻的印象。

杭州是 2008 年 5 月 1 日在国内首个开通公共自行车交通系统的城市。说来也巧，这个动议也是在 2008 年初杭州市“两会”上产生的。

其实，公共自行车系统最早产生于 20 世纪 60 年代的荷兰首都阿姆斯特丹，那是世界上人口密度最大的城市之一。自行车拥有量几乎为人手一辆，自行车道全国逾万公里之长。

海沧公共自行车系统是借鉴人类骑行的文明成果。据海沧湾投资开发有限公司自行车管理部的陈柏延介绍，建设自行车系统初始指向就明确，致力于实现“接驳、代步、补充、健身、旅游”5 个方面功能，满足百姓“公交换乘、上班、上学、购物、就医、运动、休闲、旅游观光、探亲访友、出门办事”等十大出行需求，全力打造群众满意的民心工程。依托城市绿道、非机动车道、专用自行车道等，通过站点建设、自行车配置、租赁与运营服务，建立一套便捷到达海沧主要交通节点、公园、社区、商业网点及各类机构的绿色环保出行系统，群众出门步行3分钟即可到达自行车站点。

更难得的是，一开始就高标准建设，适应现代社会智慧化的需要。公共自行车智能系统荣获2013年度第二届海峡两岸移动信息化应用大赛最佳智慧政务信息化应用入围奖，便是例证。随着自行车系统的建成，海沧公共自行车网站也开通了。网站提供了公共自行车租车流程、服务指南，并对刷卡异常、无法还车等常见问题做了解答。还设置了问卷调查和会员论坛板块，市民的意见可随时反馈。市民点点鼠标就可以了解公共自行车各方面的信息，在互动中享受到公共自行车带来的便捷。

海沧公共自行车系统于2013年8月初开始筹建，9月1日试运行，9月8日正式投入使用。

我掐指一算，从动工到一期完成，头尾也就是一个多月，一条长达12.8公里一期自行车道就宣告完成。对此，小陈憨厚地笑了笑，说是“海沧速度”。

对于庄运武老师来说，作为政协委员参政议政的建议有了着落值得欣慰。在2014年初的海沧区政协七届二次全会上，他的提案被评为12件优秀提案之一，予以表彰。

缔造：参与互动案例

第二天，我在海旅集团陈柏延的陪同下，准备了一辆自行车，从天峰站出发，拟环海沧湖车道骑一圈，体验“骑行海沧”的魅力。

我特别注意到自行车独特的颜色，淡绿与橙黄搭配，清新悦目。这是海沧订制的凤凰花的颜色，也是充分吸纳民意民智的成果。看似小事，却体现了“实行多元主体共同治理”的理念。

为了充分调动市民的参与积极性，在动工伊始，就通过现场征集、QQ群、微博微信等平台，广泛发动市民建言献策。有近10万人通过共谋平台发表建议，采纳道路系统、站点选择、自行车款式颜色等方面的有效建议320余条。其中88%的市民不约而同地推荐厦门市树——凤凰木的花色作为自行车的主打色。

我们从天峰站出发。二月的厦门，洋溢着东南沿海的瑰丽风情，阳光明媚，暖风习习，海湾赋予宽广的视野，令人心旷神怡；不是在机动车道上划出，这种闭合的路网系统，就不必担心来往机动车的挤占，心情是放松的、惬意的。

出行是一种习惯，习惯需要培养。看得见的骑行，看不见的文化。骑行，要有便捷，能够解决公交车站离家“最后一公里”的问题；要有安全，不再与汽车并驾齐驱；要有尊严，不因有车族而另眼相看，甚至歧视。只有这样，才会有更多人愿意接受绿色出行，接纳绿色文明，也才能让我们更接近“美丽厦门”、“美丽中国”。

据介绍，自行车道甫一完工，海沧区政府就举办了“周末到海沧骑自行车”骑行体验活动。最初两三个月的每个周末都免费提供自行车200辆供市民体验，同时举行相关的配套活动，如单车宝贝表演、“骑行海沧”风情摄影征集赛、免费直通车游乐活动等。不仅吸引了海沧区的居民参与，而且让岛内的市民也成群结队前来体验。骑行总人数达24万人次，其中非海沧居民占40%。“骑”乐无穷已成为海沧旅游的新项目，成为展示海沧形象的新名片。

我们首先在海沧湾公园逗留。海沧湾公园是沿海而建，全长5.8公里，是集休闲、健身、娱乐于一体的综合性公园。如果说厦门的美丽特质是“城在海上，海在城中”，那么海沧则是“两湾两城倚两山”。海沧湾公园依托优良的自然景观资源，空间层次丰富，远处更有蔡尖尾山、大坪山等天然屏障。海沧大桥屹立在东北角，东面有火烧屿、大兔屿、小兔屿等岛屿，沿线还分布有红树林、零星的小舢板……有人将它誉为“厦门维多利亚湾”。这也是厦门市第一个按照“共同缔造”理念完成改造提升的公园项目。

海沧湾公园西接海沧大道，在骑行的路上，经过一小段的海沧大道。在区情介绍会上，我们就听说了海沧大道曾在“厦门最美道路”评选中高居第二，虽然只是一小段，窥斑见豹，足以领略它的美丽。

海沧大道在绿化上确有独特之处，注重色彩的搭配——中分带是中东海枣、垂榕两种绿色植物，侧分带是红绒球、软枝黄蝉两种红花、黄花植物，人行道的绿篱也是采用红叶石楠、金森女真两种红叶、黄叶植物，一种大气的美感油然而生。

小陈告诉我，等会儿我们还将路过滨湖路，那是“厦门最美道路”的第四名。喔，总算遂了心愿，采访之前，就听说这是厦门最美的自行车道，果不其然。据介绍海沧造林绿化全省“四连冠”，新增绿地厦门市第一。“类似岛内，胜似岛内”绝不是溢美之词。海沧“半城湖海半城绿”也只有骑行才能完美领略、尽情感受。

随后我们又在海岸一号站点驻足。在这条自行车道上，共设 4 个站点，均以认捐企业名称命名。海岸一号的自行车道非常有特点，前面提到的那个形象片，就取景于此。彩色沥青混凝土路面，辅以凤凰木小叶榕等行道树的景观，骑行感觉的确是好！

在海岸一号站点，我浏览了自行车文化的橱窗展示，还见到身穿红马甲的志愿者黄女士，她说今天休息，就到站点来做义工。

志愿者服务是海沧公共自行车系统建设的一大亮点。按参与内容分为站点保洁共管、自行车道认养、站点志愿服务、车辆维修志愿服务、红十字志愿服务等。经统一培训，着统一制服的志愿者通过维护站点秩序，帮助市民借车还车，解答市民信息咨询等服务，既为公共自行车的建设添砖加瓦，还体现了社会治理自治、共治的内容。

骑行道美人更美。除了志愿者服务，还鼓励企业及个人出资认捐爱心单车上。截止到日前，1000 辆爱心单车 100%来自企业及个人认捐。其中海投集团 200 辆、融信集团 200 辆、港丰石油有限公司 100 辆……其余是区直机关干部和广大市民认捐的。经这么一介绍，我留心每一辆爱心单车上都标有企业的名称和捐献人的姓名。

这种“共同缔造”理念，不仅促成了市民“珍惜资源，爱护环境”的环保行为，还逐步养成“热爱骑行，保护车辆”的主人翁意识。爱心单车投放使用以来，由于全体市民的共同爱护，不仅没有丢失，而且至今仍为“零缺损”。这在其他城市是绝无仅有的现象。这固然说明海沧人的素质，但更表明“共同缔造”滋生的成果。

我们继续骑行。迎面是矗立的一座鼓浪湾大酒店。小陈告诉我，自行车道原先与鼓浪湾大酒店紧挨着，擦肩而过，当酒店业主得知自行车道狭窄、视线不佳的情况后，就主动提出退让红线 2 米，拓宽了车道，消除了安全隐患。此举反响强烈，感动许多海沧人。企业让利可能好说，但要让地，在守土有责的传统观念下并不容易做到！

修建自行车道由于突出群众这一主体，让群众主动融入，实现和谐共建，在环海沧湖车道的建设中，土地使用人或主动让地或积极配合拆迁，共整理用地一万余平方米。我突然明白，为什么能在短短一个半月内，7.9 公里的环海沧湖自行车道路系统顺利建成并投入使用的缘由。

有共建才有共享。截至 3 月 3 日，海沧公共自行车总办卡 12542 张，总骑行次数达 25 万人次，日均骑行人数达 1378 人次。

拓展：公务出行改革

2014 年 1 月 15 日，海沧区委办公室、区政府办公室联合下发了《利用公务自行车出行的若干意见》的 5 号文件。规定海沧区机关事业单位人员因公外出，从办公室出发到办事地点距离在 3 公里之内的，除极端天气、紧急公务、保密要求等特殊情况外，一律采用骑自行车或步行方式，单位不再派公务车辆。

《人民日报》曾做过一个推算，以一个单位一次公务出行 3 公里距离为例，往返为 6 公里，每辆汽车百公里耗油按 10 升计算，6 公里的油费就是 4.5 元。按该单位一天出 5 次公差计算，就是 22.5 元，每个月的油费将近 500 元，一年下来就是 6000 元左右。

公务出行改革，是节省公务开支，又不尽然。

在中央出台“八项规定”和反对“四风”的大背景下，海沧此举是严控“三公”经费支出的一大创新举措。既节约了政府开支，又转变了干部作风，还拉近了与群众的距离。此外，在公车改革势在必行的当今，把公务自行车站点建设纳入全区公共自行车系统，通过公务人员的身体力行，倡导绿色出行，促进节能减排，服务生态文明建设，是公共自行车系统建设的拓展，也是海沧在现代治理方面的进一步提升。

“道虽迩，不行不至；事虽小，不为不成。”公务自行车启运后，厦门市委常委、海沧区委书记郑云峰就多次骑着公务自行车下基层调研。以领导率先示范，推动自行车绿色出行。自行车出行，从“自行车王国”到当下时尚，不是一种简单意义的出行方式的回归；从时尚到日常，从潮流到时代主流，要做的事还有很多。

公务出行改革是作秀吗？有名“草舍”的网友不相信，一日，便在海沧区政府外面蹲点“暗访”，结果发现，还真是这么回事。不过“草舍”在微博上发问：“这做法能延续下去吗？会不会是一阵风？”

不仅网友担忧“会不会一阵风”，即便主流媒体也质疑：“海沧新政”好是好，不过能否走得通、走得顺、走得远，咱们还得“走着瞧”。

尽管有质疑的声音，但“草舍”发布的微博，一天之内被全国网友转发2000多次，大家纷纷点赞，引发其他城市网友的呼吁，自己城市应该学习海沧的做法。

在叫好和质疑声中，海沧区政府官方微博第一时间做出回应：海沧公务自行车不仅倡导了绿色出行，更方便了公务员出门办事，环保与效率，一举两得！欢迎广大市民网民朋友们支持我们的工作，并对我们工作进行监督。

海沧有关部门的负责同志也表示，早在2013年11月，海沧就在全省率先启用公务自行车；如今又出台区委区政府“两办”文件，进一步规范“两轮”公务车；还推出“海沧公务自行车专用卡”，每个单位根据人数按比例配卡，每10个人分配3张专用卡，并由区监察局和区效能办监督落实。截至目前，没有一例出车违规。

与其被动回应，不如主动进取。当区委宣传部部长张谷跟我说起网友暗访公务出行改革的事，他们就主动策划了“微博达人骑车体验”的活动。由区委宣传部联合新浪厦门邀请20名微博达人（本地及外地各10名），3月8日至9日，探访海沧公务自行车，感受海沧生态美、绿色美，做一回海沧人！但凡转发这条微博就有机会来海沧深度体验。

公务出行改革极大地推动了公共自行车系统的健全完善。截至目前，海沧公共自行车系统共建成公共自行车路网44.8公里、站点45个。其中，公务自行车系统共有区政府、两院、工商、国税等11个站点。接下去，海沧公共自行车将继续深入到小区，预计2014年上半年，海沧生活区内的45个公共自行车站点将加密到80个，主要设置于各大小区附近。再加上海沧智慧型的公交车站牌，将易通卡与自行车系统全融合互联互通，使得公交车与自行车无缝对接，这在全国是首创。这不是一个方便了得，而是海沧在引领出行新潮流。

此外，海沧公共自行车将驶入“美丽乡村”，东孚镇公共自行车系统业已启动建设，一期12个站点的建设计划于3月底完成，天竺山景区内站点建设计划于4月中旬前完成。将东孚镇的玛瑙、森林风景、生态乡村及特色商业串成公共自行车旅游线路，形成集田园风光、生态自然、休闲体验为一体的健康之旅。

行文至此，我突然想到，海沧因台而设、因台而兴，台湾已然实现环岛骑行，两地在公共自行车系统修建上，能够相互借鉴吗？来往海沧的台湾人又是怎么看的？

小陈回忆，自行车道开通后，先后接待过海基会董事长林中森、基隆市长张通荣、台中市国民党委员会主任委员江仕良等一行的参访。海沧志愿者服务就是借鉴了台湾社工、志工的经验，并邀请设在海沧的长庚医院的志工来传授。当听说当地台胞、台商积极响应、踊跃捐赠“爱心单车”的情况，都感到欣慰。

尤其是张通荣市长还亲自体验骑行的感受。当他看到沿途的配电箱都披上了彩绘，引发他的浓厚兴趣。张通荣一行逗留足有10分钟，仔细打听。他得知海沧的一千多个配电箱，根据所在位置的环境都绘上了油画。海沧是我国三大油画出口产业基地，配电箱的彩绘均由当地一百多个油画师义务创作，或抽象或写实。他很是感叹，海沧美在细节！天下大事必作于细，从细节入手，从容易忽略的小事做起，生活的品质才值得推敲。

骑行海沧的故事行将结束，海沧自行车道还在延伸，工作还会进一步细化、优化。最让我激赏的是，不是厦门市第一个公共自行车系统，也不是厦门最美的自行车道，而是厦门市第一个“美丽厦门 共同缔造”的示范项目。

沧能够通过公共自行车系统的示范项目，通过推行“共谋、共建、共管、共评、共享”的理念，并以“制度、民主、法治、效率、协调”五大要素，探索实现从管理到治理的转变，为社会治理创出范本，为推动国家治理体系和治理能力现代化提供经验。

重塑“朱子文化城”

“闽中尼山”是元代中书省理问爱卨题颂朱熹的一幅匾额。“闽中”是指尤溪在福建地理的中心，“尼山”是在山东曲阜。

尼山位于山东曲阜城外约30公里处，奇不过三山，险不过五岳，高不过340多米，却是中华文化乃至世界文明景观的制高点。因为尼山诞生了孔子。

将尤溪誉为“闽中尼山”，是因为那里诞生了朱子。将孔子与朱子相提并论，在中国历史上不乏前述。“周东迁孔子出，宋南渡朱熹生”；“南朱北孔”；“家孔孟而户程朱”；“东周出孔丘，南宋有朱熹。中国古文化，泰山与武夷”……

走进尤溪，首先想到的是朱熹！

一则旧闻与所见所闻

先说一则旧闻：2010年6月，南开大学人文学者、作家裴钰的一篇文章《两省四地争朱熹故里，斥资40亿为圣人作寿》激起千层浪波。这是因为当年10月22日，是理学大师朱熹诞辰880周年纪念日。

江西婺源是朱熹的祖籍地，尤溪是朱熹的诞生地（七年多），武夷山（五夫镇）是朱熹生活、讲学之地（近四十年），66岁定居在建阳，是朱熹晚年讲学和终老之地（六年多）。其余时间都在各地为官、讲学。故里，多指出生或长期居住过的地方。从朱熹生平来看，其故里是多元的，这就不足为怪。

之所以旧闻重提，固然可以说是名人故里之争，但也足以见证朱熹的影响力。在朱熹诞辰880周年之际，不仅在大陆、台湾，在韩国、马来西亚等一些东亚国家都举办纪念活动。

阳春三月，走进尤溪。尤溪历史悠久，是福建省第一个获得联合国地名专家组命名的“千年古县”。

当然，尤溪最大的一张底牌是朱熹。尤溪县根据资源禀赋提出打造“朱子文化城”，应当说是实至名归。

改革开放以来，如果给尤溪县重视朱子文化建设划分阶段，大致可以分为三个阶段：1988年、2005年和2012年。

1988年主要标志性成果，表现在三个方面：朱熹塑像落成、由县政协牵头成立了朱熹研究会、出版了研究朱熹资料专集。

我们见到的朱熹塑像坐落在朱子广场中间。浑身呈古铜色，庄重古朴；身躯微倾，眼睛朝下，表现出他关心黎民疾苦；手持书本，再现他诲人不倦的学者风度。塑像高9.15米（寓意农历九月十五日诞生），像座0.5米（寓意为五岁入学），台座3.9米（寓意三月初九逝世），整座塑像高13.55米，基座圆形，高0.85米，直径21米，用花岗石砌成。塑像坐东南，面朝西北。台座四周以大理石雕刻名家题词，正面是艺术大师刘海粟题词：“重解经书学轶伦，诗明如话境深沉。尤溪风月无今古，学海扬帆有后人。”朱熹塑像是江苏雕塑家、画家叶宗镐先生的力作。这尊塑像是2012年10月29日按原样铸铜重塑，而1988年用的材料则是环氧树脂，立在城关三角场。二十多年来，朱熹塑像已成为尤溪标志性建筑符号。

2005年标志性成果，是弘扬朱子文化进入了政府主导的行为。2005年9月，在中共尤溪县委十届五次会议上，明确提出了建设“崇文尚学、循理明义、经贸繁荣、社会和谐”的朱子文化城。2006年2月，在县第十四届人大第三次会议上，将“建设新兴工业县、打造朱子文化城”的发展定位写入了《尤溪县国民经济和社会发展第十一个五年规划纲要》，并获得通过。

尤溪县的朱子文化研究从此进入新的发展阶段，主要表现在三个方面：2005年9月尤溪县成立了朱子文化研究会，从事朱子文化的研究与开发工作；为纪念朱熹诞辰875周年，2005年10月尤溪隆重举行首届朱子文化学术研讨会，在省内外产生了影响；2006年11月，尤溪县朱子后裔恢复举办祭祀朱子活动。朱熹诞辰祭祀自明弘治四年（1491 年）起，就成为明清两代朝廷重要的祭祀活动之一，后一度中断。朱熹诞辰祭祀大典被列入省级非物质文化遗产名录。

2011 年 7 月，尤溪县新一届县委县政府领导班子到任后，重新谋划尤溪在新的历史起点上的发展，从 2012 年起，“朱子文化城”建设加快推进。

尤溪三日，我们一行处处能够感受到朱子文化城新的呈现。

尤溪火车站被誉为“向莆铁路线上最美的火车站”。美在哪里？美在文化。在尤溪站站前广场设计，传递着朱子思想文化元素，一层一主题，将朱子文化的精髓内容，以建筑造型、图案的形式展现，直观又简洁，让当地老百姓和南来北往的旅客了解朱熹的生平、诗文以及朱熹文化深刻的思想内涵。同行的一位老作家感慨地说，这简直就是露天的朱子文化博物馆呀！

辞别了站前广场，我们沿着城西大道进入主城区，这是一条经过环境整治后的主干道，是采取了“屋顶带帽修饰、外墙整洁归位、店面整齐规范、夜景配套亮化”的方式，不时能够见到经过提炼的朱子文化元素镶嵌其中，做得出简洁、看得出特色、显得出精品，实现“不动筋骨肉，旧貌换新颜”的效果。

尤溪市政建设的最大亮点当数紫阳生态公园。它位于老城区与水东新城区的交接处，是由湖头溪与青印溪交汇冲击形成的沙洲岛，加上两岸河滨，用地总面积 1500 亩、亲水驳岸长 5.7 公里。自 2011 年 8 月全面启动公园建设以来，坚持把“生态美”理念贯穿到规划设计以及具体建设的全过程，全力保护、修复、提升公园的生态系统和生态项目。同时建造十里朱子文化长廊，将与朱熹相关的典故、传说、诗句内容，有机融入亲水护栏、地表铺装、文化景墙、雕塑碑刻等景观设施，并在两岸种植桂树，成为当地居民休闲健身、文化熏陶的好去处。

“朱子故里”与“闽中新城”

“半亩方塘一鉴开，天光云影共徘徊；问渠那得清如许，为有源头活水来。”

一位乳名“沈郎”的少年正在读书，抬头望着眼前的一方池塘，让他若有所悟、印象深刻。

为探“源头活水”，沈郎终于离家，踏上了游学传道的恢宏之旅。临别之际，他的目光回望静谧的庭院，清澈的池塘，最后久久凝望书房北侧的两颗小树，那是父亲带着他亲手栽下的樟树……

多年之后，沈郎重返故地，见到半亩方塘，触景生情，赋下了这首脍炙人口的《观书有感》。

这位少年就是日后被康熙皇帝誉为“集大成而续千百年绝传之学，开愚蒙而立亿万世一定之规”的朱熹，被尊称为朱子。老夫子名号颇多，晦庵、晦翁、考亭先生、云谷老人、沧州病叟等，但夫子的乳名只有一个，那就是“沈郎”。

880 多年过去了，少年当年种下的小树，如今不仅高大健硕，而且还有闻名海内外的名字——“沈郎樟”。几百年来，云卷云舒，任凭风雨在树的年轮上刻下岁月的沧桑，它们还在静候守望远行的主人……两颗古树枝干参天，高约 30 米，树围分别为 10.8 米和 7.8 米。有清代诗人题诗赞道：“毓秀钟灵紫气来，香樟儒圣亲手栽。身价能留千古树，底须可作栋梁材。”

树以人贵，人以树名。用一个人的乳名命名一棵树，并被评为“中国樟树王”，并非偶然。同理，以一棵树的形式传颂一个人，亦非寻常。这是人和自然的一种默契！

北宋宣和五年（1123 年），朱熹之父朱松任尤溪县尉，去官后寓居于邑人郑义斋馆舍。南宋建炎四年（1130 年），朱熹在此诞生。另据传，朱子父亲朱松曾求人算命。卜者曰：“富也只如此，贵也只如此，生个小孩儿，便是孔夫子。”不知这是真人真事，还是后人附会，但无论如何，朱熹后为旷世大儒却是事实。朱熹逝世后，宋宝祐元年（1253 年）宋理宗赐额“南溪书院”，从此朱熹诞生地成为朱子理学的重要传播地。

当今之世，大兴人文旅游之风，名人故里之争时常乱人耳目。宣称“朱子故里”，也不只有“两省四地”，而尤溪之于朱熹，应当说毫无争议。多年来，尤溪县一直坚持着“千年古县，朱子故里”对外宣传，但是，怎样打好“朱子故里”这张牌？把“好牌”打成“好局”？考验着新一届领导班子。

尤溪地处福建中心腹地。20 世纪 90 年代初期，笔者第一次走进尤溪，同行的一位领导用了一个形象的说法，让我印象深刻。他说将福建省的地图四面对折，中心点就在尤溪。据介绍，“闽心”地标坐落于县境内。故此，有“八闽心都”之称谓。

如果从精神层面解读“八闽心都”，亦可谓意味深长。朱熹是理学的集大成者，而理学则与心学相对，其中倡导心性理欲论，认为“道心”与“人心”的关系既矛盾又联结，“道心”需要通过“人心”来安顿；“道心”与“人心”又有主从关系，“人心”须听命于“道心”。理学是国学的瑰宝、儒学的精髓。日本思想史学会会长、大阪大学教授子安宣邦认为，在近代东方哲学中，唯一能够与西方在体系与规模上等量齐观的，只有朱子的哲学体系。在强调培育和弘扬社会主义核心价值观必须立足中华优秀传统文化的当今，朱熹思想中所体现的中华优秀文化传统，是民族振兴和发展不可或缺的“源头活水”。建设“朱子文化城”，实质上也是建设“八闽心都”的另一层蕴含。

抓住城镇化的机遇，尤溪提出了“中心修古城、两头建新城，建设千年古城中的闽中新都城；把城区建成景区、把节点造成景点，建设中华理学文化城朱子诞生地 5A 级景区”的新定位，改变“大县小城关”的发展新格局业已形成。

“闽中新都城”按照“东城、西城、中心城”的总体布局，依规划按步骤拉开城市框架。以“朱子文化城”载体，提炼朱子文化元素、文化脉络融入城镇建设与规划之中，让文化的继承、传播和创造共同凝结为城市的文脉魂魄，融入城市形态当中。在城乡建设发展过程中，坚持先规划后建设，邀请国内一流团队参与策划并具体设计，充分发挥朱子文化国际影响力和朱子诞生地、紫阳公园等独特资源优势，把朱子文化内涵融入、嵌入到各板块、各景点规划建设当中，努力在保护生态景观、雕琢建筑景观、重塑河滨景观和构建道路（街区）景观等方面下大功夫，打造公共空间体系；既着眼长远提升城市承载能力，又力争短期内改观城市面貌。

在外塑于形的同时，注重内化于心。县政协副主席、朱子文化研究会会长纪优梓告诉我，打造“朱子文化城”，看得见的文化景观要塑造，看不见的软实力要培植。当地编撰出版了《朱熹大辞典》《朱熹在尤溪》《大儒风范》等学术、通俗专著。研究会的另一项工作成绩是抢注"朱子"及"朱子故里"两个全类商标，其中"朱子"36类，"朱子故里"44类。引导特色企业使用"朱子"及"朱子故里"商标，目前已有2个产品冠以"朱子"商标，12种产品、15家企业使用了"朱子故里"的商标；将朱子文化品牌与尤溪县特色资源融合起来，不断提高企业产品的文化内涵，扩大朱子文化的影响力。

"三圈理念"与"城市嬗变"

在采访"朱子文化城"期间，不时会听到一个概念——"中华理学文化城"，这是怎么回事？难道是想用"中华理学文化城"取代"朱子文化城"?

新一届尤溪县委县政府领导班子到任后，高度重视尤溪"朱子文化城"建设。2013年9月12日，曾邀请福建省炎黄文化研究会的专家学者为尤溪文化建设把脉开方。应邀与会专家学者对尤溪县把朱子文化融入社会经济发展，融入尤溪今后社会发展予以肯定。同时对今后建设"朱子文化城"提出了建议，其中对"中华理学文化城"表示过疑义，认为太泛、太大，指向不明确。

重塑朱熹塑像，改变的是材料；重塑"朱子文化城"，深化的是内涵。为此，采风期间，我约见县委书记伍斌，请他谈谈有关进一步打造"朱子文化城"的想法。伍斌书记向我畅谈了发展朱子文化的"三圈理念"。

第一个圈是生态文化圈，着眼全县范围。尤溪生态资源禀赋优越，森林覆盖率73.8%，全县完成了14个省级生态乡镇、214个市级以上生态村创建工作。县委县政府重视生态文明建设，编制《尤溪生态县建设规划（2010—2030)》，致力于推进生态林业、生态环境保护、环境基础设施、生态旅游等重点项目建设，全县生态环境质量进一步提升。伍斌强调，生态文化圈的核心文化是朱子文化，朱子文化的内涵也包括了人与自然的生态文化，"沈郎樟"就被当地人誉为"树神"。此外，尤溪还有郭居敬的孝文化、桂峰村蔡氏祖屋的民俗文化……不同文化间其实是一脉相承的。因此，我们要将文化与生态结合起来，将尤溪打造成颐养身心、安居乐业的“省会后花园”。

第二个圈是理学文化城，规划设计37万平方公里。集尤溪的山、水、湖、树的资源于一体，重点实施朱子公园、文山景区、公山景区、紫阳公园和紫阳湖等五个板块项目建设，按照5A级景区标准进行建设，在这个圈内，不光有传统的南溪书院、开山书院等，还有后人建造的朱子文化苑。规划建设从完整的幼儿、小学、初中、高中，以至于朱子文化研究院，将理学文化内涵融入大板块、各个景点规划建设当中，全力打造独具闽中地域特色和千年人文底蕴的理学文化城。

第三个圈朱子家训主题园，占地4.4平方公里。这是三圈理念中的核心圈。尤溪是朱熹的诞生地，七年的童年生活，成年后多次回尤溪。因此，家训文化是尤溪朱子文化的特色之所在，抓住家训也就抓住了尤溪朱子文化的个性。只有独性化才是不可替代的，只有唯一性才能获得长久的生命力。伍斌书记特别强调，这是苏树林省长提出的要求，为尤溪县打造“朱子文化城”进一步清晰了定位。

2014年春节期间央视新闻联播做过一项调查——“家风是什么”，为什么会反响强烈？小切口，大主题。关注家风家教是回归了本源，家是国家的起源。朱熹继孔子之后能够成为的“万世师表”，产生世界性的影响，与他的《朱子家训》有关、与他的蒙学有关、与他倡导的“四个之本”有关（读书起家之本、循理保家之本、和顺齐家之本、勤俭治家之本）。中华文化生生不息、五千年薪火相传，是因为中华文化的特色既不是以个人为本位，也不是以国家为本位，而是以家庭为本位。礼仪教化自家庭出，家风乃吾国之民风。中华文化的核心是重视亲情、崇尚德性、和睦关系，道始于家庭又不止于家庭，进而扩展至家国天下。通过家风这个小切口，把宏大凝练的核心价值观阐释得具象、丰满和生动。

当我问到这样布局为了什么时，伍斌非常明确地指出，为了聚集人气。山区发展第一需要人气，人气带动消费、带动产业、带动品牌。最近，国务院出台《关于支持福建省深入实施生态省战略加快生态文明先行示范区建设的若干意见》，福建省成为全国首个生态文明先行示范区。作为地方发展一定要融入全省大局，尤溪的优势在生态，特色在文化，将生态与文化完美融合，才能实现“百姓富、生态美”的有机统一。一个有灵气的地方一定是有文化的，一个有人气的地方就一定能够创造财富的。文化发展需要载体，城市建设需要产业。有产业支撑的城市才是健康的、有后劲的；有产业支撑的文化也才是有生命力的、可持续的。

在采访中，我还补上了从“功能城市”到“文化城市”这一课。一般而言，城市竞争力，尤其是核心竞争力来源于城市独特的、难以被其他城市模仿的优势，这是从功能城市走向文化城市的发展路径。文化是城市功能的最高价值，也是城市功能的最终价值。因此，城市发展自身城市的固有文化，寻求文化上的差异化，形成具有特色的文化城市已经成为不能回避的历史必然。

21世纪的成功城市，必将是文化城市。尤溪在重塑“朱子文化城”中，能否实现从“功能城市”到“文化城市”的质的嬗变？我们期待着。

后　记

本书是我从2008年春走进惠安至2014年春走进尤溪40篇的选集。限于这套书的整体容量，只选入了36篇，并对若干篇进行了压缩和修改。根据内容作了分类，每一种类中按采写时序排列。

在付梓之际，我想表达的是：感谢、感动和感慨。

福建省政协是省炎黄文化研究会挂靠的主管单位。省政协主席张昌平曾对这套“走进系列”丛书予以高度评价。我作为福建省政协一名工作人员有幸参与这项活动，是省政协办公厅和研究室的领导，对于省炎黄文化研究会组织的走进采风活动，给予大力支持，才使得我六年多来坚持下来，开了眼界，接了地气，更多地了解县情实际。对此，我把内心的感激转化为做好工作的自觉性，有一些工作任务是在“走进”途中完成的。

截至2014年底，省炎黄文化研究会共组织编写了52本“走进系列”图书，我参与了46本。数量固然能够说明成果，但对我的帮助和提高却是多方面的。我在政协研究室的工作主要是综合文稿的起草，几年的“走进”对于我的本职工作有很大帮助。比如我在“走进系列”中承担较多的是书记县长访谈录，“身在兵位，胸为帅谋”，对于自己的全局观念、综合能力等得到了加强和锻炼。感触最深的是，2014年是爱国华侨陈嘉庚先生诞辰140周年，省政协等单位共同主办“纪念陈嘉庚先生诞辰140周年座谈会”，我承担了省政协主要领导讲话的起草工作。因为有了2011年11月走进集美的经历，有了对陈嘉庚先生纪念馆的切实观感，所以我更多地从细节落笔，以小寓大，反映陈嘉庚先生的崇高人格和历史功绩，稿子得到了领导的肯定。近两三年，除了完成采风任务外，还勤于练笔，为《福建日报》等报刊写点时评杂文，评论的由头大都来自“走进”的所见所闻所感。所做的这些都源自“走进”的印象和感动。

雁过留声，人过留痕。“走进系列”是为县域作传、为时代作传，诚如中共福建省委宣传部部长李书磊的评价，是反映县域经济社会文化发展的“当代县志”。世易时移，时过境迁，回望来路，留下的痕迹虽然深深浅浅，却是风雨兼程不懈的努力、人生路上难忘的印记。其间的人与事或然变化，但仍有回望的价值。“走进”是一种记录，更是一种前行。书名取《前行的痕迹》，记录前行中的县域发展，也记录个人在前行中的成长。当然，还包括一种寄望，自勉今后保持在路上的状态、勤奋笔耕的状态，更祝愿全省的县域继续砥砺前行，不断取得新的跨越。

2015 年 1 月